Nichts davon stimmt aber alles ist wahr

Larissa Boehning

Roman

Galiani Berlin

MIX
Papier aus verantwortungsvollen Quellen
FSC® C006701
Verlag Kiepenheuer & Witsch, FSC®-N001512

1. Auflage 2014

Verlag Galiani Berlin

Umschlaggestaltung und -motiv: © Manja Hellpap und Lisa Neuhalfen, Berlin, nach Motiven von Akiyoshi Kitaoka
Autorenfoto: © Julia Baier
Lektorat: Wolfgang Hörner
Gesetzt aus der Whitman
Gesamtherstellung: CPI books GmbH, Leck
ISBN 978-3-86971-087-7

Weitere Informationen zu unserem Programm finden Sie unter *www.galiani.de*

In Erinnerung an M. R.

»Das Leben ist schrecklich,
es ist so voller Realität!«

1
Tricks

Er stand vor meiner Wohnungstür. In seinem faltenfreien Anzug in Dunkelblau wirkte er plötzlich, in dem Abendlicht, das noch durch die Etagenfenster fiel, als hätte er sich mittels einer magischen Kraft an Ort und Stelle materialisiert. Mit Sicherheit war er nicht die Treppen in den 3. Stock hochgestiegen. Wenn, dann war er an einem unsichtbaren Seilzug eingeschwebt.

Er schaute mich an und lächelte. Ein Lächeln, das sagte: Ich kenne dich. Woher kannte ich ihn? Ich kam nicht darauf. Aber wie er dort stand und das Lächeln ausklingen ließ in ein Absinken der Mundwinkel, mit einem knappen Blick auf das durchgetretene Linoleum der Treppenstufen, da kam er mir berückend vertraut vor, ein vergessener Schulfreund aus der Parallelklasse, ein Kollege, der nicht lange da gewesen war, jemand, mit dem man studiert hatte, sich früher flüchtig gegrüßt.

Er schob eine Hand in seine Hosentasche, holte sein Telefon heraus, streckte es mir hin, wie ein Mikrofon, als wollte er gleich meine Stimme aufzeichnen, und sagte mit Nachdruck: »Hier. Das ist sie. Die suche ich. Ist sie vielleicht bei dir?«

Ich nahm ihm das Telefon aus der Hand und sah das Foto der Katze. Leider genau derselben Katze, die gerade hinter meiner Küchentür saß und mit eingefahrenen Krallen, nur weicher Pfote, über das Holz des Türblatts wischte.

»Hab ich noch nie gesehen«, sagte ich.

Sie hatte einige Tage nacheinander auf der Fußmatte vor meiner Wohnungstür gelegen, und gestern, als ich am Abend aus der Agentur nach Hause gekommen war, war ich über sie gestiegen, und sie hatte sich aufgerichtet und war mir in die Küche gefolgt.

Noch bevor ich meine Tasche ablegte, mischte ich Wasser und Milch, zog mir einen Küchenstuhl heran und beobachtete die Katze, wie sie den Rand der Schale beschnupperte. Ich hob den Gurt meiner Umhängetasche über die Schulter, ließ die Tasche mit einer Vorsicht auf den Boden sinken, als würde ich den Schlaf eines Bedürftigen stören. Die Katze ließ sich nicht stören, sie leckte die Schüssel aus, schob das Porzellan dabei vor sich her. Dann hob sie den Kopf, schaute sich um, umwischte mit einer Pfote ihre Barthaare. Ein Schauer lief über meine Arme und Beine, ein Schauer der Entspannung, und wir schienen zusammen zu versinken in Ruhe – das Gegenteil meines alltäglichen Tempos in der Agentur. Es fehlte nicht viel, und ich hätte begonnen, wie die Katze, meine Hände mit der Zunge anzufeuchten, um mir damit übers Gesicht zu wischen, wie bei einem geheimnisvollen Reinigungsritual. Sie sprang auf das Fußende meines Bettes, ließ sich dort nieder, rollte sich ein, als plante sie, den Rest ihres Lebens dort zu liegen und zu wachen.

Ich reichte dem Mann, der nicht viel älter als ich zu sein schien, sein Telefon zurück und beschwerte die Türklinke mit der Hand. Er machte einen Schritt auf mich zu. Er hatte nichts von einem am Abend zerknittert heimkehrenden Büromenschen, er war glatt rasiert. Wenn er in diesem feinen Tuch einen Tag gearbeitet hatte, dann im Stehen oder in einem Raum, in dem alles Frische, Leichtigkeit und Bewegung war. Sein Haaransatz war eine Höhenlinie mit zwei Geheimratsecken. Seine Augenbrauen vom gleichen Mittelbraun wie seine Haare. Eine weiche Welle fiel ihm in die Stirn. Er hatte keinen Fitnessstudiokörper, er wirkte eher grundsätzlich animalisch sportlich. Seine Augen waren hell, als würden sie von hinten ausgeleuchtet. Er hatte etwas von einem Optimisten, dem unerwartet etwas Schweres auf die Füße gefallen war. Die Trauer um die verschwundene Katze.

»Ich hoffe, sie ist nicht auf die Straße gelaufen.«

»Oh Gott, bei dem Verkehr«, sagte ich, und war überzeugt, dass das hätte passieren können.

»Der aus dem ersten Stock sagte nur: Kollateralschaden.«

»Das ist nicht schön. Du wohnst hier im Haus?«

»Hinterhaus, ganz oben.« Er benetzte einmal mit der Zunge die Unterlippe.

Mein Magen fiel flach zusammen, als hätte ich seit dem Morgen nichts gegessen. Ein feuchter Glanz auf seinen Lippen, weich und einladend. Ich fasste mir an den Hals, in der Hoffnung, die roten Flecken zu verbergen, die ich spürbar bekam, immer schon bekommen hatte, wenn ich mit einer kleinen Lüge, oft eher einer Notlüge, ein Getriebe in Gang gesetzt hatte.

»Ich dachte, ich hab sie gehört, durch dein Küchenfenster.«

»Das sind Geräusche, die unser Gehirn reproduziert«, sagte ich. »Wahrnehmungstäuschungen.« Ihn schienen meine Lügen nur zu amüsieren. »Hast du es schon bei allen anderen im Haus probiert?«

»Ich war mir eigentlich sicher, wenn sie bei jemandem ist, dann bringt der sie mir doch zurück. Würdest du das nicht machen?«

»Ich denke schon«, sagte ich. Er betrachtete mein Klingelschild, bückte sich und klaubte ein feines Büschel Katzenhaare von meiner Fußmatte. Mir fiel es schwer, weiter zu atmen. Aus meiner kleinen Notlüge war schon ein veritables Vehikel geworden, das, von mir auf die Bahn gesetzt, jetzt umdrehte und ohne Bremsen, groß und ausgereift, zurück auf mich zukam.

»Ich bin wenig hier«, sagte ich, »keine Ahnung, was sich vor meiner Tür abspielt.«

Er betrat die Fußmatte.

»Ich hab irgendwie das Gefühl, dass sie bei dir ist.« Er lächelte, wieder so charmant und zugleich enttäuscht.

»Es tut mir leid«, sagte ich zögernd, »ich wäre froh, wäre eine Katze in meiner Wohnung.«

»So, wie ich dich einschätze, geht es ihr gut.«

»Ja«, sagte ich, »wenn sie hier wäre, ginge es ihr gut.«

»Das ist ne Menge Konjunktiv«, lachte er. Das Lachen traf mich, überrumpelte mich. Es war frei von Sarkasmus. Und es enthielt weite Flächen an Traurigkeit.

»Ich hab einen großen Möglichkeitssinn, ja.«

»Es könnte also sein, dass meine Katze bei dir ist, du dich aber irgendwie davon überzeugt hast, dass sie es nicht ist – und ich habe keine Möglichkeit nachzuweisen, was wirklich ist?«

»Du könntest dich in meiner Wohnung umschauen.«

Er nickte.

»Aber du könntest auch von der GEZ sein und Fernseher zählen wollen. Woher kann ich wissen, dass es deine Katze ist?«

Seine Heiterkeit verschwand, machte einer konzentriert wirkenden Strenge Platz. Diese Ernsthaftigkeit rührte mich. Ich wollte ihm nur noch die Wahrheit sagen.

»Komisch«, sagte er in einer Verhaltenheit, die mich an meinen Vater erinnerte, wenn er ›schade‹ sagte, früher, wenn ich eine Leistung, die er stillschweigend von mir erwartet hatte, nicht erbracht hatte, schade – da hast du deine Chance vergeben, da gibt es kein zweites Mal.

»Ja, es ist komisch. Ich werd das Gefühl nicht los, ich bin hier richtig.«

Er presste die Lippen aufeinander. »Aber ich gehe jetzt zu mir. Wenn du möchtest, kannst du sie mir ja später vorbeibringen. Das würde mich freuen. Hinterhaus, vierter Stock, Matthias Thies.«

Einige Tage später sah ich ihn hinter dem Fensterquadrat des Brazilian Coffee sitzen – eines kleinen Cafés schräg gegenüber von unserem Haus –, er lehnte mit einer Schulter am Glas, hinter ihm bunte Kissen. Ich sah ihn im Profil, und in einem Moment, in dem er versunken war ins Lesen einer Zeitung, die vor ihm auf dem Tisch lag. Er schlug eine Seite um, sie stieß als Welle gegen das Fenster und blieb liegen; auf dem Tisch stand noch ein hohes Glas mit Milchschaum und ein Springbrunnen Tulpen, der sich über die Ränder der Vase warf. Ich sah mich auf die Fensterscheibe zugehen, changierend, wie der Rest der Außenwelt. Es war, als ginge ich hinein in das Standbild eines Filmes. Er wartete nicht auf eine Reaktion von mir, aber wenn ich reagierte, kam der Film wieder in Bewegung und es gab zumindest die Möglichkeit, dass ich ihm eingestehen konnte, ihn belogen zu haben, weil seine Katze mit ihrer zärtlichen Hingabe, ihrem Vertrauen und ihrer verlässlichen Zuneigung in die leeren Räume geschlüpft war. Sie brachte es fertig, dass ich etwas wiederfinden konnte, was ich lang verloren hatte.

Als hätte er mich aus dem Augenwinkel schon gesehen, stand er auf, als ich das Café betrat. Ich war so in meiner Erinnerung gefangen an die ziehende Kraft und die Abstoßung am Ende, an mein wachsendes Bedürfnis, da an der Tür, als er vor mir gestanden hatten, ihn hereinzubitten, nur um länger in der erregenden Atmosphäre unseres Spiels zu bleiben, dass mich seine Unbefangenheit irritierte: Er ging einen Schritt auf mich zu und reichte mir die Hand.

Mein erster Gedanke war: Er weiß, dass ich ihn belogen habe, ist aber so großzügig, das nicht zu erwähnen. Wir unterhielten uns stockend. Mit keinem Wort erwähnte er seine Katze. Mir fiel es schwer, um sie herumzureden. Ich wollte so sehr nicht an die Katze denken, dass ich nur an sie dachte.

Matthias Thies sagte plötzlich: »Ich muss jetzt los.«

Im Reflex sagte ich: »Ja, ich auch.«

Dann fragte er, wie nebenbei, als er nach seiner Tasche griff: »Und was machst du heute Abend?«

Euphorisiert flog ich durch den Tag. Flog durch menschenleere, grauschattierte Stadtlandschaften, die sich auf den Bildschirmwänden im Keller der Agentur entfalteten. Ich flog mit einem jungen Paar durch die Betonschluchten, drehte mich auf einem stadiongroßen Parkplatz um die eigene Achse, ich hockte auf dem mittleren Sitz der Rückbank, hatte ihrer beider Profile im Blick und die breite, großartige Perspektive um sie herum. Niemand außer uns war in dieser Stadt und dann sah ich in umgekehrter Nahaufnahme das Paar, wie es sich küsste, dort, im Auto, als säße ich jetzt auf der Kühlerhaube und starrte direkt zu ihnen hinein. Dahinter, in den in die Häuserfronten geschnittenen Himmelsschluchten, glühte ein Sonnenuntergang. Die Musik schwoll an, Rihanna, meinte ich, aber ein Remix mit zusätzlichen Bässen. Jochen, der beste aller SFXler hier unten, wollte von mir wissen, ob der Kunde sich nicht den Himmel über der Stadtlandschaft etwas weniger dramatisch gewünscht hatte. Ich fand ihn nicht dramatisch. Ich fand ihn angemessen. Aber ich erinnerte, was der Kunde gesagt hatte: Wirkliches Gefühl. Darum war es ihm gegangen. »Es geht um die beiden«, sagte ich zu Jochen, »der Himmel spiegelt ihr Glück.«

»Also nicht zu viel.«

»Sie sind doch wirklich beide glücklich, findest du nicht?«

»Jule«, sagte Jochen im Tonfall eines Lehrers, der einem das Einmaleins einbläut, und ich kapierte es immer noch nicht. Mich überzeugten die Schauspieler. Sie spielten unglaublich gut ihre Liebe. Zu sich und zu ihrem Auto. Das hatte der Kunde noch gesagt: Wir sind bodenständig. Wir produzieren wirklich Handfestes. Machen Sie die Außenwelt nicht zu perfekt. Denken Sie an Schrammen in der Stadt, an Spurrillen auf der Straße. Gern zahlreiche Schlaglöcher. Unser Wagen ist für die raue Wirklichkeit gemacht. Und für ein Paar, das sich keine Illusionen macht. *Keep it real!* war der Claim im Abspann.

»Okay. Wir sollten den Sonnenuntergang doch durch eine Art Wetterleuchten ersetzen. Aber nicht zu grünlich, nicht, dass es nach Reaktorkatastrophe aussieht«, sagte ich.

Jochen bewegte die Maus, tippte, wählte aus den Endloslisten seiner Bildbibliotheken aus, zeigte mir die neue Version. Es war angenehm, mit ihm im Keller zu sitzen, nicht nur, weil die Sommerhitze hier abgemildert war, sondern auch, weil er uns – den Konzeptern, Strategen, Textern aus den oberen Stockwerken – nie das Gefühl gab, wir müssten Small Talk machen mit ihm. Wir konnten nebeneinander sitzen, tagelang, und nur das Notwendige besprechen, während er arbeitete und ich zusah, und wir schwiegen wie ein miteinander vertraut gewordenes Paar, das nur ein paar Worte am Tag brauchte, kleine Gesten der Aufmerksamkeit, um sich seiner Zusammengehörigkeit versichert zu fühlen.

Er hatte den Himmel etwas giftiger eingefärbt und die Außenwelt noch etwas unwirtlicher gemacht, irgendwie kälter, gröber, ihr ein paar Schrammen zugefügt, den Putz absplittern lassen, ein Hauch versmogter Atmosphäre – und schon bildete das Paar in ihrem neuen Auto eine perfekte Einheit des Glücks, sie küssten sich in einer tiefen Hingabe, wirkliches Gefühl, wirkliche Nähe, die seltene Gunst der Liebe, und mich erfüllte das Schlussbild, als *Keep it real!* auftauchte, mit einer fragilen Hoffnung. Ich glaubte unserer erfundenen Zuversicht.

»Himmel«, sagte Matthias am Morgen, noch weich und schlaftrunken, kurz nach dem Aufwachen, und drehte sich zu mir, »das ist mir so noch nie passiert.«

Eine Fliege kreiste über meinem Bett, sie summte zu gewöhnlich für das, was uns passiert war. Seit die Katze und ihr Futter in meiner Wohnung waren, gab es viele Fliegen.

»Mir auch nicht«, flüsterte ich.

»Verrückt.« Er küsste mich.

»Was machen wir jetzt?« Die Fliege hörte auf zu summen.

»Nicht nachdenken«, sagte er. »Einfach weitermachen.«

Er strich über mein Gesicht, fuhr mit dem Finger den Bogen meiner Augenbrauen nach, über meine Wangenknochen, hin zu meinen Lippen, er zeichnete meinen Mund nach. Er ließ seine Finger über meinen Hals fahren, über meine Schulter, konturierte meinen Körper in einer Weise, die mich erstaunte, wahrscheinlich, weil ich ihn in den letzten zwei Jahren nicht mehr wahrgenommen hatte, höchstens noch als Anhängsel meines Kopfes, als notwendiges Transportmittel, um meinen Geist in die Agentur zu befördern.

»Ich muss dir was beichten«, sagte ich.

»Gleich kommt dein Freund.«

»Ich hab deine Katze.«

»Welche Katze?«, fragte er und lächelte sein trauriges, schönes Lächeln.

»Deine.«

»Ich habe keine Katze.«

Ich musste laut lachen, es brach aus mir heraus. Es war zu heftig für die befriedigte Ruhe, die sich zwischen uns ausgebreitet hatte. Aber er tilgte so elegant meine Lüge, es war so charmant, wie er mich aus dem Dilemma befreite.

»Ich hab wirklich keine Katze«, sagte er, jetzt mit einem Grinsen, einer Art Maisonette-Grinsen, unten beherrscht, oben verspielt.

»Sie ist hier eingezogen. Vielleicht überlegt sie es sich aber auch wieder anders. Und zieht wieder aus. Sie kann gern so lange bleiben, wie sie will. Wie du willst. «

»Das kann ich nicht entscheiden.«

»Du kommst sie besuchen, wenn du mich besuchen kommst.«

»Also wirfst du mich jetzt raus.«

»Leider«, sagte ich und küsste ihn, »sonst können wir uns ja nicht wiedersehen.«

»Du hast Fieber«, sagte er und küsste meine Stirn, »und die ganze Nacht nicht geschlafen.«

Ich schloss die Augen, roch in seinen Küssen mich selbst und probierte es aus, mein Pflichtbewusstsein zu sedieren. Es ging nicht.

Er klaubte mein Telefon vom Nachttisch und hielt es mir hin. In seiner Geste lag eine Unumgehbarkeit, die mich wieder zögern ließ.

»Nein«, sagte ich, »ich muss leider los.«

Ich spürte, wie er das missbilligte, und ich wollte ihn nicht enttäuschen. Ich verschob die Entscheidung wieder, wir duschten gemeinsam, konnten nicht voneinander lassen, ich lugte verstohlen auf die Uhr am Badspiegel.

Ich öffnete die Küchentür, während er zum zweiten Mal duschte, machte uns Kaffee. Die Katze stob durch die Wohnung, und, als er aus dem Bad kam, auf ihn zu. Er bückte sich und kraulte sie im Nacken.

»Beweg dich nicht«, sagte er, als er mir gegenübersaß, am Küchentisch.

Ich konnte nicht still sitzen, ich war zu nervös, das Tageslicht leuchtete unsere Unbeholfenheit aus. Ich wollte den gleichförmigen Strom meiner morgendlichen Abläufe verbergen, stand aber unter dem mahnenden Auge der Uhr. Ich lief durch die Küche, öffnete den Kühlschrank, betrachtete das Farbspektrum der Marmeladen in ihren Gläsern und wünschte, Matthias käme zu mir und träfe eine Entscheidung für mich, greife an mir vorbei und holte eine heraus. Er kam zu mir, sein frisch geduschter Körper unter dem weißen T-Shirt. Er drückte die Kühlschranktür mit einer Schulter zu und umarmte mich. Ich fand es nicht unheimlich, nur anziehend, dass er nahezu das machte, was ich mir kurz zuvor gewünscht hatte.

»Bleib bei mir, komm«, sagte er leise, »sag, es ist ein Notfall.«

»Ein Notfall«, sinnierte ich.

»Du hast doch einen großen Möglichkeitssinn.«

»Aber ich kann so schlecht lügen. Ich hab immer das Gefühl, alle wissen, dass es nicht stimmt.«

Er begann, mich zu küssen, wanderte Kuss für Kuss an meinem Hals hinunter, am weiten Ausschnitt meines Pullovers entlang, er tilgte mein Zaudern. Ich spürte mich in jeder seiner Berührungen, als wäre es ein Schmerz, ein schaurig-schöner Schmerz, eine langsam aufsteigende Erinnerung an etwas, das weit auf den Grund abgesunken war und jetzt, durch seine fulminante Rückkehr, auf mich wirkte wie eine angenehme Form von Bewusstlosigkeit.

»Also«, sagte er zwischen den Küssen.

Ich erwiderte seine Küsse in der plötzlichen Gewissheit, dass alles richtig war, vollkommen richtig, so fühlte es sich an, richtig und passgenau, und damit war kein Platz mehr für Wörter oder einen komplizierten Satzbau in meinem Kopf, es passte nur das Wort Notfall noch rein, und das ließ sich aussprechen, durch die schwarze Fläche meines Telefons hindurch ins Ohr der Sekretärin, ein Notfall, kein Problem, Juliane, mach dir keine Gedanken, alles okay, bis später dann, ja, bis später dann. So einfach war das. So einfach machte er das, so ließ die Welt sich regeln.

Ich bin kein Mensch, der viel redet. Wenn mir etwas in den Sinn kommt, was gesagt werden könnte, denke ich: Lohnt es sich? Nein, es lohnt sich nicht. Und Matthias besaß die Fähigkeit, genau das zu sagen, von dem ich Sekunden zuvor gedacht hatte, es wäre schön, wenn es gesagt werden würde. Es verwirrte mich nicht, wenn ich das hörte, was ich gedacht hatte, sondern nahm es als Zeichen, wie sehr er mich verstand. Wir gingen fast jeden Abend aus zum Essen, und manchmal beobachtete ich uns von außen, als säße ich am Nachbartisch. Wir schwiegen nie angestrengt, wir tauschten uns nie über Banalitäten aus. Wären wir Flugzeugbauer gewesen, hätten wir nicht über Technik geredet, nur übers Fliegen. Als Rechtsanwälte hätten wir uns nicht in die Niederungen unserer Fälle begeben, sondern die Frage erörtert, ob der Richter rechtsschöpferisch sein darf oder ein Lückenlosigkeitsdogma herrschen muss.

Ich erfuhr, dass er als Produktmanager für einen Online-Dienst arbeitete, das Produkt umfasste die Steuerung des Zufalls. Des Zufalls, dass sich zwei Akademiker, die perfekt zueinanderpassten, kennenlernten. Er erzählte mir nur kurz vom Matching-Algorithmus, von Punktzahlen, Fragemustern, Formeln, und dann fragte er mich, was ich glaubte: ob der Zufall in Zukunft das letzte, nicht steuerbare Element in unseren Leben sein würde, oder ob Kairos, die einmalige Chance, der günstige Moment, der magische Augenblick, der alles verändere, durch kontinuierliche Vorarbeit, jahrelanges Training, also die richtige Übung, sprich, auch ein selbst lernendes Programm, beherrscht werden könne.

»Hm«, sagte ich.

»Wir sind kurz davor, ein Programm zu implementieren, das die Gesichter von Menschen miteinander vergleicht und die nötige Menge an Übereinstimmungen findet, die es braucht, damit zwei sich *sehen*«, sagte er, »sich erkennen.«

»Aber man sucht doch nicht sein Spiegelbild.«

»Doch. Wir suchen uns jemanden aus, der uns ähnlich ist.«

»Aber nicht gleich.«

»Worin bist du mir ähnlich?«, fragte er, lehnte sich vor und schob sein Weinglas am Fuß auf mich zu. Mit der gleichen Geste schob ich mein Glas auf ihn zu. Die Bäuche der Gläser klirrten leise aneinander, auf halber Strecke, ein Vibrieren vom Zentrum des Tisches aus.

»Wir trinken gleich schnell«, stellte ich fest.

»Wir essen in einem ähnlichen Tempo.«

Er verbarg nicht, dass ihn der Wettbewerb reizte.

»Ich esse wie eine Schnecke«, warf ich ein.

»Du denkst so schnell, wie du trinkst.«

»Ist das auch Teil eures Algorithmus zur Steuerung des Zufalls?«, fragte ich. »In welchem Rhythmus ein Mensch sich durchs Leben bewegt?« Er griff nach meinen Händen, die – wie etwas mir nicht ganz Zugehöriges – seitlich neben dem Teller lagen. Er führte meine Hände unter seinen zusammen, eine Höhle. »Wir haben den gleichen Takt. Da setzt der Zufall an. Da kann man dem Zufall auf die Sprünge helfen. So, dass es klappt.« Er schaute mich an. Darin lag diese seltsame Kraft, die er herzustellen imstande war: Auf eine Weise fühlte ich mich wie aus der Zeit herausgehoben, wir wurden Teil einer anderen Realität – die so abgedichtet war gegen die Außenwelt, dass nichts mehr eindringen konnte.

Er fragte, was mich an meiner Arbeit reizte. Ich sagte ihm, dass es mich reize, den ganzen Tag nichts anderes zu machen, als Illusionen herzustellen. Andere Wirklichkeiten, glaubwürdige Parallelwelten, in denen wir andere sein konnten als die, die wir waren. In denen andere Gesetze herrschten, nicht die uns bekannte Physik, nicht nur Anziehung, Abstoßung, Chronologie.

Manchmal schien es mir, erzählte ich ihm, als bewegte ich mich durch ein Universum aus Einsamkeit, durch eine flach gewordene Zeit, einen Tunnel, in dem nur je ein Mensch Platz zu haben schien. Selbst die Paare, die ich beobachtete, wirkten mitunter, als lebten sie Lichtjahre voneinander entfernt. Alles einzelne Planeten, die aber immer jemanden brauchten, der sie anleuchtete, und je weniger Lichtquellen es gab, desto stärker mussten die Dinge leuchten, die wir uns kaufen konnten, die Autos, Telefone, Uhren und Tablets, und selbst unsere Schuhe sollten schimmern, als wäre das ihre vorrangige Aufgabe: das Ausleuchten unserer Wege.

»Ich finde es viel zu dunkel in der Welt«, sagte er – ernst? Ja, aber noch eher mit einer Lust daran, Gespräche dieser Art zu beginnen, Gespräche, die kühl und analytisch waren, wo mit einem Abstand über sich selbst gesprochen wurde, ein wohltuender Abstand, es gab viel mehr Klarheit in solchen Gesprächen.

»Dass du mir im Dunkeln nicht entwischt bist«, sagte er leise.

»Du hast vor meiner Tür gestanden. Ich konnte nicht entwischen.«

Er lächelte und dann warf er einen Blick zur Seite in den Raum, als wäre dort ein Wesen vorbeigehuscht, das flink war, aber nicht flink genug für ihn.

»Wir müssen das noch mit deiner Katze klären«, sagte ich.

Es zuckte kurz auf seiner Stirn, ein Flackern der Irritation, als müsste er sich an etwas erinnern, das vor langer Zeit passiert war, eine Sache, die ich ihm gesagt hatte und die er leider vergessen hatte. Eine Nichtigkeit, nicht mehr der Rede wert.

»Alles gut«, sagte er und drückte meine Hände, »ist alles gut.«

Aber es hatte eine Beherrschung in seiner Stimme gelegen, eine kalte Flächigkeit, die auf etwas lag, etwas herunterdrückte, das nicht nach oben kommen durfte, eine Wut oder eine Angst, ich war mir nicht sicher, ich nahm mir nur vor, ihm schnellstmöglich seine Katze zurückzubringen.

Ich war in den letzten Jahren allein oder kurz mit Männern zusammen gewesen, mit denen alles unverbindlich geblieben war. Oft schienen diese Männer und ich uns auf schrägen Ebenen zu treffen, es dauerte nie lange, da stolperte einer von uns über den Rand einer Falltür, die sich stets nach unten öffnete. Und wir gaben uns wieder frei. Etwas lädierter, mit blauen Flecken, aber nicht vollkommen desolat. Vielleicht nur noch etwas stärker darauf bedacht, den Anblick zu ignorieren, wenn man sich selbst im Spiegel sah – in einem unerklärlichen Loch in der Zeit war die eigene Jugend verschwunden. Kinderlos bewegte ich mich in einem Vakuum, das, wie jedes Vakuum, kein Leben enthielt. In meiner austarierten Lebensferne hütete ich die Hoffnung, ein Stillstehen der Zeit erzwingen zu können, wenn ich nur nicht genau hinsah, wenn ich nur aufpasste, dass nichts hereinbrach, von außen, oder der Boden sich öffnete, da, wo man stand.

»Ich wollte dich«, sagte er beim Rausgehen und legte einen Arm um mich, rutschte mit seiner Hand unter meinem Arm durch, berührte meine Brust an der Seite, ganz zart mit den Fingern, »ja. Genau. Seit ich dich mal gesehen hatte, im Haus irgendwo. Seitdem wollte ich dich kennenlernen.«

»Warum?«

Er nahm mein Gesicht in seine Hände, schaute mich an, mir ging sein Blick durch Mark und Bein. Ein Blick wie ein Feldherr, der den Zufall beherrschte: Ich kam, ich sah und ich siegte.

»Du kriegst deinen Willen«, sagte ich zusammenfassend.

»Nicht immer«, sagte er und küsste sehr zärtlich mein Ohr, »aber bei dir, da muss ich ihn kriegen.«

Es roch, egal wo ich in meinem Bett lag, nach Matthias. Morgens, nach der ersten Nacht, die er nicht bei mir übernachtet hatte – er war irgendwann aufgestanden und hatte gesagt, dass er gehen müsse –, blieb ich auf dem Bauch liegen und streckte Arme und Beine aus. Es war, als hätte mich ein ultrascharfes Messer in der Mitte durchgeschnitten. Ein so feiner Schnitt, dass ich den Schmerz erst spürte, als ich mich bewegte. Da half auch die Katze nicht, die auf das Fußende des Bettes sprang. Sie schnurrte. Ihr Fell an meinem Unterschenkel, die Vibration ihres Schnurrens an mir. Aber die Verlassenheit überfiel mich wie eine Horde Gäste, die ich nicht eingeladen hatte. Sie öffneten jede Flasche, die sie fanden, aßen und tranken, lachten und hörten Musik, während ich mich nicht aus dem Bett bewegen konnte, sie amüsierten sich bis in den frühen Morgen und räumten dann auch noch hinter sich auf, sodass mir nichts zu tun blieb, als liegen zu bleiben.

Matthias ging zwei Wochen nicht mehr an sein Telefon, rief nicht zurück. Von meinem Küchenfenster aus konnte ich sehen, dass manchmal nachts Licht in seiner Wohnung brannte, aber mein Stolz hielt mich davon ab, einfach zu ihm ins Hinterhaus zu gehen und zu klingeln. Ich funktionierte in der Agentur – gemessen am Grad meiner Verwirrung – ausnehmend gut. Es war eine Wohltat, mit den Programmierern vor einer Wand aus Bildschirmen zu sitzen und drei Stunden über den Schattenwurf einiger Shop-Buttons zu sprechen. Ich saß in Sitzungen mit Kunden und genoss jeden Einwand, den sie vorbrachten, jede noch so harsche Kritik, nur dass wir länger hier zusammensitzen und über neue Konzepte sprechen konnten. Ich spornte meine Kollegen an, eine Nachtschicht an den Tag zu hängen, damit dem Kunden am Morgen nicht nur zehn, sondern zwanzig Varianten eines Anzeigenmotivs präsentiert werden konnten. Und in den Minuten, die mir ungefüllt blieben, malte ich mir Szenarien aus, warum Matthias sich bei mir nicht melden konnte. Er war in der Endphase des Projekts zur Steuerung des Zufalls. Nein, zu banal. Seine Mutter war krank. Mit seinem Vater war etwas passiert. Geschwister – er hatte erzählt, dass er eine richtige Schwester und zwei Halbbrüder hatte. Ich malte mir aus, wie er sich hatte beurlauben lassen, um am Krankenbett seiner Mutter zu sitzen, bis sie wieder aus dem Koma erwachte nach einem Unfall, der fast tödlich gewesen wäre. Ich wusste nichts über seine Familie, aber ich entwarf seine ganze Familie, ich hoffte auf eine Genesung des Familienmitglieds, das erkrankt war, ich sah sie vor mir, wie sie zusammenstanden und die neue Situation meisterten, der nun pflegebedürftigen Mutter einen Platz in einer Reha-Klinik organisierten, darüber nachdachten, wer sie nach Hause nehmen konnte, wer sich kümmern konnte. Welcher Schicksalsschlag auch immer, ich bewunderte sie dafür, wie sie gemeinsam die neue Situation meisterten, Matthias im Kreise seiner Familie.

Er stand wieder vor meiner Tür. Wie beim allerersten Mal. Nur war es frühmorgens, kurz bevor ich in die Agentur gegangen wäre, ich hatte die Küchentür nicht geschlossen, die Katze strich um meine Beine. Er bückte sich und kraulte sie am Hals.

»Willst du sie holen?«, fragte ich in einem Tonfall, den ich sonst nur von meiner Mutter kannte. Wenn wir am äußersten Rand einer Auseinandersetzung angekommen waren, wenn sie mit ›Schluss jetzt!‹ oder ›Keine Diskussion!‹ nicht mehr weiterkam, wenn sie kurz davor war, sich in ihr Arbeitszimmer zurückzuziehen, sich zwischen ihre sicheren Buchtürme, die sie zum Übersetzen brauchte, und den Stapeln aus Papier einklemmen wollte, weil das der Ort war, an dem sie alles im Griff hatte, wo sich ein Satz an den nächsten fügte, sich alles ihrer Übersetzung ergab. Wenn sie kurz davor war, wegzugehen, dann sagte sie oft in diesem Tonfall den Satz, der mich verstummen ließ: ›Was willst du eigentlich von mir?‹

Ich nannte diesen Tonfall – hilflos und verquer – ihre Märtyrerinnenstimme, später, wenn ich versuchte, die Wendungen unserer Diskussion beim Aufschreiben in mein Tagebuch zu ordnen. Dieses Tagebuch hatte ich nur zu schreiben begonnen, um an einem Schreibtisch zu sitzen und dort etwas zu tun zu haben, wie meine Mutter. Sie wirkte immer so aufgeräumt, zufrieden, ja, glücklich, wenn sie Satz für Satz ein Buch übersetzte. Irgendwann, da war ich mir damals sicher gewesen, würde auch ich eine Übersetzung für ›Was willst du eigentlich von mir?‹ finden.

»Und, alles gut bei dir?«, er schaute mich an.

»Ähm, ja. Ich muss los.«

Die Katze roch an seinen Schuhen.

»Ich hab dich vermisst«, sagte er.

»Und das magst du gern, dieses Gefühl.«

»Dich zu vermissen?«

»Ja.«

»Vielleicht. Vor allem mag ich dich.«

Ich biss mir auf die Zunge.

»Willst du Gründe hören?«, fragte er über mein Schweigen hinweg. »Warum ich weg war? Mir geht es nämlich, ehrlich gesagt, beschissen.«

»Was ist passiert?«, fragte ich, sofort unterspült von Anteilnahme, all die ausgemalten Schauergeschichten, sie fluteten das spröde, narbige Feld unserer Widerständigkeit.

»Ach, was Familiäres.«

»Oh, das tut mir leid«, sagte ich, überrascht und einen Augenblick lang verwirrt, mit meinen Vermutungen nicht falschgelegen zu haben. »Ist es was Schlimmes?«

»Entschuldigung«, sagte er und schüttelte über sich selbst den Kopf, »ich hätte mal zurückrufen können.«

Meine Vorsicht durchleuchtete alles auf Echtheit, schickte den Satz drei, vier Mal durch den Scanner, fand kein gefälschtes Bauteil, keinen Hinweis auf explosive Stoffe.

»Ach, das spielt doch keine Rolle«, sagte ich schnell.

Die Katze roch an meinen Füßen. Vielleicht roch sie, dass wir nach unseren Botenstoffen ein nicht zueinanderpassendes Paar waren. Der Matching-Algorithmus hätte für uns nur eine läppisch niedrige Punktzahl übrig gehabt. Aber Matthias war wieder hier, und er wollte sich erklären.

Als hätte die Katze einen Schreck bekommen, sprintete sie los, ins Wohnzimmer.

Ich hielt ganz still. Konzentrierte mich noch einen Moment länger auf die Geheimdienstfähigkeiten, die ich mir im Laufe meiner unverbindlichen Affären angeeignet hatte. Visier, Maskerade, Camouflage. Gleichgültigkeit. Vor allem Unberührbarkeit vortäuschen und Gefühle nur zeigen, wenn man nicht beobachtet wird.

Er übertrat die Türschwelle, pirschte sich an, mit einem schalkhaften Lächeln im Gesicht, als hätte er einen Schalter umgelegt. Ich hing noch seiner dramatischen Nachricht nach, und dass es ihm beschissen ging.

»Lass uns was machen heute Abend«, sagte ich, ganz unverbindlich.

Er griff nach mir, zog mich zu sich, küsste mich unterhalb meines Ohres, ich war stocksteif in seinen Berührungen, mir war, als umarmte mich gerade meine eigene Vorstellung von einem Menschen, ein Mensch, den es nicht gab.

»Ich würde ungern deine Wohnung verlassen«, flüsterte er.

Mein Visier wackelte. Aus dem Wohnzimmer hörte ich das reißende Kratzen von Katzenkrallen im Polsterstoff. Matthias nahm mein Gesicht in seine Hände und küsste mich.

»Ich muss los«, wandte ich ein. Er strich mit seinen Händen über meinen Rücken, zog mich zu sich heran, strich mit einem Finger über meine Schlüsselbeine, zögerte, höflich, als warte er auf ein Zeichen meines Einverständnisses, und küsste dann, als ich nichts machte, sehr vorsichtig meinen Hals, umfuhr meine Schultern, meine Oberarme, legte Kuss für Kuss auf meine Haut, zog Zentimeter den Ausschnitt meines T-Shirts zur Seite und küsste da weiter. Dann schloss er seine Arme um mich und ich meinte, die angesammelte Einsamkeit, die bittere Beherrschung, mit der ich meinen Körper auf Abstinenz trainierte, an den Stellen zu spüren, wo er mich berührte, und war nicht imstande, mich in seiner Umarmung zu bewegen. Mein Kopf verhedderte sich in einem stummen Zwiegespräch, einem Abwägen, ob er log oder nicht, und da auch ich gelogen hatte, kam es doch auf so etwas wie eine Pattsituation heraus, und wozu noch weiter nachdenken, wenn da zwei Menschen waren, die sich eben in diesem kurzen Augenblick brauchten.

Wir stiegen einfach ein ins Riesenrad, so mein Gefühl, wir teilten den Wunsch, durch den Himmel zu kreisen.

In der vertrauten Kenntnis, die unsere Körper voneinander hatten, liebten wir uns und schoben die Helligkeit des Tages draußen wie eine Bugwelle vor uns her. Wir dichteten den zarten Raum unserer Zweisamkeit ab, und keiner von uns beiden schien diesen Tag lang das Bedürfnis zu haben, die fragile Haut mit dem Tipp eines Fingers zu zerstören.

In der Nacht erzählte er mir von seiner Mutter und seinen Geschwistern – ich musste mich verhört haben, er hatte nur zwei Halbgeschwister, einen Stiefbruder und eine Stiefschwester.

Als ich nachfragte, lachte er kurz auf, ein leeres Lachen, das er manchmal hatte und das mich immer irritierte – als sagte er ein entscheidendes Wort in einer Sprache, die ich nicht verstand –, und als hätte er es bemerkt, schloss er den Mund und sagte: »Es ist auch verwirrend, das Leben meiner Mutter.«

Und dann erzählte er mir von ihr, unter dem Vorzeichen, dass er diese Details noch keiner Freundin zuvor erzählt habe, und ich hing dem Titel nach, den ich wie nebenbei zugesprochen bekommen hatte, und wusste, ich hätte es andersherum nicht auszusprechen gewagt. So zogen die ersten Sätze an mir vorbei und Matthias war schon in der Galerie der Mutter angekommen, die sie in Rom führe, wo sie mit ihrem dritten Mann, einem Unternehmer, zusammenlebe, der auch der Vater von seinem Stiefbruder sei. Seine Stiefschwester sei vom zweiten Mann der Mutter, einem Kunsthändler. Und er – Matthias – sei der Sohn ihres ersten Mannes, eines Malers, der vor über zehn Jahren gestorben sei, in den ersten Jahren seiner Tätigkeit bekannt und geschätzt, seine Mutter habe immer gesagt: der einzige Mann, den sie aus Liebe geheiratet habe. Der Kunsthändler, das war aus Gründen der Sicherheit. Der Unternehmer und sie seien gute Compañeros, gerade im Altern. Ich wollte wissen, wie sein Vater geheißen habe, Matthias überging meine Frage und erzählte eine Episode aus der kurzen, aber leidenschaftlichen Ehe seiner Eltern. In der Zeit, in der sie sich in Düsseldorf kennengelernt hatten, studierte seine Mutter Kunstgeschichte und war für ihr Talent, ausschweifende Partys zu organisieren, bekannt gewesen. Sein Vater war noch ein No-Name, er konnte sich aber hartnäckig davon überzeugen, in nicht allzu ferner Zukunft mit seiner Kunst berühmt zu werden. Seine Mutter arbeitete als Kellnerin in einem Caféhaus, das Wiener Charme nach Düsseldorf brachte, und im ersten Stock der Villa ließ der Mäzen, dem das Haus und das Café gehörten, vielversprechende Talente für wenig Geld wohnen. Dort wohnte sein Vater. Dort hauste er, musste man eher sagen. Sein Atelier war binnen Wochen zugewuchert – nicht mit Leinwänden, mehr mit Essensresten, Zeitungen und alten Kleidungsstücken. Aus dem Keller der Kaffeehausvilla waren die Schaben nicht mehr wegzudenken gewesen, aber durch aggressives Ausstreuen von Gift wurden sie davon abgehalten, die Treppe ins Erdgeschoss zu erklimmen. Der Mäzen hatte eine Hysterie entwickelt, dass ein Schwung Schaben von oben herab ins Café einfallen würde, gepäppelt durch die Abfälle im Atelier.

Matthias' Mutter war längst schwanger gewesen, konnte nur noch eine halbe Schicht lang kellnern, und der Mäzen, der ihr Chef war, hatte gesagt: Raus mit dem Dreck dort oben, wenn ihr es nicht macht, mach ich es. In ihrer tatkräftigen Art war sie in den ersten Stock gegangen und hatte zwei Tage lang das Atelier aufgeräumt und dabei hinter viel altem Gardinenstoff, unter Bergen von ausgelesenen Zeitungen, immer wieder Leinwände von Matthias' Vater gefunden. Mit diesen Bildern war sie zu einem bekannten Kunsthändler gegangen (ihrem späteren zweiten Mann), der hatte sie nach und nach mit gutem Gewinn verkauft. Matthias wurde geboren, der geliebte erste Sohn, und seine Eltern hatten genug Geld, in eine kleine, gemeinsame Wohnung umzuziehen. Knapp acht Jahre war das gut gegangen, eine gute Kindheit habe er gehabt, aber dann hatte der Vater aufgehört zu malen, er produzierte nichts mehr, las den ganzen Tag Zeitung, sah fern, ließ sich bedienen, wurde wie ein Kind, manchmal ließ er sich füttern von seiner Frau.

Matthias verschlief die Nacht, sagte er, in der alles zusammenbrach. Ohne ein Wort zu sagen, räumte seine

Mutter in den nächsten Tagen die Wohnung aus. Er kam aus der Schule und beobachtete sie, wie sie mit pinkfarbenen Gummihandschuhen nach den Sakkos, Hosen und Socken von Matthias' Vater griff und alles, unbesehen, in blaue Müllsäcke stopfte. Die knotete sie doppelt zu, stapelte die Ballen vor der Garderobe im Flur. Matthias erinnerte sich daran, wie er einer dieser augenlosen Köpfe hatte werden wollen, die sein Vater oft gemalt hatte. Wo die Augen waren, wucherten hügelige Geschwüre, wo die Ohren waren, klaffte eine glatte, zugewachsene Fläche aus Haut. Die Münder auf den Bildern waren oft aufgerissen und blutig gewesen, als seien alle Zähne gezogen worden, als sprudelte aus ihnen nichts anderes als der Tod.

Er habe den Schmerz, den sein Vater gemalt hatte, gefühlt und dabei die pinkfarbenen Gummihandschuhe betrachtet, und wie schnell und geschickt sie sich bewegten.

Das war seine Mutter.

Dann war sie zum Telefon gelaufen, hatte den Vater angerufen und in den Hörer gerufen: Muss ich dir noch sagen, wie das Atmen geht? Nichts kriegst du auf die Reihe! Aber noch glauben, die große Zukunft wartet!

Ohne mich!, hatte sie am Ende gesagt und einen zugebundenen Sack so getreten, dass er gegen die Haustür geflogen war.

»Ich bewundere sie«, sagte Matthias in die nächtliche Dunkelheit, »sie nimmt immer ihr Leben in die Hand. Sie hat immer gekämpft.« Er schwieg und ich versuchte, mir diese tatkräftige Frau vorzustellen, und es formte sich – obwohl ich sie nicht kannte – das Bild einer resoluten, selbstbewussten, schönen Frau, die nie auf die Idee kommen würde, sich zwischen Bücher zurückzuziehen und stundenlang an einem Satz zu feilen. Wie prall von Leben war im Vergleich diese Frau, die er mir beschrieb.

»Es geht ihr nicht gut«, sagte er leise.

»Was hat sie?«

»Sie ist schwer krank.«

Ich zog an der Bettdecke, um uns beide damit besser zuzudecken. Ich zog und er zog auch, wir zogen beide und er sagte: »Du bist ein richtiges Einzelkind, Juliane. Du musstest nie teilen.«

Ich widersprach nicht. Vielleicht hatte ich ihm gar nichts von meiner älteren Schwester und meinem jüngeren Bruder erzählt?

»Das klingt wie ein Roman, deine Geschichte«, lenkte ich ab.

»Du glaubst mir nicht.«

»Doch! Natürlich. Kann ich dir irgendwie helfen? Deiner Mutter? Kann ich irgendwas tun?«

Er sagte einen Augenblick nichts. Dann richtete er sich auf.

»Du liegst am liebsten allein unter deiner Einsfünfzigdecke.«

»Das stimmt nicht.«

»Kein Mensch hat neben dir Platz.«

Ich stutzte. Wie schnell sein Tonfall sich ändern konnte.

»Das nervt.«

»Nimm sie«, sagte ich schnell, »ich hol mir das Fell vom Sofa. Und dann sag mir, wie ich dir helfen kann.«

»Helfen!«, sagte er abschätzig, »du willst mir nur zeigen, wie großartig deine Hilfe ist. Ich will mir hier nichts weiter vormachen.«

Ich stand schon in der Schlafzimmertür, musste nur noch um die Ecke, das Fell holen. »Warte.«

»Das ist das, was du willst«, sagte er und schlängelte sich an mir vorbei in den Flur, und hinaus.

Die besten Besprechungen dauerten fast den ganzen Tag. Ich bat die Programmierer, mir noch einmal die Modellierung des Geschäftsprozesses zu erklären, den sie mir zuvor ausführlich vorgestellt hatten. Ich entwarf zwischen den Terminen zusätzliche Konzepte für Kunden, die das ihnen vorgestellte bereits abgesegnet hatten, ich recherchierte Weiterbildungs-Studiengänge, die ich neben meiner Arbeit absolvieren könnte, ich ging sogar zu einem Werber-Stammtisch und danach zu einer After-Work-Party, auf der ich ein Fremdkörper war, so fremd, dass sich keiner in meine Nähe traute, zu Recht, wie ein schwarzes Loch hätte ich jedes Licht, jede freundliche Helligkeit verschluckt. Ich studierte die Menschen um mich herum, das half. Wie sie sich ihre Köpfe im Gespräch zuneigten, wie sie nickten und lachten, sich umarmten, auf den Rücken klopften, wie sie ihre Bierflaschen aneinanderstießen, tanzten, sich küssten. Alle gingen immer aufeinander zu, während ich eine Armee unsichtbarer Söldner um mich herumscharte, die alles verteidigte, was ich ihr zum Verteidigen vorschrieb, die so ultimativ loyal war, dass wir gemeinsam immer wieder etwas fanden, was verteidigt werden konnte. Bitte, strengt euch an, nur nicht, dass ans Licht kommt, wie beharrlich ich mich selbst betrüge.

An einem Freitagabend, als die meisten meiner Kollegen gegangen waren, um im Strandcafé an der Elbe den Sommertag ausklingen zu lassen, saß ich an meinem Schreibtisch, nur ich und der Schreibtisch, die Regale, Ordner und die Technik, und ich verfiel dem Wunsch, endlich so flach wie der Bildschirm auf meinem Tisch zu werden.

Mein Vater, als Ingenieur spezialisiert auf Nanobeschichtungen, hatte recht: In jeder technischen Entwicklung steckte die Lösung eines unserer Probleme. Wenn wir endlich mit all den schönen Erfindungen verschmelzen konnten, würden wir weniger leiden. Das Gerät glich nicht nur meinen Mangel aus, es machte mich zu etwas Besserem als ursprünglich geplant. Denk an all die Dinge, die wir fürs Herz erfunden haben! Und wie vielen Menschen es ein längeres Leben beschert. Kann es das nicht endlich geben, sagte ich leise zum Bildschirm, zu meinem Vater: ein Bauteil gegen Einsamkeit. Gegen etwas, was verloren gegangen ist. Eine Art Herzschrittmacher für die Psyche. Der sagt: Dir fehlt nichts.

Ich öffnete ein Nachrichtenfeld und tippte hinein:

Lieber Matthias, ich unterschreibe die Kapitulationsurkunde. Ich werfe den Staub darüber, die pulverisierten Rückstände aller Gefühle, die ich durch Zweifel zerrieben habe. Ich nehme an, es gibt eine ganz einfache Erklärung. Aber ich möchte nicht drauf kommen.

Kurz bevor ich die Nachricht absenden konnte, löschte ich sie. Ich ließ ein paar weitere Tage verstreichen, dann nahm ich die Katze, ging bis in den Hof, bereit, sie vor seiner Tür abzusetzen. Der Spanier, der auch im Hinterhaus wohnte, stand mit zwei Freunden im Hof, sie rauchten. Er schnippte seine Zigarette in die Rabatte und kam auf mich zu. Es wirkte, als ginge er vor mir auf die Knie, ich begann mich unwillkürlich zu bücken. Er war mit der Katze in meinem Arm auf Augenhöhe und sagte in einem fort: »Meine Süße, mi gatito!« Ich wollte vermeiden, dass er mir die Hände küsste, und umarmte das Tier fester. Er wollte es aus meinen Armen heben, ich ließ nicht los. Ich sagte, er sei nicht der Besitzer.

»Floppy! Tú has vuelto, mi amor.«

Ich wiederholte meinen Standpunkt, er schaute mich an, als hätte ich ihm gesagt, er sei der rechtmäßige Thronfolger des spanischen Königshauses.

Nur die Katze selbst schien in den Genuss seiner gefühlvollen Ansprache zu kommen. Mit mir sprach er nüchtern, fast hamburgerisch. »Natürlich ist das meine Katze. Wo hast du sie gefunden? Sie war Millionen Jahre weg.«

Ich wollte sagen, dass sie Matthias gehörte, seinem Nachbarn, und dass es sich mitnichten um mehr als ein paar Wochen handelte, die sie zu mir umgezogen war. Meine trotzige Hoffnung, dass Matthias und ich, wenn schon durch sonst nichts, so zumindest durch dieses Tier verbunden waren, kollidierte hart mit seiner ehrlichen Freude. Ich schwieg. Und gab die Katze zurück. Sie übersiedelte leichtfüßig von meinem in seinen Arm. Er drückte den Kopf des Tieres an seinen Hals, er küsste das Fell. Er sagte: »Danke, wirklich, danke. Ich hatte die Hoffnung aufgegeben.«

»Ein sehr liebenswertes Tier«, sagte ich.

»Ja, nicht? Die wunderbarste aller Katzen.«

Er küsste sie wieder. Ihm klebten Härchen an der Unterlippe und in den Bartstoppeln. Ich streckte die Hand aus im Impuls, die Härchen zu entfernen. Er meinte, ich wollte noch einmal die wunderbare Katze streicheln, und hielt sie mir hin. Sie hing in seinen Händen, matt und ergeben. Ich zog eine Linie über den Wirbelsäulengrat ihres Rückens, grüßte höflich und ging.

2
Mütter

Er konnte das doch. Er konnte es doch sehen. Er sah immer, was andere wollten, was sie brauchten. Und wenn er etwas sah, was er auch brauchte, dann gab er es ihnen, und sie gaben es doppelt zurück. So kamen die Menschen immer auf ihn zu. Keiner ging an ihm vorbei. Vor allem keine Frau. Nur bei seiner Mutter, da ging das nicht, auf seine Mutter musste er zugehen. Sie lud ihn ein. Er musste anreisen. Sie bestellte ihn her. Er folgte. Und jetzt befiel ihn, gerade eben schon, obwohl der Regionalzug noch nicht einmal Hamburg-Altona verlassen hatte, dieses immer gleiche Gefühl, wenn er hoch zu seiner Mutter nach Rendsburg musste: Alles wandte sich von ihm ab, alles drehte ihm seinen kalten Rücken zu, und er saß da wie betäubt und gleich darauf wie gelähmt, er saß in einem anruckelnden Regionalzug, der träge beschleunigte; und er musste fliehen, was aber nicht ging, er war am ganzen Körper vollkommen gelähmt – und das passierte zuverlässig immer, wenn er nur in die Nähe seiner Mutter kam, wenn sie ihn anrief und er kommen musste, er konnte einfach nichts dagegen tun. Außer hinfahren. Und dann hatte ihn seine Mutter wieder besiegt.

Es kam, wie es kommen musste. Er brachte es kaum fertig, seine Füße über die Schwelle ihrer Wohnungstür zu heben, da begrüßte ihn seine Mutter mit den Worten: »Ach, mein Sohn schwächelt wieder.«

Er schloss die Augen, versuchte, diesen Punkt an sie gehen zu lassen, er würde es ihr später schon heimzahlen.

Sie hatte ihre kleine Wohnhöhle für ihre zwei verbliebenen Freundinnen herausgeputzt. In der ihr eigenen Taktlosigkeit hatte sie eine Bofrosttorte aufgetaut und auf den Tisch gestellt, und ließ das Fertigding, das die Freundinnen trostlos fanden, das sah er in ihren Augen, herumreichen, als wäre es eine liebevoll hergestellte Eigenkreation.

»Mein Gott, jetzt wirst du sechzig«, stellte Gunda in Richtung von Matthias' Mutter fest. Und es klang in seinen Ohren als Bestätigung – dass selbst die sparsame Gunda zur Feier dieses Geburtstags etwas mehr erwartet hatte.

Er überlegte, ob er seiner Mutter gegenüber ihr Alter noch einmal betonen sollte, entschied sich dann aber, nur beim geheuchelten Lob von Gunda und Cordula über die Bofrosttorte nicht mitzumachen, ein zweites Stück sofort zu verweigern.

Wenn er nicht so unendlich schlapp wäre!

Seine Mutter redete – wie immer – über ihr Grünflächenamt, ihre hervorragende Arbeit, wie überqualifiziert sie war, wie sie noch viel mehr als nur die Leiterin des Grünflächenamtes hätte werden müssen, vor allem, weil dies ja Rendsburg war und nicht Hamburg oder München, schließlich war sie die beste Leiterin aller Grünflächenämter der Welt, nur sah das keiner, geschweige denn, dass es jemand wertschätzte, dass es sich in ihren Bezügen ausdrückte, verbeamtet zu sein, war heute ja auch nichts mehr wert, schloss sie, mit einem Blick zu ihm und der deutlichen Geste: Aber dass du trotzdem kein Beamter geworden bist, verzeih ich dir nie.

Hätte sie nur das studiert, was sie hatte studieren wollen – Deutsch und Geschichte. Hätte er ihr keinen Strich durch die Rechnung gemacht. Hätte es ihn nicht gegeben – ihr Leben wäre eine solide Kurve nach oben gewesen. Aber als er sich ankündigte, war keine Zeit mehr für ein langes Studium, sie kürzte es ab mit einer Verwaltungslehre, und dann wurde er ja so schwierig – er wurde ein so außergewöhnlich schwieriges Kind, frech, dreist, ja, renitent –, dass sie lange Zeit gar nicht arbeiten konnte. Für ihre Versorgungslücke war er auch verantwortlich. Für ihre Scheidung von seinem Vater sowieso.

Ulla Thies, geborene Dahlke. Wollte trotz Scheidung ihren Mädchennamen nicht mehr annehmen, da er so träge und langsam klang.

Ulla Thies, die jeden Morgen, wenn sie die Jalousien in ihrem Amtszimmer hochzog, den Computer einschaltete, einen Blick aus dem Fenster auf die von Betonwällen umsäumten Buchsbaumhecken vor dem Rathaus Rendsburg warf, dachte (da war Matthias sich sicher): Auch das hab ich nur meinem Sohn zu verdanken. Alles wegen ihm. Ohne ihn wäre ich so viel besser dran gewesen.

»Ich soll dich schön grüßen, von Katrin«, sagte Cordula zu Matthias. Er wusste nicht, wer Katrin war, er spielte aber höflich mit; Cordula gab ihm das Gefühl – an der Seite, an der sie neben ihm saß –, nicht mehr vollständig gelähmt zu sein. Sie leuchtete in einer Variation aus Grüntönen.

»Meine Tochter«, schob sie nach, »Katrin. Erinnerst du dich noch?«

»Sie arbeitet jetzt für eine Politikerin in Berlin. Für die SPD«, sagte Matthias' Mutter laut.

»Für die Grünen«, korrigierte Cordula zart. Selbst ihre Kette aus Filzkugeln – das fiel Matthias jetzt auf – war grasgrün.

»Die SPD verbreitet auch nur noch Lügen«, sagte seine Mutter ungerührt.

»Die haben alle kein Rezept mehr«, stellte Gunda fest, trank ihre Tasse leer und zögerte, ob sie sie noch einmal auffüllen lassen konnte. Matthias griff nach der Teekanne und schenkte ihr nach. Dieses Puppengeschirr. Alles klein und ohne Umfang, damit auch ja keiner satt wurde, sondern immer hungrig und durstig nach Hause ging. Er meinte plötzlich, die kleinen Haufen aus Tiefkühlgemüse vor sich zu sehen, aus der Tüte in die Pfanne gekippt, wie ein geisterhafter Nebel über dem Gefrorenen schwebte und es nach nichts roch oder schmeckte. Das nannte seine Mutter Essen. Das machte satt und zufrieden.

»Genau«, bestätigte seine Mutter – seinen Gedanken oder Gundas vorsichtige Bemerkung, das war unklar. Er wünschte, er hätte den Freundinnen seiner Mutter – die schließlich so nett waren, immer noch mit ihr befreundet zu sein – was Frisches vom Bäcker mitgebracht.

Gunda sagte: »Wisst ihr, wer mich letztens angerufen hat? Die neue Frau vom Manfred.« Sie lächelte in die ungeteilte Aufmerksamkeit hinein. »Find ich ja mutig, muss ich sagen. Ruft sie mich an.«

»Und was wollte sie?«, fragte Matthias' Mutter in ihrem schnippischen Ton, den sie immer anschlug, wenn das Thema auf die Exmänner kam.

»Eigentlich nichts, so richtig. Wir haben einfach ein bisschen geplaudert. Und plötzlich sagt sie mir, dass sie vollkommen fertig ist. Sie pflegt ja die alte Mutter von Manfred. Manfred hat ja keine Zeit. Sie geht jeden Tag hin und ist den halben Tag da, einer muss ja auch den Pflegedienst kontrollieren. Und jetzt hat Manfred ihr gesagt, dass seine Mutter so abgebaut hat, seit sie das machen würde, sie sei quasi schuld daran, dass seine Mutter nur noch daliege, und sie fängt fast an zu weinen – ich meine, das ist seine neue Frau, wegen der hat er sich von mir getrennt, und jetzt ruft sie bei mir an und weint sich bei mir aus!«

»Verrückt«, sagte Matthias' Mutter.

»Grad bin ich froh«, sagte Cordula, »dass ich mich von Frieder habe scheiden lassen, dass ich nicht seine Mutter pflegen muss.«

»So war Manfred schon immer«, sagte Matthias' Mutter. »Nur sich die Hände nicht schmutzig machen.« Sie schüttelte den Kopf und schnalzte ein Mal, dieses Schnalzen war wie ein Faustschlag auf die Schläfe, schon immer gewesen, und Matthias musste zwei Finger an die Augeninnenhöhlen drücken, um sich dem Schlag entgegenzustemmen.

»Männer eben«, schloss seine Mutter, und begann dann die Geschichte, die sie schon hundert Mal erzählt hatte, zu erzählen: wie Matthias die Putzfrau, die kam, als Matthias' Mutter wieder arbeiten gehen wollte, dazu verdonnert hatte, ihm eine Schüssel voll Schokopudding zu kochen.

»Oder Pfannkuchen. Oder Grießbrei. Oder was auch immer er sich bei ihr bestellte. Statt sich selbst die Finger schmutzig zu machen – so ist er: jetzt mach mal!«, erzählte sie, als säße er nicht mit am Tisch. »Ich wusste genau, wenn ich nach der Mittagspause, wo ich ja nur nach Hause gerast bin, um ihm was Warmes zu kochen, wieder ins Büro zurückfahre, dann krallt er sich gleich die

Putzfrau, wenn die kommt, und schreibt ihr vor, was sie zu machen hat. Das arme Mädchen. Die wusste ja nicht, wie ihr geschieht. Eigentlich war sie Kinderärztin, aber ihr russischer Abschluss wurde hier nicht anerkannt. Ich hab immer versucht, was für sie zu finden. Aber mein Sohn, der stellte sie erst einmal ab zum Puddingkochen«, sie lachte, als hätte sie einen sehr vertrackten Witz erzählt, als gäbe es eine selbstironische Wendung, sie lachte, und machte sich über ihn lustig, dass ihm eigentlich nur eins blieb: aufzustehen und zu gehen.

Er meinte, mit einer Art steinernem Krachen das Auseinanderdriften der Kontinentalplatten wahrzunehmen, wie die drei Frauen auf ihrer Scholle standen und er auf der anderen.

»Bist du noch bei der Versicherung?«, fragte Cordula und schlürfte den Tee über den Rand ihrer Tasse.

Das hatte sie freundlich gemeint, zur Auflockerung, das merkte er, aber er schaffte es nicht, seinen Ton zu kontrollieren.

»Nein«, sagte er, harsch und schnell, denn das war plötzlich überlebensnotwendig, es war überlebensnotwendig, das zu sagen, die Wahrheit zu sagen: »Ich bin gerade im Auswahlverfahren für den diplomatischen Dienst. Letzte Runde. Wir führen gerade die Vertragsverhandlungen. Auswärtiges Amt, kennt ihr wahrscheinlich.«

»Nein«, sagte seine Mutter und zog erstaunt das Kinn zurück.

»Oh, das ist ja aufregend«, sagte Gunda.

»Hast du gar nicht erzählt«, sagte seine Mutter und konnte für Augenblicke nicht ihre Enttäuschung verbergen, sie gab vor ihren Freundinnen preis, dass ihr Sohn sie nicht auf dem Laufenden hielt.

»Doch. Hab ich mit Sicherheit erzählt. Du hast nur nicht richtig zugehört.«

Er schob das Stück Kuchen auf seiner Gabel in den Mund, in dem kurzen Triumph der Stille, die auf das, was er gesagt hatte, folgte.

»Das ist ein Aufstieg«, konstatierte seine Mutter.

»Ja. Inhaltlich und finanziell«, fügte er an.

»Gefällt dir das denn, da wird man doch immer alle paar Jahre an ein anderes Ende der Welt versetzt?«, das war Cordula.

»Aber niemand wird ja mehr verbeamtet«, sagte seine Mutter.

»Hat dir das keinen Spaß mehr gemacht, bei der Versicherung?«, fragte Gunda und griff mit einer hastigen Geste nach dem Teller mit Fertiggebäck, als müsste sie ein abtreibendes Floß retten.

Seine Mutter senkte wie immer ihre Stirn, sie bot der Welt ihre Stirn. Selbst, wenn sie in Verlegenheit gebracht worden war, schob sie zuerst ihre Stirn in den Raum und sagte erst einmal der Niederlage den Kampf an. Ihr Kinn und ihre praktische Kurzhaarfrisur. Ihre Tigerprint-Pullover. Ihre Hochwasserjeans. Ihre gelbweißen Polohemden. Ihre Furnierschränke und Glastische, unter denen man alles sah, sogar noch, wie man seine Füße aufstellte, ihre mit Wischtechnik verputzten Wände, ihre Bücher in den Glasvitrinen, ihre Dekokerzen und die Geburtstagsgrußkarte vom Ministerpräsidenten, die sie für alle sichtbar auf ihren Schreibtisch gestellt hatte: Meine herzliche Gratulation, auch zu ihrem 35-jährigen Dienstjubiläum in unserer Behörde in Schleswig-Holstein.

Ja, er würde zum Auswärtigen Amt wechseln.

»Er war ja in der Drückerkolonne«, sagte seine Mutter

in einem Tonfall, als erzähle sie etwas Unerhörtes, »das ist ja ein fürchterlicher Job. Das war ja nur, weil diese Internetfirma pleitegegangen war. Die er mit aufgebaut hatte.«

Gunda schaute ihn an, das sah er, als könnte sie dadurch ihn zum Sprechen bringen, und seine Mutter zum Verstummen.

»Die Firma ist nicht pleitegegangen. Die ist die Nummer zwei am Markt der Partnerbörsen.« Er musste wirklich seinen Ton beherrschen. In Gundas Gesicht sammelte sich Angst. Er konzentrierte sich darauf, wie er es erst vor Kurzem seiner Nachbarin erzählt hatte: »Die Leute, die sich bei uns eintragen, haben im Vergleich zu anderen Partnerbörsen das höchste Pro-Kopf-Einkommen. Durchweg höchster Bildungsabschluss, Abitur und Studium. Dreißig Prozent der angemeldeten Frauen haben einen Doktor. Wenn es einen Mercedes unter den Plattformen gibt, dann sind wir das.« Er trank seinen kalten Kaffee aus. »Aber der Job reizte mich nicht mehr.«

Schon gern hätte er ihnen gesagt, dass er immer noch für diese Firma arbeitete, auf einer viel besseren Position sogar, aber eben auf einer, über die er schweigen musste. Wie sollte er seiner begriffsstutzigen Mutter schon erklären, wie er den Zufall kontrollierte. »Und bei der Versicherung, bei der ich gerade noch bin, bin ich zum Glück *nicht* in einer Drückerkolonne«, sagte er kühl, aber er merkte schon, dass es für die Klarstellung zu spät war, »das sind wirklich die härtesten Jobs der Welt. Das ist härter als Bohrinsel. Das würde keiner von euch mitmachen. Nicht einen Tag lang. Ich bin Teamleiter, aber da hat meine Mutter auch wieder nicht genau aufgepasst.«

Es war ein miserables Gefühl, das Gefühl, dass sie ihm

gar nicht mehr zuhörten. Dass sie einfach durch ihn hindurchgingen. Dass sein Vortrag, seine Richtigstellung, der Versuch, sein Leben zu erklären, gar nicht bei denen ankam. Dass sie schon beim nächsten Thema waren. Gunda erzählte von der Krebserkrankung einer Kollegin, die sich für alle aufopferte, die so gute Arbeit machte und zum Dank immer nur Jahresverträge bekam. Cordula erzählte aus der Schule, dass niemand es mehr hinbekomme, seine Verträge zu verstetigen, dass überhaupt das ganze System krank sei und niemand etwas dagegen tue, die jungen Leute, die doch noch alles vor sich hätten, schon gar nicht. Seine Mutter flocht noch ein: »Ja, die sind alle so teilnahmslos«, und Matthias spürte, wie ein erneuter, ein wiederkehrender Anfall von Lähmung ihn fesselte, als sei er zu nichts anderem mehr fähig, als während einer rasend notwendigen Flucht auf der Stelle zu stehen.

Dann gingen ihre Freundinnen, und sie ließ in der Küche alle Küchenschranktüren offen stehen. Als hätte er sich darum zu kümmern, den Inhalt zu prüfen und die Türen zuzumachen. Sie legte sich aufs Sofa, legte die Beine hoch, wie sie es nannte, und verbreitete eine Atmosphäre aus mädchenhafter Bedürftigkeit, die in ihm so etwas wie einen feinmechanischen Zwang, ihr zu helfen, in Gang setzte. Er tauschte zwei kaputte Glühbirnen aus, schraubte den Waschmaschinenanschluss auseinander und wieder zusammen, ölte die quietschende Briefkastenklappe in der Eingangstür. Und schloss alle offen stehenden Küchenschranktüren, eine nach der anderen, beherrscht und nicht zu laut.

Er fuhr zurück nach Hamburg in dem sonderbaren Gefühl, er hätte an diesem Nachmittag etwas Wichtiges verloren. Etwas so Wichtiges wie seinen Namen.

Nicht anders, als in der Zeit, als sie ihm immer nur noch die Zettel hingeklebt hatte – an die Kühlschranktür, an den Badezimmerspiegel, an seine Zimmertür –, auf denen sie mit ihrer akkuraten Beamtinnenhandschrift notiert hatte, was er umgehend zu tun habe. *Räum sofort dein Zimmer auf. Die Waschmaschine ist voll. Die Putzfrau putzt nicht das Klo für dich.*

Sie hatte kein Wort mehr mit ihm gesprochen, so, dass er fast schon ihr harsches Mat-thi-as vermisste, mit dem sie ihn zuvor herumkommandiert hatte.

Sein Vater hatte nicht protestiert. Er hatte, wie eigentlich ausschließlich in Matthias' Erinnerung, in seinem Kabuff gesessen und seine daumengroßen Spionagekameras repariert. Wenn er nicht arbeiten war. Oder schweigend zur Post fuhr, um wieder ein neues Paket abzuholen, in dem ihm jemand von irgendwo eine Minox, eine Minolta oder eine kleine Rolleiflex schickte, ein Teilchen aus den Beständen des KGB, BND, der Stasi und der CIA. Angeblich. Sein Vater rauchte immer, statt dass er redete. Er lenkte einhändig und rauchte, er reparierte mit einem Auge an der Lupe und rauchte, er hörte Langwelle in seinem Kabuff, die SOS-Rufe von Seglern vor der Küste Chiles, ein sinkender Tanker vorm Great Barrier Reef, und rauchte, er hielt seine Zigarette noch mit seinen gelbrandigen Fingern fest, als er schon die Schmerzen des Herzinfarktes gespürt haben musste, er legte seine angefangene Zigarette noch auf dem Rand der Arbeitsplatte ab, kurz bevor er sich nicht mehr auf dem Arbeitsstuhl halten konnte und auf den Boden seines Kabuffs sank. Als sein Herz schon aufgehört haben musste zu schlagen, so hatte es Matthias' Mutter, die ihn gefunden hatte, später dargestellt, war noch Rauch von der letzten Zigarette aufgestiegen, die er mit Umsicht und der glühenden Asche nach vorn auf die Tischkante gelegt hatte. Und die kleine Minox B hatte unfertig, unrepariert, halb geöffnet unter der Vergrößerungslupe gelegen.

Zumindest die Minox B hatte er. Sie stand auf seinem Nachttisch. Sie war immer irgendwie da.

Er wünschte, sie wäre nicht ein so technisch hoch kompliziertes Gerät. Dann hätte er sie vielleicht irgendwann einmal fertig reparieren können.

Es war alles zu kompliziert. Nicht gut reparierbar. Auswärtiges Amt, das hatte gesessen. Das war ausbaubar. Für das nächste Mal, wenn er bei seiner Mutter und ihren Freundinnen saß. Wenn er Kuchen mitbrachte. Wenn sie ihn feierten, weil er gerade aus Rom zurückkam, aus Buenos Aires oder Katmandu.

Aber alles andere war zu kompliziert. Es musste etwas passieren. Es war an der Zeit, dass etwas passierte. Es stand ihm zu, dass etwas passierte. Er spürte, dass es kurz davor war, dass etwas passierte. Mehr als nur die Jessica. Nein, Juliane. Oder Jennifer? Er war sich nicht mehr sicher. Mehr als das musste passieren.

Ihm fiel auf, dass nur noch Frauen in dem Zugabteil saßen. Dahinten, noch ein alter Mann, in Tarnbeige, als wollte er unsichtbar werden, als ginge er mit vorauseilendem Gehorsam davon aus, im Regime der Frauen besser im Hintergrund zu verschwinden.

Es war, dachte Matthias, als wäre er aus einem zu langen Schlaf aufgewacht, und es gab nur noch Frauen. Sogar sein Chef war jetzt eine Frau. Er musste von der Versicherung weg. Aber nur von den Profilen konnte er nicht leben. Er musste den Frauen wieder einen Schritt voraus sein. Sie, mit ihrer dämonischen Präzision, schienen immer zu wissen, was er im nächsten Augenblick tun wollte. Sie wurden sein Chef. Sie gingen eine Sekunde vor ihm durch sein Leben, sie räumten den Weg frei, wo und wie sie es wollten, sie schickten ihn die Straße hinunter, da entlang. Seine Knie begannen zu zittern, er verlagerte sein Gewicht auf das rechte Bein, das linke bewegte sich rasend schnell in diesem Zittern auf und ab. Er musste losrennen. Er rannte an ihnen vorbei. An all diesen Frauen. Er konnte ihren Vorsprung einholen, und sie kriegten ihn nicht mehr zu fassen.

Er blieb sitzen und der Zug durchschnitt die flache Felderlandschaft.

Es musste etwas passieren.

Aber, du schwächelst ja wieder, und Auswärtiges Amt – im schnippischen, sarkastischen Ton seiner Mutter klang es wie Aussätziges Amt –, das ist ja wohl eine Nummer zu groß für dich, mein Lieber, oder glaubst du wirklich, dass du das schaffst.

Ja, er konnte alles schaffen. Er hatte die Nachbarin geschafft.

Er schaffte es, dass etwas passierte. Das spürte er. Es war so viel in ihm. Er war so viel, er hatte viele Namen. Konnte sie ihm ruhig einen nehmen. Das machte gar nichts. Er würde es ihr zeigen. Seine Größe beweisen. Und zwar schon ganz bald.

Er bat seine neue Chefin, die alle nur die LDA – Leiterin der Direktionsagentur – nannten, um ein paar Minuten ihrer Zeit. Mit dieser Formulierung hatte sie Matthias zu

Beginn ihres Chefinnenseins vor ein paar Wochen einbestellt: Leihen Sie mir ein paar Minuten Ihrer Zeit, Herr Thies? Ja, natürlich, gern. Er musste das nur umdrehen, und schon bekam er, was er wollte.

Sein Kollege Schoschik hatte gleich nach dem Kennenlern-Meeting gejohlt: Ah, der Thies, der alte Frauenversteher. Ich hab's doch gesehen. Die fliegt voll auf dich.

Ach, hatte Matthias nur mit der Hand durch die Luft gewischt. Und wenn, sie ist meine Chefin.

Das wird hart, hatte Prahl gesagt, mit ner Frau. Dafür ist mein Blutdruck nicht gemacht.

Die Quittung, hatte Schoschik leise gesagt, kurz bevor sie auf der Straße auseinandergegangen waren, in verschiedene Richtungen, scheiße. Die Quittung.

Was ist mit der Quittung?, hatte Prahl gefragt. Das hat doch der Chef geregelt, bevor er in den Ruhestand ist.

Weißt du das?, hatte Schoschik entgegnet.

Es gibt keine Quittung mehr, die Quittung hat sich erledigt. Da war Matthias sich sicher.

Wollen wir's hoffen, hatte Schoschik gesagt, die steigt uns aufs Dach, wenn die diese Quittung sieht.

Das hat der Chef doch geklärt, sagte Prahl, zögernd schon, nicht vollständig überzeugt.

Es gibt keine Quittung mehr, hatte Matthias gesagt, vergesst die Quittung. Es ist eine blanke, weiße Linie, da starten wir mit ihr. Mit der Chefin. Die weiß von nichts, sonst hätte sie uns eben nicht so freundlich begrüßt.

So war es. So ging er in das Gespräch mit ihr hinein.

»Ich grüße Sie, Herr Thies«, sagte sie und zeigte Matthias mit einer schlichten, aber unhintergehbaren Geste, dass er sich setzen sollte. Dann öffnete sie den Mittelknopf ihres Businessanzug-Oberteils, strich ihre blau-weiß gestreifte Bluse am Bauch glatt und setzte sich auf den Stuhl neben Matthias. Er rückte ein wenig ab, was sollte das für ein Gespräch werden, wo sie nebeneinandersaßen, wie im Kino bei einem Date.

»Schön, dass Sie da sind. Reden wir endlich mal unter vier Augen. Klartext«, sagte sie und lächelte mild.

Er lächelte auch mild.

Er sammelte sich, für den ersten Satz. Der erste Satz war entscheidend.

»Sie haben in der kurzen Zeit wirklich schon erreicht, eine ganz andere Atmosphäre zu schaffen«, sagte er, weiterhin mild, »das ist sehr angenehm. Es macht Spaß, in Ihrem Team zu arbeiten.«

»Freut mich. Was ist denn anders?«

»Weniger Konkurrenz, würde ich mal sagen. Meine Kollegen sind gleich alle viel entspannter.«

»Aber wir wollen nicht nachlassen.«

»Auf keinen Fall.«

»Sie drei, meine ich, Schoschik, Prahl und Sie, Sie haben doch im letzten Jahr die höchsten Punktzahlen erreicht zur Prämienausschüttung.«

»Das stimmt«, sagte er und schaute vor sich auf den faserigen Teppichboden, worauf wollte sie hinaus? Er musste zum Klartext kommen, die Erhöhung seines Fixums, wie der Chef es ihm noch angekündigt hatte, bevor er in Rente gegangen war.

»Ihr Vorgänger, Herr Neumann, er hat uns hier wirklich geprägt.«

»Ja, ein ehrlicher Kaufmann. Richtig alte Schule. Er macht ja noch Trainings in der Zentrale.«

»Ach, das wusste ich nicht.«

»Herr Thies, seien wir ehrlich«, sie lächelte, lehnte sich zurück, überschlug ein Bein, faltete die Hände. »Sie sind von allen hier, die ich von Herrn Neumann übernommen habe, derjenige mit der höchsten Kompetenz. Sie sind in diesem Job auf ganzer Linie unterfordert. Am ersten oder zweiten Tag, da dachte ich schon: Der ist ein Lufthansa-Pilot, der bei Ryanair fliegen muss. Ich hab das beobachtet, seither. Und es ist meine Verpflichtung als Chefin, Ihnen das zu sagen. Ich verstehe mich als Personalerin, ich komme aus den Human Resources. Sie haben ein außerordentliches Gespür für Menschen, Sie sind schnell, Sie haben was verstanden, bevor ich manchmal den Satz beende, Sie setzen alles, was Sie eben erst gelernt haben, intuitiv im nächsten Augenblick um. Sie sind ein sehr adaptiver Charakter.« Sie machte eine Pause und Matthias merkte, dass es ihm schwerfiel, ein Lächeln zu verbergen, aber es fühlte sich an wie eine Dehnung seiner Wangenmuskulatur. »Sie brauchen den Freiraum, den diese Tätigkeit Ihnen bietet. Das sehe ich. Aber Sie können viel mehr, als dass Ihnen das hier reicht.«

Matthias' Gesichtsmuskulatur parierte nicht, immer noch hatte er das Gummiband-Grinsen, das einfach dumm aussehen musste. Seine Chefin griff nach ihrem Kaffeebecher, trank einen Schluck, hielt den Becher zwischen ihren Händen, als wäre er etwas, das beschützt werden musste. »Sie haben das Zeug zum Kapitän. Wo Menschen ängstlich sind, den Weg nicht sehen, da nehmen Sie das Ruder in die Hand. Deswegen verkaufen Sie auch Risiko und Leben so gut. Sie lenken und sie mildern die Ängste der Menschen. Das kann nicht jeder. Und ich glaube, jeder von uns hat eine Aufgabe, eine, die wir zu erledigen haben. Sie müssen Ihre Talente nutzen. Und deshalb werden Sie nicht mehr in meinem Team arbeiten.«

»Ich bin nicht sicher, ob ich Sie richtig verstehe«, sagte er langsam.

»Ich denke, Sie haben mich verstanden.« Sie hielt den Kaffeebecher umklammert. Das war ihre Waffe. Wie er da harmlos auf ihrem überschlagenen Oberschenkel thronte. Sie hielt ihre Waffe in ihren Händen. Und er, er hatte nichts.

»Sie wollen mich gehen lassen?«, fragte Matthias.

»Ja«, sagte die LDA.

»Das hat was mit der Quittung zu tun«, sagte er und versuchte, beherrscht freundlich zu bleiben.

Sie schaute nachdenklich zu ihm herüber, stellte die Kaffeetasse ab, stand auf und ging zu ihrem Schreibtisch. Sie schlug eine Arbeitsmappe auf, ging einige Register durch und zog dann ein Blatt Papier hervor, das Matthias sofort erkannte.

»Ja, das ist eine üble Geschichte«, sagte sie, knapp und streng, »die wirft Schatten.«

»Schoschik, Prahl und ich, wir wollten die Quittung zurückziehen.«

Die LDA beugte sich vor, schaute ihn direkt an, ein Gesicht wie eine Nonne oder so etwas, so schaute sie, als könnte sie sich in alle Ewigkeit auf Gott berufen, als wäre sie immer im Recht.

»Sie haben Sie eingereicht.«

»Das war ein Fehler.«

»Betteln Sie nicht, Herr Thies, das steht Ihnen nicht gut zu Gesicht.«

»Es war ein Fehler«, betonte er jedes Wort, hörte aber

schon seine Verzweiflung, »und die Prämie an sich, die hat noch Herr Neumann vergeben.«

»Ja, ein sehr unangenehmes Abschiedsgeschenk. Das hab ich ihm auch gesagt. Wir haben mit dieser Art von Prämien nichts zu tun. Wir lesen nicht unseren Namen in den Medien, wenn es heißt: Versicherungsvertreter feiern ihre Jahresabschlüsse im Bordell.«

»Es war eine Sauna.«

»Ein Sauna-Club«, korrigierte sie ihn, höflich, immer noch nonnengleich. Eigentlich war sie eine Statue, aus Stein, dachte er, und sie sagte, »Ja, und eine Getränkequittung über knapp 900 Euro. Das muss man erst einmal wegtrinken an einem Abend, Herr Thies.«

Sie faltete das Papier ein Mal und schob es dann in den Schlitz des Aktenvernichters, die Streifen fielen unten in die noch leere, durchsichtige Auffangbox.

Ihr Gesicht war fest in ihrer Überheblichkeit. Sie feierte sich als Sieger dieser Runde.

»Aber weil jeder Mensch mal Fehler macht, weiß ich jetzt nicht mehr, von welcher Quittung Sie sprechen. Das können Sie Schoschik und Prahl sagen. Und natürlich gehe ich davon aus, dass Sie Ihre Schulden in dem Laden da begleichen. Ganz allein, ohne unsere Firma.«

Von dem Gummiband, das sie so flugs vorhin in sein Gesicht gespannt hatte, blieb jetzt ein dumpfer Schmerz in den Kieferknochen.

Matthias stand langsam auf, viel zu langsam, zu was anderem schien sein Körper nicht fähig. Der Fußboden war eine abschüssige Fläche, der Weg bis zur Tür irgendwie zu weit. Die Straße jenseits des Glases hob an, die Treppenstufen fielen ins Bodenlose. Die parkenden Autos waren nur Attrappen. Dahinter warteten Fratzen auf ihn.

»Machen Sie es gut, Herr Thies.«

Es war alles gleichzeitig. Die Leute schossen schon, aus ihren heimtückischen Verstecken, er wollte rennen, konnte aber nicht, alles stand vor ihm, die Frau hinter ihm, sie konnte jederzeit einen der messerscharfen Streifen aus dem Aktenvernichter holen, Matthias von hinten das Ding um den Hals legen und zuziehen, es schnitt ihn einfach durch.

»Ach nein«, sagte die LDA laut – da war er schon fast draußen –, »hier hatte ich ja noch eine Sache für Sie. Einen letzten Gefallen können Sie mir tun.« Sie nannte den Namen einer Frau, Straße, Hausnummer und Uhrzeit. Wieder in ihrem Nonnentonfall, ganz heilig, salbungsvoll, als müsste er ihr jetzt und in aller Ewigkeit noch dankbar sein.

»Danke«, sagte er und trat aus der Direktionsagentur.

»Fotze«, sagte er kurz darauf und drehte sich um, ob sie das ja nicht gehört haben konnte.

Er rannte die Straße runter, die sich immer noch spontan faltete, aufwärts, wieder abwärts, oder seitlich wegkippte, und er spürte den Kopfschmerz, der sein Hirn zwischen den Schläfen zusammenpresste. Es würde guttun, die Stirn gegen eine Mauer zu schlagen. Die hatte ihn erledigt. Die hatte wie eine Grinsekatze dagesessen, wie ein lächerlicher Smiley, und ihn erledigt.

Seine Wut stand verkeilt mit seiner Angst. Von den Gleisen gesprungene, havarierte Waggons. Er hatte versagt, er hatte es nicht hingekriegt. Er hatte die Weichen nicht richtig gestellt. Sie hatte ihn einfach überfahren. Sie hatte ihn komplett überfahren. Da war nichts mehr von ihm.

Funk, das hatte er sich gemerkt, Annemarie Funk, Baurs Weg 12, Blankenese. *Einen letzten Gefallen können Sie mir tun.*

Fotze, dachte er nur. Diesen Gefallen würde er ihr nicht tun. Den Gnadenbrotjob. Den Krümel kann doch der Thies auflecken. Ja, fall auf die Knie und pick die Krümel auf, du Idiot. Und du hast wieder gedacht, du hast sie im Griff.

»Du bist ein Idiot«, sagte er laut zu sich selbst, und ein junger Typ, der ihm entgegenkam, blickte verwundert von seinem Telefon auf.

»So dumm wie du ist keiner«, sagte er und ging weiter an dem Typen vorbei. »Kein Scheißidiot auf der ganzen Welt ist so beschissen dumm wie du.«

Aber so viel war klar: Die LDA würde nicht triumphieren. Die würde nicht sagen können: Ach, ist der Herr Thies nicht zu Ihnen gekommen? Ich hab dem schon gekündigt. So unzuverlässige Berater führen wir nicht. Warten Sie kurz, dann komm ich gleich zu Ihnen, ich, höchstselbst.

Nein. Den Gefallen wird er der nicht tun. Funk, dachte er, Bauers Weg 12, doch, das war es gewesen.

Frau Funk hatte den Sofatisch am Panoramafenster gedeckt, Matthias setzte sich nicht, sondern stand an diesem Fenster, im ansonsten mit heiligem Klimbim und bayerischen Möbeln vollgepfropften 60er-Jahre-Haus. Puppengeschirr da auf dem Tisch, mit Deckchen und Stövchen und Teekännchen, davon musste er sich, solange es ging, fernhalten. Als er das Haus betreten hatte, war er sich schon viel zu groß vorgekommen, inflationär groß, jeder sah, dass er nur mit Luft gefüllt war, dass er keinen Job mehr hatte, die Frau Funk vor allem, die sah das, so wie sie ihn angeschaut hatte, an der Tür, eine verwunderte Frage, ihr Gesicht.

Ihr Mann sei drei Jahrzehnte für die Lufthansa geflogen, Hamburg sei sein Heimathafen gewesen, sagte sie mit Stolz in der Stimme hinter seinem Rücken, wahrscheinlich, weil er immer noch die Aussicht genoss: wie breit der Fluss da unten lag, das rostige Leuchten auf der anderen Seite, auch am helllichten Tag, die gekrümmten Roboterfinger der Kräne, eine menschenleere Stadt in Bewegung, Aufbruch, Ankommen, Ausladen, Einladen, Verkauf, Gewinn.

Frau Funk klapperte mit dem Tortenheber. Sie wirkte zerbrechlich, schmal und blass auf den ersten Blick. Er bot sich an, die Milch, die sie in der Küche vergessen hatte, zu holen. »Da auf dem Tisch«, rief sie, mit überraschend resolutem Ton, er rang sich zu dem Scherz durch: »Zu Befehl, Frau General.«

»So nannten wir meine Mutter«, sagte sie, als er zurück in die Sofaecke kam, »woher wissen Sie das?«

Er zuckte mit den Schultern, er konnte es ja nicht wissen, ihm war es vollkommen egal. Ihr aber nicht. Und deshalb sagte er etwas darüber, dass ihn das an seine Mutter erinnert habe. Gleich darauf erzählte sie ihm von ihren Küken, die sie als Einzige im Wirtshaus zuverlässig hatte unterscheiden können, Männchen und Weibchen, keine äußeren Anzeichen, nur so, durch das Festhalten und Wiegen, die Art, wie sie sich anfühlten, daran konnte man sie unterscheiden, und weil er darauf mal etwas erwidern musste, sagte er: »Das ist ja verrückt, das konnte ich auch.«

»Nein!«

»Doch. Ich bin auf einem Hof in Norddeutschland aufgewachsen. Mein Job war das mit den Küken. Ich weiß auch nicht, warum ich das konnte, ausgerechnet ich, nicht einer meiner Brüder. Auch nicht meine Schwester. Nur ich hatte den Trick raus, wie das geht.«

In ihrem Gesicht stand Staunen und ein kurzes, flüchtiges Glück, als halte sie in Gedanken eine Erinnerung an etwas Schönes fest.

»Ja, man spürt es. Man weiß es nicht«, sagte sie und beugte sich vor.

Er machte eine Geste mit den Händen, er wog in Gedanken Küken ab. Er konnte es, da war er sich sicher.

»Ich habe es von Anfang an irgendwie gewusst«, lachte sie und drückte den Rücken durch, und er war sich nicht sicher, ob sie damit ihn und die Küken oder sich und die Küken meinte. »Dass ich Ihnen das jetzt erzähle!«

Sie schob einen Teller mit Kuchen über den Tisch auf ihn zu. Ihm war danach zumute, den Kuchen zu nehmen, den Teller umzudrehen und das Ding auf die Häkeldeckchen fallen zu lassen. Danach ins Panoramafenster zu schweigen. Nur, weil er eine Sekunde an die LDA hatte denken müssen.

»Wir sollten mal gegeneinander antreten«, sagte sie, überhaupt nicht mehr zerbrechlich, »damit ich weiß, ob man das verlernt. Verlernt man das? Was meinen Sie?«

»Sehr guter Kuchen«, sagte er matt.

»Sie wären mit Sicherheit schneller als ich.«

»Unterschätzen Sie sich nicht«, er trank seine Tasse leer. Sie füllte sie sofort wieder auf.

»Ich unterschätz mich immer«, sagte sie, »ich wurde mein Leben lang unterschätzt.«

Er wusste, noch ein, zwei solcher Sätze über lächerliche Wettbewerbe und verpasste Chancen – und er hätte genug Abstoßungsenergie, um hier herauszupreschen. Die Frau strahlte eine Kraft aus, die nie zum Zuge gekommen war.

Es konnte immer sein, dass irgendein falsches Wort, eine nachlässige Geste, ihre Beherrschung durchbrach – da würde Unkontrollierbares mit der Wucht einer Kugel auf ihn zurasen.

Nur das Besteck klapperte am Geschirr und das Tortenstück wurde nicht kleiner.

»Mir ist eigentlich nur das wichtig«, sagte sie leise, »diese Erinnerungen. Die sind mir so viel wert. Alles andere ist wertlos. Es ist nichts. Seltsam, oder?« Sie lächelte, zurückgehaltener Schmerz, er schaute ihr direkt in die Augen und fragte sich, was er machen würde, begänne sie gleich zu weinen.

Sie stand auf und ging in die Küche. Sie war schmal, hatte keinen Po und keine Taille, einen weichen, sehr mütterlichen Busen, den sie unter dem flauschigen Pullover mit rundem Ausschnitt – aus Mohair?, auf jeden Fall in einem Kaugummi-Minzgrün – verbarg. Von hinten, mit ihrem akkuraten Haarschnitt, dem schwarzen Stift-Rock, den Pumps, hätte sie noch als Ende-Vierzig-Jährige durchgehen können. Nur das gichtige Verkanten der Fingerknöchel, die Adern und Altersflecken auf den Handrücken. Er schätzte sie auf den Jahrgang seines Vaters, 1942.

»Wo war die Kükenzucht?«, fragte er, als sie zurück aus der Küche kam.

»Alles aufgelöst, verkauft. Ein großes Haus. Ich habe viel Geld dafür bekommen.« Sie setzte sich, schien ihre Fassung zurückgewonnen zu haben.

Er nickte. »Auch ein bisschen wie bei mir. Meine Brüder haben das Hauen und Stechen begonnen, als es ums Erbe ging.« Seit er die Küken erfunden hatte, war es leicht, auch Brüder zu erfinden, die scharf aufs Erbe waren. Überhaupt diesen ganzen norddeutschen Hof.

»Ich hab's verkauft, damals, als ich mit meinem Mann nach Hamburg gegangen bin. Ich wollte weg. Und wir haben keine Kinder.«

»Seien Sie froh. Bleibt Ihnen das Hauen und Stechen erspart.«

Sie reagierte nicht. Es war, als sagte sie ihm ohne Worte: Vermeide dieses Thema, sprich mich nicht darauf an.

»Der Professor Doktor hat gesagt – wenn ich es richtig verstanden habe –, noch ein gutes halbes Jahr. Mit oder ohne Therapie. Warum für drei Monate länger die ganze Chemie. Ich möchte meine Haare behalten.« Sie streckte den Arm aus, griff neben ihren Sessel, holte ein Brett mit einer Nadel hervor, aufgespießte Zettel. Sie stellte das Ding neben seinen Kuchenteller. Auf der Elbe zog ein hoch beladenes Containerschiff vorbei, es durchzog das Panoramafenster von links nach rechts. Matthias' Magen schmerzte, zu viel Kaffee und fettige Buttercremetorte. Wo auch immer das Schiff jetzt herkam, es brachte Unmengen an Ladung mit, und ein paar Menschen verdienten daran eine stattliche Summe.

»Zählen Sie das mal zusammen. Vielleicht verstehe ich es, wenn Sie mir das sagen.«

Er griff ungehalten nach dem Belegspieß. Jetzt leckte er echt die Krümel auf, das Letzte, was die LDA ihm vor die Füße geworfen hatte. Unterlagen sortieren. Von einem Abschluss konnte hier keine Rede sein. Er war der Idiot vom Dienst, der den Gnadenbrotjob machte. Den Umsonstjob. Er musste aufstehen und gehen.

Auf den Zetteln standen Zahlen. »Frau Funk«, sagte er, »ich bin nur kurzfristig für meine Chefin eingesprungen, die aus krasser Unaufmerksamkeit den Termin mit Ihnen verschwitzt hat, und ich muss leider noch zu einem weiteren Termin, der am anderen Ende der Stadt ist, mein Auto –.«

»Zählen Sie einfach kurz. Ich kann das auch machen. Ich hab das mein Leben lang gemacht. Früher, und auch bei meiner Arbeit«, sie schaute aus dem Fenster, schien einen Augenblick den Weg des Schiffes zu verfolgen, »in der Großkantine, bei Reemtsma, ich hab immer die Zahlen im Griff gehabt, alles gezählt und organisiert, für die ganze Stammbelegschaft. Ich kann sehr gut zählen. Es kommt viel zusammen. Es ist auch das Werk meines Mannes. Wie dieses Haus. Es war nie richtig mein Haus. Aber es gehört mir.«

Wie sie dasaß. Strenge Kühle. Beherrschung. Und sie verteilte eine Aufgabe, die er erfüllen musste, Zettel, die er nicht ignorieren konnte. Er riss sich zusammen und sagte, ohne darüber nachzudenken: »Frau Funk, übrigens wie meine Mutter, Annemarie.«

»Anna Maria. Die Hebamme hat's falsch aufgeschrieben. Die war durch den Wind. Die Amerikaner haben an dem Tag ihre Last abgeworfen, die schufen eine Scharte, die die Stadt noch heute ziert. Wenn schon ein Mädchen, sagte meine Mutter, dann wenigstens zwei starke Namen.«

Erst die Küken, dann die Brüder, jetzt Annemarie. Was machte er eigentlich? Es war, als suchte er einen Ausgleich, oder wie weit er gehen konnte.

Sie starrte den Belegspieß an. Dann griff sie nach ihrer Tasse, balancierte sie zum Mund, pustete über den Rand.

Er ging keine Ausreden mehr durch. Er beobachtete sie.

Sie schien damit beschäftigt, das in ihrem Inneren zu bändigen, was sich einen Weg nach draußen bahnen wollte.

»In Ihrer Situation zählt was anderes, Frau Funk.«

»Was denn?« Sie schaute ihn über die Tasse hinweg an, lächelte, wartete ab, und scherzte, »Herr Sohn?«.

»Nicht das hier«, er hob den voll bestückten Belegspieß hoch, »Frau Mutter.«

Sie lächelte weiterhin. Noch verhalten und kühl. Dann lachte sie kurz auf. Auf eine herausfordernde Art bodenlos. Sie musste anarchische Kräfte gesammelt haben, auf dem Weg zwischen Bayern und Hamburg, zwischen Kindheit und Jetzt.

»Was soll ich das zählen, Frau Funk.«

»Bitte«, sagte sie leiser, »Herr Thies. Tun Sie's.«

Er schaute jedes Papier auf dem Spieß durch. Erst waren es mit einer Biermarke bedruckte Zettel, auf jedem Zettel eine Zahl. Dann Rentenversicherungsbelege, Kontoauszüge, Versicherungspolicen bei seiner Gesellschaft, darunter eine LV, eine Risikoleben, wieder Zettel mit Zahlen, altertümliche Belege, Bundesschatzbriefe, er rechnete die Summen zusammen und kam auf eine Zahl knapp über drei Millionen. Eine Wohltat, die harten Zahlen nach dem weichen Kuchen. Er ließ sie sich auf der Zunge zergehen. Eine gute Dosis von etwas. Wenn das ihr Vermögen war, dann überstiegen allein ihre monatlichen Zinseinnahmen sein Fixum um das Doppelte. Das war risikolos angelegtes Geld, lange Laufzeiten, festverzinsliche Papiere, wahrscheinlich. Die Lebensversicherung bei ihnen war stattlich. Und der Wert fürs Haus, den sie auf einem Bierzettel notiert hatte (die Zahl überdacht mit einem lang gezogenen Dreieck plus schrägem Schornstein, wie Kinder das malen), den hatte sie vollkommen verfehlt. Das Haus hier war allein drei Millionen wert, nur nach dem, was er in der kurzen Zeit gesehen hatte. Wenn es leer war, der Kram hier raus, die Wände weg und alles offen und hell – vielleicht noch mal hundert-, zweihunderttausend mehr?

Er schmeckte die Zahlen auf der Zunge, sie waren süß und hart, wie gute Lakritzbonbons, von denen er nicht genug kriegen konnte. Die Zahlen füllten seinen Mund mit Spucke, es war, als ölten sie seinen Hals, salzig und süß in einem.

Sie sagte etwas darüber, dass der Herr immer seine Hände im Spiel habe, aber er hörte den Satz nicht ganz, nicht in seinem Zusammenhang.

Auch deswegen, um seine Unaufmerksamkeit zu überspielen, lachte er auf, das Lachen brach aus ihm heraus, und er sah in ihrem Gesicht, dass ihr das überhaupt nicht gefiel.

»Von welchem Spiel sprechen Sie?«

»Dass mir von der Versicherung kein Trottel geschickt wurde. Einer, der noch was verkaufen will. Sondern Sie. Matthias Thies. Wissen Sie, was Matthias bedeutet?«

»Entschuldigen Sie«, sagte er, wirklich erschreckt durch die Härte ihres Blicks, »ich wollte Ihre Gefühle nicht verletzen.«

»Geschenk Gottes.«

»Geschenk Gottes?«

»Ja«, sagte sie. »Und Frau Mutter, das gefällt mir auch.«

Ihr Schalk war nur Firnis, darunter lag eine mädchenhafte Dünnhäutigkeit, aber auch die ernste Bereitschaft, endlich mal ins Volle zu greifen, genau das, was er von Mädchen, von Frauen kannte: wenn sie in ihre Courage verliebt waren, in das Gefühl, verwegen zu sein, jetzt diesen Mann da einfach zu küssen, mit dem Küssen anzufangen, nicht abzuwarten. Das hatte sie sich bewahrt, auch wenn es bei ihr mehr wirkte, als sammle sie ihre Kräfte, um gleich in die

Dunkelheit hinauszurennen, eine einsame Straße hinunter oder nachts allein durch einen Wald. Bei ihr schien alles an der Oberfläche zu liegen, war greifbar, durchschaubar, es machte keinen Sinn mehr für sie, etwas zu verstecken.

Er wiederholte den Satz mit dem Herrn und den Händen, drehte ihn im Mund, als wäre das ein neuer Bonbon und er probierte den Geschmack.

Das mochte sie, das konnte er sehen. Angenehm wäre es gewesen, den zu süßen Bonbon wieder auszuspucken. Er trank in einem Rutsch den kalt gewordenen Kaffee aus, spülte den Herrn mit seinen Händen runter.

»Frau Funk«, sagte er und horchte auf sein Echo im Raum, es klang neutral, tatsachenkühl, ohne Bezug zu ihm, »Sie sind sehr vermögend.«

Sie legte ein weiteres Stück Butterkuchen auf seinen Teller, er wehrte ab, eine rhetorische Geste. »Ich weiß. Aber es ist nichts wert.«

»Sie haben sich dran gewöhnt. Für einen Menschen, der das nicht hat, wäre es sehr viel wert.«

»Es geht immer um das, was man nicht hat«, sagte sie.

»Nein.«

Sie schaute in ihre Teetasse, als erkläre ihr von dort jemand, was sein Nein bedeuten könnte. Dann hob sie das Kinn.

»Es geht darum, was man sich nimmt. Im Leben«, sagte er ernst und zurückhaltend und unhintergehbar zugleich.

»Sie sind jung«, sagte sie.

»Das spielt keine Rolle«, sagte er.

Freude und Verlegenheit, in einem. Sie schaute zur Seite. »Ich hab das noch nie gemacht«, sagte sie leise.

»Dann fangen Sie an.«

Sie stand auf, machte eine Geste, die zeigte, dass er den

Kuchen nicht mehr würde essen müssen, und verließ die Sitzecke. Sie ging voraus, wie seine Mutter. Er schälte sich aus dem Sessel und ging ihr nach.

»Danke«, sagte sie an der Tür.

Er hob die Hände, als würde er sich ergeben. Er hatte ihre Telefonnummer. Er wollte dennoch nicht gehen, den Dunstkreis der Millionen verlassen.

»Stellen Sie mir Ihre Zeit in Rechnung«, sagte sie.

»Keinesfalls.«

»Auf jeden Fall. Und lieber heute als morgen. Machen Sie es gut.«

Nicht weggehen von der Tür, oder nur kurz, ein paar Schritte, und dann umdrehen, was vergessen haben, sein Handy vergessen haben, klingeln und sie bitten, ihn erneut hereinzulassen. Er konnte das doch, das richtige Maß, es fiel ihm doch leicht, genau den Ton zu treffen, dem Menschen glaubten. Das Vaterunser seines alten Chefs: Triff den Kunden da, wo er ganz Mensch ist. Erzähl ihm ein Geheimnis aus deinem Leben. Wenn ich dir ein Geheimnis anvertraue, dann vertraust du mir eins an. Und immer die Visitenkarte des Kunden respektvoll mit vier Fingern festhalten. Dann kommt dein Reich, dein Wille geschehe. Du bist ihr Gott, du kannst sie lenken und führen. Du hebst sie auf, schaust sie an und siehst sie in ihrer Bedürftigkeit. Du bist der Heiland, du bist auf die Erde gekommen und weilst unter ihnen. Du hörst zu. Wenn du zuhörst, wird zu dir gesprochen. Wenn zu dir gesprochen wird, öffnen sich die Türen, wenn die Türen geöffnet sind, dann bist du ganz bei ihnen, du kannst sie berühren, in ihrem Innersten sein. Nur so befreist du sie von ihren Zweifeln und ihren Ängsten vor den Übeln der Welt. Du befreist sie und dafür geben sie dir ihre Unterschrift, ihr Vertrauen und am Ende ihr Geld.

Er klingelte, sie öffnete, er sagte das mit dem Handy, lächelnd und bedauernd über seine Vergesslichkeit, sie ließ ihn rein, er suchte am Sessel, drehte ihr den Rücken zu, holte es aus seiner Jacketttasche, tat so, als hebe er es auf, ging zu ihr, die immer noch an der Flurtür stand, und sagte, mit plötzlich gesammelter Scham, mit einer Verzagtheit, die am Ende dieses ganzen beschissenen Montagmorgens zwangsläufig zu stehen schien: »Entschuldigen Sie, Frau Funk. Ich wollte Ihnen nicht zu nahe treten mit all diesem *Frau Mutter*. Das macht man nicht in meinem Job. Vollkommen fehl am Platz. Wenn ich Ihnen irgendeinen Gefallen tun kann, dann sagen Sie es mir bitte. Unbedingt. Ich –«, und jetzt sah er es, als klares Bild war es vor ihn getreten, »ich – es ist noch nicht lange her, dass meine Mutter gestorben ist. Ich bin da noch nicht drüber hinweg. Vielleicht geht das auch nie. Sie haben mich an sie erinnert. Aber – entschuldigen Sie«, sagte er, »entschuldigen Sie, dass ich Sie damit belästigt habe. Vollkommen fehl am Platz. Entschuldigen Sie.«

Sie standen sich schweigend gegenüber. Sie nahm seine Hand. Dann legte sie ihre Hand noch auf seine, so hielten sie Hände, und er wusste, dass es funktioniert hatte. Er war in ihren Augen ein liebendes Kind, das – wie kein Kind – über den Tod seiner Mutter je ganz hinwegkommen konnte. Er spürte ihr Mitgefühl, wie es an ihm hochbrandete. Ihr Blick formte ihn neu. Es fiel ihm ganz leicht, das spürte er, unendlich leicht, von jetzt an ein Sohn zu sein, der früh seine Mutter verloren hatte.

Er ging in der Auffahrt an ihrem geparkten, kaffeebraunen X5 vorbei, rechnete den Wert des Wagens in die Summe ein, öffnete das Gartentor, betrat die Straße, die endlos offene Straße, das freie Feld, die grenzenlose Stadt, sein überbordendes Leben.

Das hätte er schon viel früher machen sollen. Wie seine Mutter das gemacht hatte. Damals, als er einem der Ärzte gegenübergesessen hatte, und sie an der hinteren Wand des Behandlungszimmers, nahe der Tür, gelehnt und gesagt hatte: Das Kind – so wie der jetzt ist? Der ist gestorben für mich.

Mat-tis, hatte sie ihn davor, manchmal noch, gerufen, mit Betonung auf dem tis. Zärtlich, als wäre sein Name eine Süßigkeit.

Er hatte den Arzt angeschaut und gewusst, dass seine Mutter ihn hierlassen würde, sie hatte ihn hergebracht, um ihn loszuwerden. Der Arzt machte sich Notizen, schrieb was in eine gefaltete Mappe, immer eine Zeile mehr schrieb er, all das schrieb er auf, was seine Mutter dem Arzt erzählt hatte, seine Frechheiten, wie sie das nannte, seine Verfehlungen, seine Lügen, und der Arzt schrieb dazu die Begründung auf, warum der Junge von seiner Mutter verlassen werden musste. Er verschrieb ein Medikament gegen den Sohn. Seine Mutter würde es mitnehmen, es zu Hause nehmen und ihn sofort vergessen. Der Arzt würde Tests an ihm vornehmen, um herauszufinden, was mit ihm los war. Er wollte danach fragen, ob seine Mutter ab und zu vorbeikommen konnte, schauen, ob er Fortschritte machte. Wie man einen Gefangenen besuchte, durch eine dicke Glasscheibe getrennt.

Sehen Sie, hatte seine Mutter gesagt, aus dem kriegen

Sie nichts raus. Und früher, ich kann's Ihnen gar nicht sagen, was das früher für ein braves Kind gewesen ist. Immer hilfsbereit, ganz zugänglich und brav. Ein richtig liebes Kind. Mein Sohn.

Sie kramte nach einem Taschentuch, zog es aus der Packung, schlug es auf. Im Gesicht des Arztes sah Matthias den Abschiedsschmerz der Mutter.

Er wusste, wie sie aussah, ohne hinzuschauen, sah er ihre langsam zulaufenden Augen, die roten Flecken um Mund und Nase, ein durchsichtiges Rinnsal an einem Nasenloch. Wie sie mit der Zunge ihre Unterlippe benetzte.

Er ist gestorben für mich.

Und jetzt war sie auch tot.

Es war eine Wohltat, dass sie tot war. Es war so einfach gewesen. Nur dieser Satz. Und schon war sie tot.

Er ahnte, als er die Nummer am nächsten Morgen sah.

»Matthias Thies«, mit klar betonten Ts.

»Annemarie Funk. Sie waren gestern bei mir, erinnern Sie sich?«

»Wie sollte ich das so schnell vergessen«, sagte er und hatte es betont wie ein Schauspieler. Manchmal war das so, da sprach sich was von alleine aus, als wäre er grade in einem Film, große Leinwand, großes Gefühl.

»Ich möchte Sie um einen Gefallen bitten. Das hatten Sie mir angeboten.«

»Ich weiß schon. Sie möchten gegen mich antreten beim Kükensortieren.«

Sie lachte. Kein Widerstand.

»Ich komm mit meinem Auto nicht mehr gut klar. Ich mag das gar nicht, mit dem Taxi im Krankenhaus vorzufahren. Als hätte man nur eine einfache Fahrt gebucht.«

»Ich kann Sie bringen, wenn Sie möchten.«

»Aber das müssen Sie Ihrer Chefin sagen. Nicht, dass die denkt, ich hau ab mit Ihnen, auf und davon.«

»Keine Sorge, wir haben da große Gestaltungsfreiheit.«

»Sie sagen es ihr.«

»Selbstverständlich. Wenn Sie das wünschen.«

»Dann hole ich Sie am Donnerstagfrüh ab.«

»Ich kann Sie auch abholen.«

»Nein. Schon gut. Das Krankenhaus, das ist in der Stadt. Ich hole Sie um neun Uhr. Da stehe ich vor Ihrer Tür.«

»Wissen Sie, wo ich wohne?«

»Sagen Sie es mir.«

Er erklärte es und sie war so still, dass er irgendwann fragte: »Sind Sie noch da?«

»Ich höre Ihnen zu«, sagte sie in einem Tonfall, der durch ihn durchlief, als hätte er einen ordentlichen Schluck eines sehr guten Whiskeys genommen, der in seinem herben, warmen Brennen nur langsam ausklang und ein angenehmes Gefühl von Betäubung hinterließ.

3

Begegnungen

Der Sommer nistete über der Stadt; es regnete, wenn ich mich richtig erinnere, nicht. Der Himmel war jeden Tag blau, in diesem Blau, das immer wieder frisch wirkt, und Heilung verspricht. Bis in den späten Abend war es hell, die Sonne bekam etwas Überirdisches. Es glänzte, so schien es mir, immerzu um mich herum, die Kreise, die wir zogen, waren Bewegungen in einem silbrig beleuchteten Raum. Dieser Sommer wurde der erste Sommer, in dem die Riesenräder auftauchten. Sie kreisten und verteilten Geld, immer mehr Geld, als schöpften sie aus dem Vollen, aus Quellen, die nie versiegen konnten. Sie hatten bescheidene Namen, sie hießen Sicherungsmaßnahme oder Rettungspaket oder Hilfsfonds, aber ihr Anliegen war groß, das Kreisen des Geldes durfte nicht ins Stocken geraten, alles musste sich unablässig drehen, weitergehen. Das System, wie wir es kannten, musste am Laufen gehalten werden. Alles musste immer weiter kreisen, wir saßen ja selbst mit in diesem Riesenrad, denn es ist zu schön, durch den Himmel zu kreisen, durch eine süße Sphäre, in der die Angst vergessen ist, und in der es glitzert vor Illusionen.

Um die Zeit herum ging ich jeden Morgen zum Frühstück ins Brazilian Coffee, ich genoss es, gleich nach dem Aufstehen unter Menschen zu sein. An einem Donnerstag, glaube ich, in der Zeit, irgendwann, beobachtete ich einen kaffeebraunen X5, der vor unserem Haus mitten auf der Straße zum Stehen kam. Er hatte ein forderndes Profil, der Kühlergrill wie ein geöffnetes Maul, Raubtieraugen. Eine Dame stieg aus. Ich sah, dass sie die Fahrertür offen stehen ließ. Eine Jil-Sander-Dame. Ich meinte, eine Perlenkette im Twinset-Ausschnitt zu sehen, dezenten Goldschmuck am Armgelenk. Eine robuste Erscheinung. Nur wirkte es, als spüre sie den Asphalt nicht gern unter ihren Sohlen. Sie zog sehr schnell die Füße vom Boden ab. Vielleicht schien sie der Gravitation nicht auf den Leim gehen zu wollen. Vielleicht war sie aber auch in einem Zustand, der leichter war als Luft.

Von meiner Position am Café-Tisch aus konnte ich sehen, dass sie unser Klingelschild systematisch absuchte, von oben nach unten. Sie drückte unten rechts, im Hinterhaus, wo auch Matthias wohnte.

Sie wartete vor unserer Tür, ich beobachtete sie vom Brazilian Coffee aus, und es war, als schienen wir uns kurz im Innehalten zu verbinden, im Warten, was die großartigste und zugleich irrsinnigste Fähigkeit ist, die wir haben, finde ich, in ihr zeigt sich, dass wir immer noch auf das Schicksal hoffen, dass jemand kommt, der uns erlöst, dass es jemanden gibt, oder einen Ort außerhalb der Welt, auf den es sich zu warten lohnt.

Sie wirkte ruhig, wie sie da an der Seitenwand unserer Haustür lehnte, als wäre sie geübt im Innehalten.

Ein Mercedes fuhr in die Einbahnstraße und kam hinter dem kaffeebraunen X5 zum Stehen. Der Fahrer war aber einer, der wenig Langmut zeigte, er drückte seine Hupe durchgehend. Die Dame löste sich von der Hauswand und machte einen Schritt auf ihr Auto zu. Unsere Haustür ging auf. Der Mercedesfahrer lehnte auf seinem Lenkrad, hupte mit dem Druck seines Oberkörpers. Gern, dachte ich in dem Moment, würde ich mal bei ihm in die Schule der Ungehaltenheit gehen, er bringt einem bei, wie man das Wort Warten durch ausdauerndes Hupen ersetzt.

Matthias erschien im Spalt der geöffneten Tür.

Er machte einen Schritt auf die Dame zu, sie kam ihm entgegen. Er wollte ihr die Hand geben, sie rückte so nah an ihn heran, dass ihm nichts anderes übrig blieb, als sie zu umarmen. Hinter seinem Rücken fiel die Tür ins Schloss. Er umarmte seine Mutter, er drückte sie an sich. Seine Mutter? Das musste seine Mutter sein. Von der er erzählt hatte. Aber gab man seiner Mutter – zuerst – die Hand?

Sie war einen Kopf kleiner als er. Der Hupton hörte abrupt auf, das riss die beiden aus ihrer Umarmung. Matthias zeigte auf ihr Auto. Seine Mutter schien keine Bereitschaft zu haben, sich einem kleinlichen Straßenkrieg zu widmen. Matthias nahm ihr etwas aus der Hand, wohl den Autoschlüssel, und ging auf den Wagen zu.

Er stieg in den X5 ein, ohne den Mercedesfahrer eines Blickes zu würdigen.

Matthias ließ den Motor fauchen, dass noch – am Fenstertisch im Brazilian Coffee – mir ein Kitzeln, wie subkutan, unter die Haut ging. Dann fuhr er seelenruhig, das Handgelenk auf den Lenkradbogen gelegt, im Schritttempo aus der Straße.

Seine Mutter ging direkt auf das Fenster zu, hinter dem ich saß. Das ließ mich aufspringen und zum Tresen flüchten, mein Frühstück bezahlen. Wir trafen uns am Windfang der Tür, ich ließ ihr den Vortritt hinein ins Café.

Ich war so erfüllt von dem Gedanken, gerade Matthias' Mutter zu begegnen – der tatkräftigen Frau, die so resolut den Maler und sein Werk aus der Wohnung geworfen hatte –, dass ich »Guten Morgen« sagte. Sie wirkte allein konzentriert darauf, ins Café zu kommen. Sie roch nach Veilchen-Parfüm, sie roch, wie Cashmere sich anfühlt. Ihr Gesicht strahlte eine Aufgeräumtheit, eine gefasste Schönheit aus, das Alter hatte ihr aber die Konturen genommen. Mir fiel auf, wie stark sie ihre Augenbrauen nachgezogen hatte, wie exakt ihre Ponyhaare geschnitten waren, sie fielen gerade bis oberhalb der Augenlider, ein natürlich wirkendes Dunkelblond, ein sorgfältiger Pagenschnitt. Sie bewegte sich wie ein Mensch, der mit einer zu großen Fragestellung konfrontiert worden war. Sie griff nach dem Vorhang und schob sich hindurch, in einem resoluten Schwung, dass ich dachte: Sie ergibt sich nicht, sie findet die Antwort, richtet die Dinge, nimmt alles in Angriff und los.

Ich sollte um halb zehn in einer Besprechung mit einem Kunden sein. Ich saß um halb zehn in meinem Auto, das schräg gegenüber des Brazilian Coffee parkte, und observierte die beiden. Nachdem Matthias ins Café gekommen war, hatten sie sich auf die Fensterbank gesetzt, lehnten mit den Rücken an der Scheibe. Sie saßen sehr nah beieinander, einer dem anderen zugewandt. Sie redeten. Matthias' Mutter neigte den Kopf, schaute auf ihre Hände. Ihre Perlenohrringe schlenkerten, wenn sie den Kopf ganz leicht schüttelte, als verneine sie fortlaufend eine Anschuldigung.

Matthias rückte ein wenig von ihr ab, trank seinen Espresso in einem Zug. Als er die Tasse zurückstellte, legte seine Mutter ihren Kopf an seine Schulter. Er drehte sich ihr zu, umfasste sie mit beiden Armen und legte seine Lippen auf ihren Scheitel. Sie hob den Kopf, ihr Gesicht war sehr nah an seinem, sie musterte ihn, wie ich mir vorstellte, wie eine Mutter ihren erwachsenen Sohn musterte: Mein Gott, das war mal mein Junge, den hab ich zur Welt gebracht. Und jetzt sitzt er hier und nimmt mich in den Arm und tröstet mich, und ich hab immer noch diese sentimentale Erinnerung, wie schwer sein Kopf war, gleich nach der Geburt, und wie er an meinem Hals lag, so schwer wie eine überreife Frucht.

Matthias nahm ihr Gesicht in seine Hände. Seine Handflächen waren immer trocken und ein wenig kühl. Er hielt das Gesicht seiner Mutter und redete mit ihr, ja, doch, wie ein Sohn mit seiner Mutter redet, die sich manchmal etwas kindisch verhält, was aber mehr als verzeihlich ist, in ihrer Lage, und überhaupt, weil es eine Zeit gibt, im Leben, wo sich die Rollen wieder umzudrehen scheinen. Die Kinder sind erwachsener als ihre Eltern. Und die Eltern verlassen sich darauf, noch einmal wieder Kind sein zu dürfen, mit aller Unentschiedenheit, allem Wankelmut, aller Hilflosigkeit und der Hoffnung auf bedingungslose Liebe.

Dann legte er seine Lippen auf ihre Stirn, sehr lang, immer noch ein bisschen länger, küsste er ihre Stirn, und ich wartete auf das Ende dieses Stirnkusses, das nicht kam, im Gegenteil, sie schmiegte sich an ihn, in einer Art, die nicht sehr muttermäßig wirkte, wie schon sein Stirnkuss nicht mehr sehr sohnesmäßig gewirkt hatte, aber was wusste ich schon von Müttern und Söhnen, nicht jeder Mensch hat so eine unnahbare, beherrschte Mutter wie meine eine ist, die lieber Bücher liest, statt zu küssen, die jede Umarmung für eine Zeitverschwendung hält, Zeit, in der sie einen Roman fertig lesen könnte, einen Satz übersetzen könnte – was wusste ich wirklich schon: rein gar nichts. Ich hatte keine Ahnung davon, was Söhne für ihre Mütter sind, wie es ist, zwischen Mutter und Sohn.

Nach einigen Minuten reckte sie sich ein wenig und auch er setzte sich wieder gerade hin, ich konnte nicht anders, als die beiden und ihre Vertrautheit weiter zu beobachten, obwohl ich merkte, wie mich ein Unbehagen beschlich, eine Pein, dann schämte ich mich zutiefst: als wäre ich in das Schlafzimmer meiner Eltern vorgedrungen, hätte mich hinterm Schrank versteckt und etwas gesehen, was ich eigentlich nie im Leben hatte sehen wollen.

Irgendwann schaute ich nach vorn und betrachtete das königsblaue Blech und das polierte Glas, aus dem das Auto vor mir sich zusammensetzte. Ich ließ meinen Blick durch dieses und die folgenden Autos gleiten, so weit ich sehen konnte, Blech und Glas, Kopfstützen, Rückleuchten, Navigationsgeräte, Stummelantennen, Haifischflossen, überall feste, gut gestaltete Formen, sichere Ummantelungen, die dazu da waren, uns vor der Außenwelt zu schützen, unsere fragilen Körper aufzuheben, uns Sicherheit zu geben durch Airbags und Seitenaufprallschutz und Bremskontrolle und Abstandswarnung. Nie mehr wollte ich in etwas anderem sitzen, nur hier in der stillen, gefilterten Luft, im Inneren meines lebensfernen Lebens, umrundet von dieser Panzerhaut in gutem Design, getragen vom Vorsprung durch Technik. Und ich parkte aus in einer kontrollierten Dankbarkeit, dass ich tagtäglich, Morgen für Morgen, mein Auto hatte, das mich durch die Stadt brachte, das immer an allen meinen Seiten war. Ich parkte aus und stieß an die Stoßstange vor mir, ich setzte zurück und stieß an die Stoßstange hinter mir, ich sehnte mich nach diesen Begrenzungen, ich musste sie spüren, das Blech, die Härte, die Grenzen der Welt.

4
Geschenke

Es fühlte sich fremd an, zuerst, als er ihr den Schlüssel aus der Hand genommen hatte, sie hatte ihn hingehalten, im Café, wie ein Geschenk auf ihrer faltigen Hand. Dann war er auf den Fahrersitz gerutscht, und der hatte ihn gefangen genommen, umfasst, aufgehoben, und seither fühlte sich alles richtig an. Wenn Frau Funk seinen Führerschein sehen wollte, würde er sagen, den habe er zu Hause vergessen, aber er konnte ihr zeigen, wie routiniert und hervorragend er fahren konnte, so, dass es ihr gar nicht in den Sinn kommen würde, nach seinem Führerschein zu fragen, konnte das Ding da liegen bleiben, wo es lag, er würde nicht zum Idiotentest gehen.

Er stellte die Spiegel ein, die Höhe des Lenkrades, und gab sich ein paar Sekunden Zeit, um Blinker und Licht zu studieren, dabei den Duft des noch jungfräulichen Autos einzuatmen. Sie schwiegen auf der Fahrt, erst, als sie auf den Parkplatz des Krankenhauses fuhren, sagte sie: »Nur, weil du mich fährst, bin ich jetzt hier.« Er parkte in einem forschen Bogen ein, bremste, dass sie im Gurt ein wenig nach vorne fiel.

»Ich dachte, wir fahren ins Reisebüro.«

Wieder lachte sie, mädchenhaft. So einfach, so gut gelaunt.

»Wo möchtest du hin?«, fragte er weiter.

»Ach. Ich würde sagen: nach Afrika. Danach: Galápagos. Venezuela. Brasilien. Über die Osterinseln zurück. Die Reise hab ich mit meinem Großvater gemacht.«

»War der Kapitän, oder was?«

»Nein, Gastwirt, früher Zimmermann, immer auf Wanderschaft. Zwar nie über Oberbayern hinausgekommen. Aber dennoch – überall. Afrika oder Ausmisten. Wenn ich ein gutes A hinbekam, reisten wir dorthin. In Gedanken. Er erzählte mir die Geschichten. Wenn nicht – Ausmisten ist eine Schweinearbeit. Venezuela oder Vaterunser. Brasilien oder Bodenturnen.«

»Das nenn ich Strafe«, sagte Matthias und stieg aus. Sie ging nah neben ihm. Er wich nicht aus.

»Wir werden die richtige Route finden«, sagte er und öffnete mit ausgestrecktem Arm einen Flügel der gläsernen Krankenhaustür, dass sie an ihm vorbei wie in ein mit Strandtapeten, Palmen und Bildern von Kreuzfahrtschiffen geschmücktes Reisebüro eintreten konnte.

Ein überraschend junger Arzt empfing sie. Frau Funk war, seit sie das Zimmer betreten hatte, eine Hülle geworden. Eine Hülle, die auf diese Art das Eigentliche absichert. Matthias rückte auf der Stuhlkante ein Stück nach vorn, verfolgte mit zusammengekniffenen Brauen und einer von der Anstrengung gewichtigen Falte auf der Stirn die Rede des Arztes. Der wandte sich, schon nach wenigen Minuten, nur noch an ihn. Schob ein Papier über den Schreibtisch auf ihn zu, und sagte: »Wir müssen Ihnen den Gesundheitszustand Ihrer – Mutter genauer erläutern.« An Matthias zogen die Sätze, die Fachwörter vorbei, er hing dem Augenblick nach, seiner Ernennung zum Sohn. Durch den

Arzt. Durch einen Fachmann. Als offizieller Sohn war er natürlich verpflichtet, eine Frage zu stellen.

»Und es ist sicher, dass das ihre Laborwerte sind?«

Frau Funk schaute kurz auf, als wäre sie geweckt worden. Der Arzt neigte den Kopf, warf ihm einen irritierenden, prüfenden Blick zu. Die Bügel seiner Brille waren weiß, die Gläserrahmen schwarz. Seine Haare hatte er viel zu jungenhaft mit Gel bearbeitet. Ein unerfahrener Idiot.

»Keine Sorge, man will nur ganz sichergehen«, sagte Matthias beherrscht und höflich, »da liegt also keine Verwechselung vor.«

Der Arzt atmete sehr ruhig und lang aus.

»Vorweg noch – wie steht es um die Patientenverfügung? Frau Funk?« Sie reagierte nicht. Der Arzt lehnte sich etwas zurück, schien kurz zu überlegen und fragte, eher unbestimmt, in den Raum: »Hat Ihre Mutter zu Ihnen etwas zum Thema Therapie gesagt? Wünscht sie eine?«

Matthias kniff die Lippen zusammen und schaute Annemarie Funk neben sich an. Die war in der Zwischenzeit noch etwas weniger als eine Hülle geworden, genau genommen war sie gar nicht mehr da. Matthias versuchte, sie mit einem abwartendem Blick in den Raum zu holen, schaute, als nichts passierte, wieder mit zusammengekniffenen Lippen den Arzt an und nickte, als wollte er sagen: Schwieriges Thema, Herr Doktor, wie gehen wir es an?

»Nein«, sagte Frau Funk.

»Nein?«, fragte der Arzt.

»Ja. Nein«, sagte sie. Und schwieg wieder.

»Keine Therapie?«, resümierte Matthias sehr sanft und wandte den Kopf, dass er sie von der Seite und ein wenig von unten anschauen konnte. Sie saß mit einem Mal da, tatsächlich, als wäre sie schon auf Reisen, zehnter Tag Kreuzfahrt – große Route, schönes Schiff und voll eingespannt in ihr Rahmenprogramm. Sie war vollkommen und unerreichbar weit weg.

Matthias wandte sich dem Arzt zu, bereit, jetzt einen konkreten Vorschlag für eine Anschlussreise zu bekommen, und nickte, als der Arzt sagte: »Das wissen wir zu respektieren.«

»Ja, dieser Entscheidung gebührt Respekt.«

»Es entspricht auch meiner Empfehlung«, fügte der Arzt an. Natürlich werde es eine multimodale Schmerztherapie geben, die Klinik sei ja für ihren interdisziplinären Ansatz bekannt.

»Wir nehmen Sie in unser Schmerzmanagement auf, Frau Funk«, sagte der Arzt.

»Schmerzmanagement?«, fragte Matthias, weil sie gar nicht reagierte.

Der Arzt nahm nur Frau Funk in den Blick, ein Blick, der ihn ausschloss, aber dann warf er sich, fast kumpelhaft, Matthias entgegen, als wären sie Verbündete, die gemeinsam die Weltflucht bekämpfen konnten, und erklärte, wie in der Klinik der Schmerz gemanagt wurde.

Als er Matthias und Frau Funk aus dem Zimmer geleitete, sagte er, als Matthias auf seiner Höhe war: »Und Sie sind dann bitte dabei, wenn die nächsten Schritte besprochen werden müssen. Sie sind dann wieder beim Doktor Maurer. Den vertrete ich ja heute nur. Ihre Patientenverfügung oder die notarielle Vollmacht bringen Sie bitte das nächste Mal mit.«

Was zum Teufel war das, dachte er, als er nach draußen in den Flur trat.

Annemarie Funk ging einfach von ihm weg, den Gang hinunter.

»Warten Sie«, sagte er leise und schloss zu ihr auf. »Warte!«

»Soll ich das?«, fragte er, als er neben ihr ging. Sie schien es eilig zu haben.

»Was?«

»Die nächsten Schritte mit besprechen.«

»Ich muss nicht dabei sein.«

»Es geht um dich«, sagte er so leise, dass niemand anderes es hören konnte.

»Nein!«

»Ich soll nicht dabei sein?«

»Doch. Was soll ich da? Geh bitte für mich hin.«

Er parkte ihr Auto vor der Garage, wie sie es wünschte. »Ich kann es hineinfahren«, sagte er und drehte schon den Schlüssel in der Zündung. »Keine Liebesmüh«, sagte sie in diesem fatalistischen, grauen Tonfall, den sie seit dem Arztbesuch hatte.

»Ich krieg das hin.«

»Aber ich krieg ihn nie wieder raus.«

»Ich könnte das Gerümpel zur Seite räumen. Dann passt er rein.«

»Du siehst gut aus, wie du da sitzt.«

Er lächelte, und es fühlte sich an, als habe er mit einem Mal verstanden, wie Menschen in der Werbung lächelten.

»Ich könnte es dir schenken.«

Er hörte auf zu lächeln.

»Nimm es, dann bin ich es los.«

»Das geht nicht.«

»Doch! Wir stehen auf Kriegsfuß miteinander. Er weigert sich, in die Garage zu passen. Ich sehe nie, wo er anfängt und aufhört. Außerdem muss ich in ihn *hineinklettern.*« Sie tätschelte das Armaturenbrett, wischte einmal daran entlang. »Er ist schön. Aber unpraktisch.«

Matthias ließ eine Pause, eine Lücke, nur so lang wie ein geteilter Atemzug.

»Es gibt Geschenke«, sagte er in dem Tonfall, in dem er seinen Kunden oftmals das Kleingedruckte vorgelesen hatte, »die sind zu groß.« Es war genau der Tonfall, bei dem die Kunden nach dem zweiten Satz sagten: Ach, hören Sie auf, da steht doch nichts Nachteiliges für mich drin, ich möchte jetzt unterschreiben.

»Das weiß ich. Das weiß ich genau. Ich hab auch mal eins bekommen, das hat mir eine Nacht im Keller eingebracht und einen Rattenbiss. Aber sei sicher, an diesem Geschenk hängt kein Fluch.« Sie griff nach ihrer Handtasche, ein festes Bügelding, das überall aufrecht stand und Wache hielt.

»Du hast mich ins Krankenhaus begleitet. Erzähl mir nicht, dass du das mit jedem deiner Versicherungskunden tust.«

»Annemarie«, sagte er.

»Wenn dir das lieber ist – wir können auch sagen, dafür fährst du mich dann ab und zu dahin, wo ich dahin muss.«

»Damit kämen wir der Sache schon näher.« Er horchte auf seine Stimme, ob sie humorvoll geklungen hatte, und bescheiden, als redeten sie über ein Kuchenstück, das er essen sollte.

»Also! Ich such die Papiere zusammen und bringe dir den Wagen dann bald vorbei«, sagte sie und stieg aus.

Er saß da und konnte sich nicht bewegen. Es hatte

nichts mit der Lähmung zu tun, der zähen Bewegungslosigkeit, als wären seine Muskeln durch Hartgummi ersetzt worden, die er sonst kannte. Jetzt wollte er sich nicht mehr bewegen. Er wollte nur noch hier sitzen, hier, hoch oben über der Straße, fast im Himmel. Er ließ noch einmal den Motor an und ihn zwei Mal fauchen. Es vibrierte bis in seine Hand auf der Schaltung, bis in seine Oberschenkel. Es war wie Sex. Wie, wenn eine Frau ihn küsste, wenn sie sich ihm ganz hingab und er sie steuern konnte, dass sie weitermachte, dass sie alles machte, was er sich wünschte, dass sie nie aufhörte. Es war fast so gut wie der Moment, wenn er dieser Frau am nächsten Morgen sagte: Ich muss jetzt los. In einem Tonfall, dass sie verstand, was er meinte. Wie erstaunt, wie panisch die Frauen ihn dann anschauten. Warum? Es geht gerade nicht. Aber wir können es doch ganz langsam angehen lassen? Nein, es geht gerade nicht. Du bist eine wunderschöne Frau. Einige weinten, wenn er das sagte und kurz danach ging. Du bist so lebensklug, sagte er zu denen, die auf ihren Geist mehr gaben als auf ihren Körper. Sie liebten ihn noch lang nach seinem Abschied, darüber hinaus. Sie riefen ihn immer wieder an. Zu seiner Nachbarin hatte er gesagt, seine Mutter sei krank. Als hätte er es vorausgeahnt. Als hätte er es *gewusst*. Seither schien die es zu begreifen.

Er hatte sehr oft dem Stolz dieser Frau, ihrer Verletzlichkeit, Rechnung getragen, indem er mehr Zärtlichkeit oder eine rauere Leidenschaft aufgeboten hatte, als er für sie empfand. Zu Beginn hatte es sich sehr gut angefühlt, gerade als er es geschafft hatte, zu bekommen, was ihm zustand, als sie ihm alles gab und nie Fragen stellte, er kommen konnte, wann er wollte; da war es großartig mit ihr gewesen. Er dachte kurz daran, sie mit dem Auto abzuholen, aber dann erinnerte er sich an ihre Aufdringlichkeit, wie sie ihm ihre Hilfe unterjubeln wollte, sie hatte sich in ihr Gegenteil verkehrt – von der unnahbaren, vorsichtigen, kontrollierten Schönheit, die er hatte erobern müssen, zu einer in ihren Sehnsüchten berechenbar simplen Frau. Sie war schnippisch und überernst. Beleidigt. Einfach langweilig. Er konnte nichts dagegen tun.

Er schaute, ob Frau Funk im Haus verschwunden war, und als er sicher war, dass ihn niemand sehen konnte, beugte er sich vor und küsste das Lenkrad, biss vorsichtig hinein und schmeckte es, wie eine neue, noch unbekannte, zu entdeckende Frau.

Er war schon auf dem Weg nach Hause – er könnte anfangen zu zählen, wie oft er noch S-Bahn fahren musste –, da war ihm die Idee für das Profil gekommen. Er setzte sich in die letzte Vierergruppe im Waggon, legte sein iPad auf seine Knie, klickte sich schnell durch alle Anmelde-Dialoge, den Benutzerzugang zu seinen Profilkonten, und schloss die Augen. Er stellte sich vor, wie ein fedriges, kleines Küken in seiner Hand saß. Es wog kaum etwas. In der Mitte des eidottergelben Flaums war ein knochiger Kern. Mehr nicht. Ein kleiner Schnabel, das Küken tschilpte. Schwarze Knopfaugen, die immer etwas verzweifelt guckten. Er setzte das Küken in eine Plastikwanne, in die für die Weibchen. Er nahm das nächste in die Hand, wog es, fühlte und wusste, dass es ein männliches Küken war. Er war gut, beim Sortieren. Mit ein bisschen Übung wäre er ein Meister.

Naturbursche, schrieb er in das Pflichtfeld Titelzeile, *sucht kluge, natürliche, zupackende Frau – dich*

Hier stellt sich ein hemdsärmliger, ansehnlicher Junge vor, der in Norddeutschland auf einem Bauernhof aufgewachsen ist. Tatkräftig, zupackend, ehrlich. Ihn zeichnet eine große Fürsorglichkeit aus. Als Kind hat er sich liebevoll um die Küken gekümmert, seine Aufgabe war die Aufzucht und Pflege. Später hat er den Hof des Vaters zu einem Bio-Bauernhof mit Ferien-auf-dem-Land-Angebot ausgebaut. Vielseitig begabt ist er: die stilvoll eingerichteten Appartements auf dem Hof sind seine Idee gewesen! Er ist detailverliebt und gut mit Zahlen, manchmal auch ein Perfektionist, ohne pedantisch zu sein. Er kocht gern, am liebsten für seinen großen Freundeskreis. Er isst alles – außer Hühnerfleisch natürlich! Seit dem Tod seines Vaters hat er den Hof übernommen und erwirtschaftet – mit einer Mischung aus nachhaltiger Landwirtschaft und Öko-Tourismus – ein solides Einkommen. Seine Mutter lebt noch dort, sie ist schwer krank, er kümmert sich liebevoll um ihre Pflege. Er sucht demnach eine Frau, die anpacken kann und will, die sich nicht zu schade ist für die Arbeit auf dem Hof, die sich mit eigenen Ideen einbringt, vielleicht einen Hofladen eröffnen möchte. Er kann es kaum erwarten, Vater zu werden. Er ist ein Mensch mit Überzeugungen. Er glaubt daran, dass Gott seine Hände im Spiel hat, und dass wir auf Erden sind, um das zu tun, was unsere Aufgabe ist.

Aber er ist nicht in traditionellen Vorstellungen gefangen. Er ist genauso ein Mann, der gut in die Stadt passen würde:
»Ich liebe Kurztrips nach Rom, Paris und New York. Ich gehe mit dir so liebevoll um, wie ich mit meinen Küken umgegangen bin. Ich trage dich auf Händen. Ich finde an jeder Frau etwas, das schön ist! Was ich nur nicht mag, ist Künstlichkeit jeder Art. Wenn du also natürlich bist mit kleinen Fältchen und allem, was dazugehört, und an einer dauerhaften, vertrauensvollen Partnerschaft interessiert bist, dann bist du mein großes Geschenk, dann lass uns zusammen den Hof ausbauen und eine Familie mit Zukunft gründen.«

Er öffnete das Feld *Weiterführende Informationen für Nutzer mit Premium-Zugang*, um die Maße, das Gewicht, die Augenfarbe, das Sternzeichen und den Namen des Naturburschen einzugeben, und trug das erste Mal in einem erfundenen Profil sich selbst ein. Alter: 37, Größe: 1,87 Meter, Gewicht: 82 Kilo, Figur: trainiert, Augenfarbe: blau, Haarfarbe: braun, Sternzeichen: Fisch, Bonität: sehr gut (nach gut, mittel, verbesserungswürdig), Sex-Appeal: 8 (auf einer Skala von 1 bis 10), Lieblingsmodemarke: Armani, Wohnungsstil: Landhaus und moderne Klassiker, Name: Matthias.

Der Naturbursche fühlte sich zu gut an. Er war das, was er war. Es war ihm nur auf die andere Seite gerutscht, Frau Funk, Annemarie, hatte ihn daran erinnert. Er war der Naturbursche, der seine kranke Mutter pflegte, der ihr Gerede vom Herrn und seinen Händen mit mildem Wohlwollen betrachten konnte, der mit ihr darüber lachte, herzlich, zugewandt, der schließlich drei, vier, vielleicht fünf Millionen erbte, als Vorschuss ihr Auto.

Die S-Bahn fuhr mit einem rauen Surren an, wie ein kleines, in die Länge gezogenes Beben, über das er hinwegglitt, und er spürte, wie er schon sehr bald der war, der er immer hatte werden müssen. Dann fiel ihm das zu, was ihm schon längst gehörte, was ihm eigen war. Das war er. Matthias. Ein Geschenk Gottes.

5
Verfolgung

Eine, vielleicht zwei Wochen später sah ich Matthias am Morgen, er ging die Straße hinunter und stieg in einen kaffeebraunen X5, der dort parkte. Er wirkte souverän, wie er in den Wagen stieg, als hätte er nie ein anderes Auto besessen, aber parkte aus, als handle es sich bei dem voluminösen Fahrzeug um ein rohes Ei.

Voller Verlegenheit hatte er mir mal erzählt, dass er keinen Führerschein hatte. Es war ihm so peinlich gewesen, dass mir schon Worte des Trostes in den Kopf gekommen waren. Und dann hatte ich gedacht: Was für ein großer Vertrauensbeweis von ihm, mit mir dieses profunde Geheimnis zu teilen, das Eingeständnis seines Scheiterns an einer Übung, die die meisten eher im ersten Durchgang bestanden. Wahrscheinlich hatte ich es komplett falsch verstanden. Vielleicht hatte er in der Zwischenzeit die Prüfung absolviert. Vielleicht war es auch wie mit der Katze.

Es hatte zumindest nichts damit zu tun, dass ich, statt ins Café zu gehen, auch sofort in mein Auto stieg und dem kaffeebraunen X5 folgte. Ich war einfach neugierig. Er fuhr rasant, nahm ein paar Ampeln bei Dunkelgelb, aber an der nächsten holte ich ihn wieder ein. Wir fuhren raus nach Blankenese. Er ließ den Wagen mit zwei Reifen auf den Bürgersteig vor eine Einfahrt rollen und stieg aus. Ich parkte, noch weiter die Straße hinunter, und schaute in meinen Rückspiegel. Jane Goodall, dachte ich, wird die Schimpansen, die sie beobachtete, auch nicht um Erlaubnis gefragt haben. Spionieren gehört zu den einfachsten Tätigkeiten der Welt. Ich musste nur die Position des Spiegels justieren und sah den Ausschnitt Straße hinter mir, ohne noch groß den Kopf zu drehen. Matthias klingelte an der Pforte, er wirkte präzis in seinen Bewegungen, verhalten, als ginge es darum, keine überflüssige Energie zu verpulvern. Die Pforte ließ sich öffnen und er verschwand hinter einer prallgrünen Buchenhecke. Einige Minuten später kam er mit der Frau aus dem Café zurück, er geleitete sie durch die Pforte und ums Auto herum, öffnete ihr die Wagentür und ließ sie unter Aufsicht einsteigen, wie ein routinierter Chauffeur.

Er fuhr los, behutsam, und wich umsichtig den Löchern im Asphalt aus. Ich ließ mich im Schweif seines langsamen Fahrens mitziehen, wieder zurück in Richtung Innenstadt, er bremste schon vorsorglich, wenn eine Fußgängerampel auf Rot sprang, er blinkte, lange vor dem Abbiegen, so brav, dass ich kurz dachte, er habe mich erkannt, in dem schwarzen Audi hinter ihm, der ihm nun schon einige Zeit folgte. Irgendwann bog er ab und nahm die Auffahrt zu einem Krankenhaus. Ich hielt gleich am unteren Ende der weiten Fläche. Matthias und die Dame stiegen nicht aus, sie schienen miteinander zu reden, dann öffnete sich seine Tür, er umrundete das Auto, um ihr wieder beim Aussteigen zu helfen, er geleitete sie bis zu den Türen des Krankenhauses, dort nahm er sie in den Arm, hielt sie fest, sie streckte sich zu ihm hoch, soweit ich das sehen konnte, und dann drückte er eine Tür für sie auf, ließ sie an seinem ausgestreckten Arm vorbeigehen und winkte ihr zu. Er eilte zurück zu dem X5 und preschte vom Platz. Ich stieg aus und ging durch dieselbe Tür in die Eingangshalle.

An der Stirnseite der Halle waren, wie auf einer Anzeigentafel am Flughafen, die Abteilungen aufgelistet. Jeder Gang, der von hier abzweigte, wirkte wie ein silbriger Flughafengang, Stahlrohre als Handläufe, grünes Milchglas, von hinten beleuchtet, es fehlten nur Kofferbänder und Lautsprecheransagen. Der Granitfußboden glänzte, als liege ein Film Wasser über ihm. Vielleicht war es ein Flughafen, dachte ich, nur einer, der uns an Orte brachte, die keiner von uns besuchen wollte. Es standen nur wenige Menschen in der Halle, und sie wirkten in ihrer zarten Gebrechlichkeit wie fehl am Platz. Die Dame wartete vor einer Wand aus sechs Aufzügen und schaute in Richtung der Halle, damit auch in die Richtung, aus der ich kam, mit einer Mischung aus Verwunderung und Abscheu, ich ging einfach weiter auf sie zu.

Mir ist das nicht unbekannt: Ich bringe mit rätselhafter Beharrlichkeit noch die verworrensten Dinge zu Ende.

Ich trat neben sie und drückte die obere Pfeiltaste.

»Wo müssen Sie hin?«, fragte ich.

»Soll ich ehrlich sein? Ich hab's vergessen«, sagte sie.

Die Tür des Aufzugs öffnete sich ohne ein Geräusch. Er konnte uns schlucken, wohin bringen, er konnte alles, er spielte leise peruanische Flötenmusik. »Wo müssen Sie hin?«, fragte sie in entwaffnender Hilflosigkeit.

Fast hätte ich gesagt: Da, wo Sie hinmüssen. Ich sagte, weil mir nur dieser Begriff einfiel: »MRT?«

»Reicht doch, wenn einer den Kopf beisammenhat«, sagte sie. »Wissen Sie, wo das ist?«

Ich ging die Abteilungsanzeige durch, die Flöten schwebten in luftigen Höhen vorbei, »Hier«.

»Dann fahren Sie uns mal hin.«

»Dritter Stock.«

»Mir ganz gleich.«

Wir fuhren sehr langsam an, ein fast unmerkliches Schweben, hinauf, nach oben, und eine elektronische Frauenstimme verkündigte empathisch, aber leicht abgehackt, das Stockwerk.

Ich ließ ihr den Vortritt, aber sie ging nicht an mir vorbei. Als ich zögerte, sagte sie: »Gehen Sie nur. Ich fahr wieder.«

Die Türen des Aufzugs schlossen sich, zu den Flöten kam noch ein sphärischer Synthesizer-Sound in Dur dazu. Der Aufzug fuhr nicht los.

Sie schob die Henkel ihrer Handtasche höher auf die Schulter und drehte sich mit dem Gesicht zur Tür. Ich musste aussteigen. In jedem Sinne. Ich drückte den Türöffnungs-Knopf, in dem Moment setzte sich der Aufzug in Bewegung, nach oben.

»So schön kann's im Himmel gar nicht sein«, sagte sie, nachdem wir einen Augenblick gefahren waren.

»Mit Sicherheit nicht.«

Sie drehte sich um und schaute mich an, so, als wäre sie aufgewacht, und ich war vor ihrem Schlaf, genau wie danach, immer noch da, was rätselhaft war. Im achten Stock stieg ein sehr altes Paar dazu. Der Atem der Frau rasselte, der Mann trug ein Jackett mit Wappen und Goldknöpfen. Er wirkte wie ein Kapitän, dem man sein Schiff abgenommen hatte; sie flüsterte ihm etwas auf Russisch zu, er nickte eifrig, das Gesicht flach vor Angst. Ich drückte den dritten Stock und stellte mich seitlich neben die Frau, um aussteigen zu können.

»Vielleicht ist es auch nicht so wichtig«, sagte sie leise, als spreche sie zu sich selbst, und es wirkte, als hätte sie den Satz schon einige Male in Gedanken vorher formuliert.

Ich stieg aus, trat noch mechanisch in die Nähe der Schilder, die nach links und rechts die Gänge hinunterzeigten, drehte mich um, da stand sie da und hinter ihr schlossen sich die Aufzugtüren.

Sie wirkte plötzlich sehr klein und schmal, in diesem massiven, blanken Gang. Alles war größer als sie. Auch ihre Angst. Sie war wie ein Magnet. Ich konnte sie nicht allein dort stehen lassen.

»Müssen Sie da jetzt rein?«

Ich schüttelte den Kopf.

»Und warum dann ich?«

»Sie müssen nicht. Keiner zwingt Sie.«

»Er wird sauer sein.«

»Wer?«

»Der Professor Doktor.«

»Ist das wichtig?«

Sie schien zu überlegen. »Mit Sicherheit ist es wichtig.«

»Sie müssen das entscheiden.«

»Jetzt fangen Sie auch noch damit an! Was soll ich nicht alles entscheiden! Ob ich nach Bayern zurückwill – soll ich entscheiden! Das hätte ich vor zwölf Jahren tun müssen, als mein Mann gestorben ist, da hätte ich das machen müssen. Mit dem Haus, mit dem Geld, mit der Behandlung, alles soll ich entscheiden! Wie soll ich denn was entscheiden? Bin ich ein Automat, der andauernd eine Entscheidung ausspuckt?« Ihre Handtasche war von ihrer Schulter gerutscht, sie zog sie wieder hoch und hielt die steif genähten Henkel zusammen umfasst.

»Entschuldigen Sie, Sie haben ja nichts damit zu tun. Jetzt gehen Sie dahin, wo Sie dahin müssen.«

Es widerstrebte mir, zur Hölle mit diesem ganzen Täuschungsmanöver. Sie drückte mehrmals auf den Fahrstuhlknopf, und als der Aufzug nach zwei, drei Sekunden noch nicht da war, ging sie zu den breiten Treppen und verschwand.

Ich wartete unschlüssig ein paar Minuten. Dann stieg ich in den Aufzug – eher automatisch, weil die Tür sich vor mir öffnete und ein Team aus drei jungen Ärztinnen ausstieg. Sie waren alle jünger als meine große Schwester, die Hausärztin war, vielleicht sogar noch jünger als ich, und eine ehrliche, aufmerksame Heiterkeit strömte mit ihnen in den Flur.

Ich querte schnell die Eingangshalle, schob mich durch die Türen, als eine Stimme hinter mir sagte, »Das ging aber schnell«.

Sie kam mit mir durch die Tür.

»Hat er was zu Ihnen gesagt?«

»Ich musste nur –.«

»Nein, ich meine, hat er sich aufgeregt, dass ich nicht da war?«

»Davon weiß ich nichts.«

»Es regt sich keiner auf, oder?«

»Das weiß ich wirklich nicht.«

»Muss ich da jetzt doch hingehen?«

»Sie hatten einen Termin?«

»Natürlich.«

»Haben Sie denn Schmerzen?« Mir war, als hätte meine Schwester durch mich hindurch gesprochen.

»Nur ganz wenig. Ab und zu.«

»Ist denn niemand da, der Sie begleiten kann?«

Sie schaute mich in einem staunenden Schmerz an,

dann drehte sie den Kopf zur Seite. Etwas griff nach ihren feinen Gesichtszügen, nach ihrem Hals, ihren Schultern, alles verhärtete sich.

»Entschuldigen Sie«, sagte ich und wusste, dass das zu klein war für das, was ich meinte.

»Wozu entschuldigen Sie sich.« Sie verharrte einen Augenblick. »Können Sie mir einen Gefallen tun?«

»Ja.«

»Wenn Sie noch mal nach oben gehen würden und den Termin verlegen könnten? Dann geh ich morgen hin. Oder wann es ist. Dann war ich heute eben zu krank.«

»Auf wann soll ich ihn verlegen?«

»Ganz egal. Wie Sie meinen.«

»Aber – ich weiß nicht, ob die das von mir akzeptieren?«

»Sie könnten meine Tochter sein«, sagte sie mit einer plötzlich veränderten, helleren Stimme, und einem fast transparenten Lächeln um ihre Mundwinkel herum.

Als ich wieder aus dem Aufzug in die Eingangshalle trat, kam sie mir verändert, schwungvoll, entgegen. »Und?«

»Soll's geben, sagte die Schwester nur. Es ist jetzt am Freitag um vierzehn Uhr.«

»Ich hab mir was überlegt, als Dankeschön«, ging sie über den Termin hinweg, »aber seien Sie ehrlich!« Sie fuhr charmant, beinahe neckisch den Zeigefinger aus und warnte mich.

Ich lachte verunsichert, es klang wie ein Husten.

»Ich möchte Sie zu einem Kaffee einladen. Wenn Sie heute nicht können, dann am Freitag. Ich hab immer Zeit.«

Ich lachte noch mal, meine Verlegenheit war unüberhörbar.

»Ach, natürlich. Sie haben viel um die Ohren. So was zu fragen!«

»Wohin gehen wir«, sagte ich, ohne eine Vorstellung von den wahren Gründen zu haben, auch ohne die geringste Ahnung, wohin uns das führen würde (weit über einen Nachmittag in einem Café hinaus, in ihre Kindheit in einem bayerischen Wirtshaus hinein), nur mit einer seltsamen Neugier, wer diese Frau war, die – so viel hatte ich verstanden – nicht Matthias zur Welt gebracht hatte, um die er sich aber zu kümmern schien, als wäre sie seine Mutter.

Es war, als folgte ich einer geheimen Sehnsucht, einer stillen, aber bedingungslosen Leidenschaft, einer ungeschützten Expedition, deren Ziel es war, hinter Matthias' Fassade zu schauen, die gut verspiegelt war, um wenigstens den Widerschein einiger der verborgenen Kräfte zu sehen. Ich wünschte, durch die glatte Oberfläche, die Matthias präsentiert hatte, und die ich für alles andere als eine Oberfläche gehalten hatte, hindurchzutreten. Als gäbe es dahinter ein Leben, das ganz anders verstanden werden konnte. Das keine Aneinanderreihung von gelingenden Gesten, Gebärden und vor allem Worten war, woraus, alles in allem, wie Bausteine, er feste Fassaden errichten konnte.

Als gäbe es dahinter etwas, das eine ganz andere Geschichte erzählte, eine, von der es notwendig war, sie zu verbergen, streng zu bewachen, sie lag wie Sprengstoff im Keller einer Bank. Kam es zur Explosion, wurde mehr als Schließfächer, Aktiendepots oder Geldscheine vernichtet. Wer vertraute so jemandem noch irgendwas an?

Wenn ich versuchte, es von oben zu betrachten, war es so etwas wie eine dreifache Expedition, eine, die drei verschiedene Wege ging, aber in der Mitte, in diesem verworrenen Dickicht, liefen wir alle aufeinander zu.

Annemarie lief oft voran, sie zeigte uns, was für eine Kraft in ihr steckte, die Kraft, an etwas zu glauben, was gar nicht ist, und dann ist es da und sie konnte weiterlaufen.

Matthias nahm seinen Weg durchs Dickicht, watete durchs Unterholz, den Kompass immer zur Hand. Er wusste genau, wo sein Ziel lag, er hatte alles vor Augen.

Und ich? Ich lief hinterher, auf meinem schmalen Pfad.

Und dies ist die Geschichte dieser drei Wege. Sie erzählt, wo sie sich kreuzten, auseinanderliefen, verloren und fanden, all das, was uns verband, für eine kurze Zeit, vor Annemaries Tod. Sie ist das, was ich erzählen kann, und was ich nicht erzählen kann, das muss dazuerfunden werden.

6

Erinnerungen

Das Hämmern von Mutters Schnürschuhhacken knallt wie Schuss um Schuss in ihren Rücken. Die Hand ist eine Zwinge um ihren Nacken, sie schiebt Annemarie vor sich her, und riecht nach Eisen, nach dem Fleisch und Blut, das sie beim Knochenabfieseln, Einkochen und Wurstspritzen den ganzen Tag verarbeitet hat. Bis eben stand die Mutter noch in der Küche und rührte in zwei Blutsuppen. Aber schon als Annemarie den Filzvorhang an der Eingangstür zum Schankraum teilt, sieht sie der Vroni, der Babett, der Walpern und der Traudl, die vor Schichtbeginn noch feixend hinterm Tresen stehen, an: Es geht nicht gut aus, heute. Sie winken eilig, hier, zu ihnen in den Niedergang hinterm Tresen, verschwinde, da rein. Eine schmale Treppe, zwischen den Bierfässern entlang. Sie könnte über die Holz-Bäuche herüberklettern, an der Lieferantentür ankommen, und von dort hinaus. Aber hinaus, das weiß sie, bringt heute nichts. Hinaus – das war sie schon. Jetzt ist sie hier. Die Walpern, ihre liebste Märtyrerin im Schankraum, nur, weil sie ihren Busen nicht so fest schnürt, dass er nur noch wie aus Holz so fest ist, die Walpern kommt zu ihr, die Locken wippen über den Ohren, sie wippt beim Gehen, dieses Holz vor den Hütten, wie sie lachend sagt, es wippt mit, sie gibt Annemarie einen Kuss auf die Stirn.

Tief einatmen – Zigaretten, Veilchen, Bratensoße und frische Luft –, aber das rettet sie nicht. Die Walpern dreht sich. Annemarie muss hochschauen. Der General steht im Durchgang zur Küche. Mit Ärmelschonern, zwei Küchentüchern im Schürzenbund, aus der Stirn gekämmtem Haar, der feste Dutt im Nacken, wie ein Kommodenknauf, und sie zieht ihre Mundwinkel herunter, was sie nicht beleidigt oder traurig aussehen lässt, nur stolz und allen überlegen. Die Märtyrerinnen beschäftigen sich gleich mit Hunderten Dingen. Nur die Walpern bleibt stehen und kratzt mit dem Schnürschuh etwas Klebriges vom Dielenholz.

Nicht, dass der Geldhändler Katzen sie – Fräulein Annemarie, wie er immer sagt – hat gewinnen lassen. Sie hat wirklich gewonnen. Sie stand vor ihm, in seiner nach Tabak und Holz duftenden Zahlstube, da, wo sonst der General am Freitag jeder Woche steht und das geliehene Geld fürs Fleisch zurückbringt, um allen im Ort zu beweisen, dass sie die Engelwirtin ist, die ihre Schulden bezahlt. Pünktlich. Zuverlässig. Ausnahmslos. Der Katzen leiht allen Geld, aber der General hat die niedrigsten Zinsen, fast gar keine, weil sie ihre Schulden immer am Freitag zurückzahlt, jede Woche, seit sie vor über sechs Jahren den Engelwirt übernommen hat. Nun stand sie da, wo ihre Mutter sonst immer steht, und hat den Geldhändler Katzen beim Sechsundsechzig unter den Tisch gespielt. War nur losgeschickt worden, um ihm zu sagen, dass die Mutter sich um eine halbe Stunde verspäten würde, heute – eine nie sich wiederholende Ausnahme, Kind, das sagst du ihm, ja! –, und nur passiert, weil Annemaries Vater, von dem ihre Mutter sagt, er habe die passenden Prankenhände für die Metzgerei, aber Ohren wie ein Französischlehrer, weil ihr Vater den Morgen über zu lange herumgetrödelt hat, sodass noch nicht genügend Nürnberger für den langen Tag im Engelwirt fertig gewesen sind. Sie hat dem Geldhändler Katzen die Begründung für die Halbe-Stunde-Verspätung aufgesagt, da sagt er: Komm, Fräulein Annemarie, in der Zeit legt auch keins deiner Hühner ein Ei. Er fängt schon an, die Karten zu mischen. Nein, sagt sie, ich muss dem Großvater noch beim Rollen der Virginias helfen. Na, aber, sagt der Geldhändler, bevor du dir die Finger schmutzig machst, tust noch eine Runde Karten spielen. Na gut, sagt sie, na also, sagt er. Sie spielen. Annemarie gewinnt. Ihr wird ganz zappelig, ihr Glück freut sie so. Sie muss mit dem Stuhl kippeln, fällt um, rutscht herunter und spielt die letzte Runde im Stehen. Der Katzen haut seine Karten auf den Tisch, zieht einmal die Schublade vor seinem Bauch auf und drückt sie wieder zu, schaut sie an. Er hat kleine Segel über den Augen, und in dem linken Weiß ist die Pupille aus der Mitte gerutscht. Es sieht aus, als wäre sie mit dem Segel schon ein Stück weit hinausgefahren. Sie fixiert das Auge, das er auf sie gerichtet hat, und er sagt das mit dem Unter-den-Tisch-Spielen. Und weißt du was, sagt er dann, dafür hast du dir was verdient. Nein, sagt sie, oder doch, ja, eine Karamelle hätte ich gern aus der Schachtel da oben auf dem Sims. Woher weißt du, dass ich da meine Pralinen aufbewahre? Hab ich gesehen. Hast du gesehen. Was du nicht alles siehst, Fräulein. Adleraugen hast du und Glück beim Spiel.

Er steht auf, holt die Schachtel vom Regal, schaut hinein und scheint dann abzuwägen. Er schiebt den Deckel wieder ruckartig zu, stellt die Schachtel an ihren Platz und sagt: Richte deiner Mutter aus, dass sie heute nicht mehr kommen braucht. Auch in einer halben Stunde nicht. Sag ihr, dass ich ihr die Schulden für eine Woche erlasse, weil ihre Tochter so eine Wucht ist.

Nein, sagt Annemarie, das geht nicht.

Merk dir eins, Fräulein, Geschenke nimmt man immer an. Sonst macht einem keiner mehr welche.

Es geht nicht.

Geht nicht? Er lacht. Nimm dein Geschenk und ab nach Hause. Schöne Grüße an den Alten Stenz. Das nächste Mal spiel ich wieder mit ihm. Aber das ist nur die halbe Freude.

Sie lungert am Ufer der Paar herum, wirft Steinchen ins Wasser und sieht ihnen nach, bis sie zu tief sinken, legt Äste zum Mitschwimmen aus, stupst sie von sich weg, Ast für Ast, bis alle verschwunden sind, dabei muss sie gehen, längst zurückgehen, die Hölle, dass sie nicht zurückgegangen ist.

Ihr Vater ist nicht in seinen weiß gefliesten Räumen. Alles ist abgespritzt und aufgeräumt, der Terrazzoboden glänzt noch feucht. Sie geht ums Haus in den Hof, zählt ihre Hühner und Küken, betrachtet die unverriegelte Tür zum Schuppen, streift durch den Kräutergarten bis hoch zu den Gemüsebeeten, pflückt ein paar braune, verwachsene Bohnen aus dem hochgeschossenen Kraut, und fängt plötzlich an zu laufen, ums Haus. Sie will zu den Märtyrerinnen, zur Walpern, sie will die Walpern riechen und einen Kuss auf der Stirn. Als sie den Filzvorhang am Eingang teilt, sieht sie die Walpern auf sich zukommen, bekommt den Kuss, aber keine Rettung. Aus dem Durchgang zur Küche betritt die Mutter den lang gestreckten Saal.

Was hab ich eben erfahren beim Katzen?, sagt sie. Um Geld zu spielen. Bist du noch bei Sinnen, Anna Maria?

Ich hab nicht um Geld gespielt, flüstert sie in die Falten des Filzvorhangs.

Warum machst du nicht das, was ich dir sage? Was war deine Aufgabe? Wieder vergessen, was das war?

Zum Katzen gehen und dich ankündigen, sagt sie zum Filzvorhang.

Die Mutter hält eine Hand hinters Ohr. Soldatisch. Wie beim Militär. Deshalb sagen die Märtyrerinnen: Da kommt der General. Natürlich sagen sie es nur, wenn der General nicht in der Nähe ist.

Und? Warum hast du das nicht gemacht?, fragt die Mutter und zieht die Augenbrauen hoch, nickt knapp nach oben, als fordere sie zum Appell, aber wartet keine Antwort mehr ab, verkündet nur in knappem Befehlston und mit unaufrührbarem Gesicht die Strafe für diese Tat.

Schwarz. Ganz schwarz. Nicht: *schwarz wie die Nacht*. Das ist Blödsinn. Die Nacht ist nicht so schwarz. Hier ist es so schwarz, dass es keinen Unterschied macht, ob sie die Augen offen hat oder zupresst. Auch nicht hinten an der Kohlenklappe, kein einziger Lichtspalt. Auch nicht nach einer Weile, wenn man sich gewöhnt hat. Du gewöhnst dich schon dran. Sagt die Mutter und dreht die Glühbirne am Treppenabsatz heraus.

Hast dir ja allerlei andere Sachen angewöhnt.

Annemarie robbt drei, vier Stufen die Treppe hinunter, dann steht sie auf und knallt mit den Sohlen aufs Holz, es hört sich genauso an, als würde sie die ganze lange Treppe in den Keller hinuntertrampeln. Auch, wenn das niemand hört, sie zeigt's ihnen. Sogar mit Leiserwerden am Ende.

Du gewöhnst dich schon dran.

Hinter ihr, hinter der Tür, die Befehle aus der Küche, die hastigen Schritte der Märtyrerinnen, rauf und runter den Gang, Gläserklirren, Besteckklappern. Ein Fass wird angeschlagen. Ein langes, klebriges Husten, ein Friedhofsjodler. Der General muss von hinten aus der Küche das Essen bis an die Durchreiche bringen, jedes Mal muss sie ein Stück an der Kohlenkellertür vorbei.

Sie hört, wie ihr Großvater sagt: Hat's Kind denn die Virginias gedreht? Natürlich nicht, was denkst denn du!, sagt die Mutter.

Ich sitz ja auch hier, sagt sie leise.

Ihr Großvater sagt: Ach, Tilly, ist es denn etwas, das so bestraft werden muss – nur das Knallen der Schnürschuhhacken, und dann vergeht Zeit, angefüllt mit den Geräuschen, den Schritten der Märtyrerinnen, und irgendwann, als das Schwarz doch weniger schwarz zu werden scheint, weil es voll ist von Geräuschen, da stimmt der Großvater die Singende Säge an und dämpft sofort alles andere, das Gelaufe, die Reden, das Besteckklappern, Fußscharren, Husten. Die Säge gießt sich leiernd aus, sie lässt Annemarie schaudern, als wäre ihr kalt in der Hitze, ein Stich von einem Glassplitter im Fuß, so ein Schmerz, hereingeholt beim Schönsten, beim Tanzen, und sie sieht ihren Großvater, wie er das schlackernde Reptil bewegt, der Oberton schwebt über allem, selbst die Luft hier unten beginnt zu vibrieren und Annemarie weiß, dass er das jetzt nur für sie spielt.

Die Gäste im Engelwirt klatschen, dann wieder: Füßescharren, schnelle Schritte, Porzellan auf Porzellan, ein Messer fällt herunter und macht ein dumpfes Klong. Sie faltet die Hände und betet still: Möge der Alte Stenz jetzt die Kellertür öffnen, jetzt, wenn nicht jetzt, dann gleich, bitte komm, lass dir nicht mehr zu viel Zeit. Aber über dem Pelz ihrer Hoffnung liegt eine kalte Schicht Wissen, dass der Großvater ein Mensch ist, der von sich selber sagt, er gehe lieber seitlich durchs Leben, und deshalb niemals am General vorbei die große Entscheidung zur Beendigung ihrer Strafe treffen wird.

Annemarie zieht ihren Rock über beide Knie, zwirbelt mit den Fingern ihre Flechtzöpfe auf, breitet Stoff und Haare aus, bedeckt sich, so gut es geht. Dann bewacht sie den Kohlenberg. Nicht hinschauen, zuhören muss sie, dass sich nichts bewegt, keine Kohle über eine andere rollt. Es bewegt sich nichts am Schwarzkopfberg, er ist still und leblos. Nur fürs Verfeuern gut. Ein Feuer machen. Das gibt Licht. Sie ist doch nicht blöd. Ein Depp würde hier unten ein Feuer machen, damit er's hell hat. Sie lacht für sich. Im Lachen ist's passiert. Da war etwas. Ein Luftzug nur, ein Wechsel zwischen warm und kalt, an ihren Unterschenkeln. Eine Schattenlatte hat sich aus den Wänden geschält, sie hat es verpasst. Eine haarfeine Ritze, unsichtbar. Für sie. Für alle anderen nicht.

Sie starrt ins Schwarz, wie es der Alte Stenz gesagt hat: Mach immer die Augen auf, dann siehst du sie kommen. Träum nicht rum und guck in den Himmel. Wenn du träumst, überrumpeln sie dich. Rufe deine Schutzengel an. Gabriel, Rafael, Michael, in welcher Reihenfolge auch immer.

Sie spürt den Luftzug, aber sie riecht keine Einäugigen Jungfrauen, keine Wolfswölfe, die Vorboten der Luzifernen. Der Gurgelschreier, sagt Großvater, kommt nur bei Überheblichkeit und fehlender Demut. Er wittert den Hochmut, die galligen Säfte des Ehrgeizes. Er kommt nie bei Kleinigkeiten, für Kleinigkeiten ist der Wolfswolf da.

Es raschelt, irgendwo am Fuß des Schwarzkopfberges. Die Luft zum Atmen senkt sich auf den Boden, erklärt der

Großvater, du musst dich auf den Boden legen, damit du noch atmen kannst. Leg dich hin, wenn der Gurgelschreier kommt.

Sie rutscht Stufe für Stufe hinunter gen Boden, ihr Kopf wird ganz weich, ihr Körper glibberig wie Pudding, sie kann nicht mehr richtig atmen. Sie rutscht auf die letzte Stufe, hier muss doch Luft zum Atmen sein.

Sie spürt die Kälte an ihren Beinen, der Rock ist zu kurz, sie zieht die Strümpfe höher, spürt aber, wie eine Lücke bleibt, eine Lücke, an der es immer kälter wird. Sie beugt sich darüber, stemmt ihre Brust auf ihre Knie und weiß doch, dass der Gurgelschreier sie riecht, er riecht, wie sie den Herrn Katzen unter den Tisch gespielt hat.

Dann riecht sie das Fell des Gurgelschreiers, es ist feucht und genau wie der modrige Schimmelmuff im Schuppen. Schweinemist, die bissige Hühnerkacke, das Plumpsklo, manchmal, ohne das trocken-staubige des Kalks dazu.

Sie hält ihre Knie so fest, wie sie kann, und ganz daran denken, wie das geht, zu verschwinden. Nicht mehr da sein. Falls er zu dir kommt, musst du woanders sein, sagt der Großvater.

Ein scharfer Hauch in der letzten Luft zum Atmen, ein Scharren, da unter der Treppenstufe, neben ihr. Das Geräusch streift ihren Fuß, sie umklammert ihre Zehen, der Gurgelschreier schnuppert an ihr, er sucht eine nackte Stelle, seine nasse Schnauze, am Fuß, am Knie!

Sie feuert die linke Hand ins Dunkel, da berührt sie den Gurgelschreier, nasskalt, stinkend, borstiges Fell. Nicht schreien, nur nicht schreien, es wäre so gut, zu schreien, aber sie presst die Lippen aufeinander und ihr laufen die Tränen aus den Augen.

Sie robbt die Stufen nach oben, bis sie die Holztür im

Rücken spürt. Im Schwall der Geräusche, der Schritte, der Befehle, des Geklappers, da beruhigt sie sich. Ihre Hand pocht. Sie hat den Gurgelschreier geschlagen. Er hat sich für ihren Schlag gerächt. Gebissen. Das hast du verdient. *Du gewöhnst dich schon dran.* Ihre Hand wird ganz dick, jeder Finger wie ein gestopfter Darm, das spürt sie, wenn sie mit der anderen darüberstreicht. Innen fühlt sie nichts. Vielleicht doch. Die Dicke ist auch innen, sie schwillt nach innen auch zu. Und ist taub. Da ist gar nichts mehr, in ihrer Hand. Das ist das Gift des Gurgelschreiers. Er presst sein Gift in die Menschen rein, und die Finger blähen sich wie fest gestopfte Würstchen, der kleine Finger, der Ringfinger, alles taub, nicht mehr Teil von ihr, er könnte abfallen und sie würde es nicht merken, so geht das Gift des Gurgelschreiers los, so kriecht es rein durch den Arm, jede Ader im Arm, bis es von der Achsel aus aufs Herz tröpfelt, und deine Schultern werden hart und fest, wie ein Brett wirst du, und dann verklebt das Gift dir den Hals und dein Herz wird zu Stein und das alles nur, weil du geldgierig und herzlos gewonnen hast, den Katzen unter den Tisch gespielt, so musst du an deinem Hochmut, deinem Stolz und deinem falschen Lügenmaul ersticken.

Als ihr Großvater die Tür aufzog und sie ihn von der obersten Stufe aus sah, sah sie nur sein von Trauer verflachtes Gesicht und wusste, dass jetzt die größte Schuld erst noch kam, die Schuld an seinem Schmerz. Sie kroch auf den Knien in den Durchgang, in so entsetzlicher Scham, nichts mehr wünschte sie sich, als dass er wegging, sie hier liegen ließ. Ihr Handgelenk knickte weg, sie fiel auf die Seite, sie hörte im Liegen, wie ihre Mutter von der Küche aus rief: Dich hat das Bixn nicht belogen. Mich! Meine Schande ist das. Ich würde sie da nicht nach einer Nacht schon wieder rausholen!

Der Alte Stenz grummelte was, kein Widersprechen, aber auch kein befreiendes Wort. Er griff Annemarie unter die Arme, brachte sie zum Sitzen, dass sie wie ein Hund auf den Hinterläufen hockte, er strich ihr über die Haare, formte ihren aufgezwirbelten Zopf nach, drehte den dicken Beutel um, der ihre Hand war, begutachtete ihn von allen Seiten und sie spürte nichts davon, keine Drehung, keinen Druck, dann zog er sie hoch, zum Stehen auf wackeligen Füßen, legte sich ihren Körper über die Schulter und ging, erst zögerlich, als könne ihn jederzeit ein Befehl zurückrufen, dann zunehmend schneller, hinüber zum Stift der Barmherzigen Schwestern.

Schwester Anilla war, wie sie gern erzählte, vor über hundert Jahren nach Südamerika versetzt worden, um dort Dschungelvölkern das Leiden Jesu Christi und die Auferstehung des Fleisches näherzubringen. Jetzt war sie, mitten im Krieg, zurückversetzt worden aus dem Urwald in den Ordensstift der Barmherzigen Schwestern. Im Ort sagte man über sie, sie habe jede Krankheit dieser Welt gesehen. Sie hatte milchige Fischchen gesehen, die durchs Auge ins Innere des Körpers kriechen, sich durch die Organe fressen, den Menschen am lebendigen Leib und von innen heraus verspeisen. Sie hatte Geschwüre gesehen, die, als sie sie öffnete, Schlangen preisgaben, sie hatte milchkannenweise Eiter abgeschöpft. Ihre Unerschrockenheit, und dass sie frei von Vorurteilen war, hatte ihr Zugang zum medizinischen Wissen der Dschungelvölker gebracht. Sie wusste, dass das wirksamste Mittel gegen den Teufel Angst eine Umarmung war. Genau wie sie die

Schwermut ihrer Missionare nur durch Berührung, jeden nächtlichen Verfolgungswahn nur durch Massagen im Nackenbereich lindern konnte. Ihr war in der Wildnis kein Geistlicher untergekommen, der nicht von einem dieser Leiden befallen gewesen war.

Der Rattenbiss, sagte sie, ist keine große Sache. Was eine große Sache ist: wie starr das Kind sich schon bewegt. Schauen Sie mal, das Mädchen kann gar nicht mehr richtig laufen. Annemarie umklammerte mit der Rechten das Handgelenk der Linken, weil die Hand ohne diesen Halt abzufallen drohte. Schwester Anilla wollte den Griff lösen, aber das ließ sie nicht zu. Da rückte die Schwester einen niedrigen Schemel zurecht, setzte sich unanständig breitbeinig darauf und zeigte Annemarie: Hier, komm jetzt her, knie dich hin, mach schon, knie dich hin. Annemarie spürte die gestärkte Schürze an der Wange, roch das Frischgewaschene, den Eukalyptus, die schwarzen Zugsalben, die geheimnisvollen Kräuter. Sie spürte Anillas feste Oberarme und ihre Knie, wie sie sie umfassten, einrahmten und festhielten. In Annemaries Körper begann es zu zittern, es war, als stände sie im Nachthemd draußen in der Winterkälte. Schwester Anilla presste ihre Beine zusammen, schloss sie mit ihren Armen ein, Annemarie zitterte überall, wie ein Zitteraal, wie die Schweine zitterten, wenn sie in den Vorhof kamen, sie wussten genau, dass sie geschlachtet wurden, gleich; Schwester Anilla sagte, ist gut, mein Kind, ist gut, und nach einer langen, endlos langen Zeit spürte Annemarie, dass das Zittern weniger wurde, dass es nicht mehr im Bauch zitterte, nur noch in einem Bein, an einer Wange, in einem Teil ihres Gesäßes. Es flirrte noch ein, zwei Mal durch einen Unterschenkel bis in den Fuß, einmal durch den Bauch, den Hals, bis in ihren Kopf, hinterließ einen hohen Ton, wie der Ton der Singenden Säge, aber auch der verklang, und danach war sie gar nichts mehr, danach waren ihre Knochen weg und sie fiel in sich zusammen wie ein missratenes Gebäck.

Sie hatte so gut durchgehalten. Eine ganze Nacht. Noch ein bisschen länger durchhalten, zusammenreißen.

Sie schaute ihren Großvater an, der die Augen geschlossen hatte, als ob er schlief oder betete. Verzeih mir bitte, bitte sei mir nicht bös. Ihr Großvater kniff die Lippen zusammen und öffnete die Augen, wenigstens das, er schüttelte mit zusammengekniffenen Lippen den Kopf, und Annemarie konnte den Schluchzer nicht mehr festhalten, er brach aus ihr heraus, er polterte, was für ein fürchterlicher Ton, und Schwester Anillas Griff, und der Großvater schloss wieder die Augen.

Das Kind riecht schlecht, sein Atem ist schon faulig. Schauen Sie mal, das Weiß der Augen ist schon trüb, sagte Schwester Anilla und lockerte den Kreis ihrer Arme und schob Annemarie ein Stück von sich fort.

Ein Rattenbiss, sagte die Schwester dann, nach dem Biss eines Menschen der zweitgefährlichste Biss. Da darf man doch nicht mit warten, Herr Stenz, das wissen Sie doch.

Annemarie wollte sagen: Gurgelschreier, das war der Gurgelschreier, das wisse der Großvater auch: fehlende Standhaftigkeit, vor allem falscher Stolz, Glück im Spiel, teuflischer Hochmut, die gerechte Strafe dafür.

Annemarie suchte sein Gesicht ab, aber der Großvater hielt nur seine Lippen geschlossen, als wäre es ein Befehl vom General. Im Stift kein Wort über unser Getier. Verstehst du?

Sie sagte zu ihm, im Stillen: Kein Wort von mir im Stift.

Aber sag du bitte nichts von meiner fehlenden Standhaftigkeit. Ich will, dass alle denken, ich sterbe an einem Rattenbiss.

Du gewöhnst dich schon dran. Dass der Gurgelschreier in dir ist. Hast ein Herz aus Stein. Es dringt nichts mehr in dich ein. Nichts Schlimmes. Aber auch nichts Schönes mehr. Weder der Teufel. Noch die Liebe. Du bist kalt wie ein eben getöteter Fisch und genauso kalt rutschst du durch die Welt. Das wird ein Leben.

Aber kein Wort über mein Spiel beim Katzen, bitte, kein Wort, verteufele mich zu Recht, aber bitte kein Wort.

Sie müssen mit ihr zu Professor Doktor Liebl in die Klinik.

Muss ich Ihnen doch nicht sagen, begann der Großvater darauf, dass ich mit einem Mädchen da nichts zu suchen habe. Das Penizillin reicht doch schon kaum für unsere Soldaten.

Herr Stenz, sagte die Schwester, wenn das nicht behandelt wird, dann ist das Mädchen in ein paar Tagen tot.

Hat der Professor Doktor schon damals prophezeit.

Genau. Das hat er gesagt. Wie so oft erzählt: Viel zu klein, rief die Hebamme im Moment der Geburt aus, das ist viel zu klein, das passt ja in einen Maßkrug rein! Und der Professor Doktor, der noch einen Blick auf das Neugeborene – ach, schon wieder ein Mädchen – werfen musste, bestätigte das. Er sagte: Das wird nichts, das ist zu wenig. Besonders in Zeiten wie diesen. Da braucht man Kraft. Und Jungs. Und das hier kommt nicht durch.

Das entscheidet nur unser Herr, sagte die Schwester streng, nicht der Professor Liebl.

Der Großvater drehte sich um und verließ den Raum, ohne sich zu verabschieden.

Herr Stenz!, rief sie ihm hinterher. Er tauchte wieder im Türrahmen auf.

Sie werden mich nicht beim Betteln erwischen, sagte er leise. Ich weiß, dass es Penizillin nur für unsere Soldaten gibt.

Annemarie war ganz leer, was sollte noch kommen. Sie sah den schlingernden Mustern im Linoleum hinterher. Plötzlich schulterte Schwester Anilla sie wie schon der Alte Stenz, was im Dschungel normal, im Stift der Barmherzigen Schwestern schrecklich obszön wirken musste, und trug sie in ihr Schwesternzimmer. Auch hier war es ruhig, keine Rufe von Patienten zu hören, keine Schmerzensschreie, obwohl jedes Bett belegt sein musste – der nahe Flugplatz, die Schanz. Das Kruzifix über der Tür war aus der Mitte gerutscht. Annemarie neigte den Kopf, dass es wieder gerade war. Mit einem Mal roch sie sich selbst, es lief aus ihr heraus, es lief an den Innenseiten ihrer Schenkel hinab. Sie presste alles zusammen, aber unter ihr war schon der See. Der Großvater trat durch die Tür. Annemarie trat in den See. Er schwoll noch an, er breitete sich aus, statt zu verschwinden.

Schwester Anilla stand an ihrem Schreibtisch am Fenster, nahm einen Briefumschlag aus der Schublade, drehte sich zur Tür und sagte in einem Tonfall, als lese sie aus der Bibel vor: Sie haben nie gesehen, was ich Ihnen gleich gebe. Sie rollen mir je ein Blatt in je eine Virginia und bringen mir morgen alles zurück. Es müssen genau neunundachtzig Stück sein, nicht weniger. Und schummeln Sie nicht. Zwacken Sie sich keins der Blätter ab. Das ist des Teufels, Coca, aber das Einzige, was noch hilft, wenn meine Soldaten anfangen, an ihren Schmerzen zu sterben.

Der Alte Stenz, der sonst, wenn er Annemarie von seinen Reisen erzählte, wie ein Mann von Welt sein konnte – das sagte er von sich: ein Mann von Welt, der zum Friedrich Ritter nach Galápagos fährt oder mit dem Humboldt den Chimborazo besteigt oder später den Percy Fawcett auf der Suche nach der Goldenen Stadt begleitet –, der Alte Stenz nahm kleinlaut und ohne ein Wort den Umschlag entgegen, schaute nicht hinein, prüfte nichts (was er sonst mit jedem Ausrüstungsgegenstand machte). Als könnte der Teufel persönlich entweichen, so hielt er das ockergelbe Papier.

Annemarie neigte wieder den Kopf, damit das Kruzifix über der Tür gerade hing, die Schwester schnippte ein paar Mal zart an den Kolben der Spritze, band Annemarie ein Elastikband um den ungeschwollenen Oberarm. Und sie sah dabei zu, wie der Kolben sich leerte, wie der Kolben leer war, wie die Nadel nicht aus der Haut kommen wollte, wie sie die Haut hochzog, wie sie in sich zusammenfiel, wie dann nur noch ein Punkt zu sehen war, und Annemarie wusste, dass es sowieso nichts brachte, weil das Kreuz nur schief hing, da sie im Raum war, das Mädchen, das den Gurgelschreier in sich trug.

Ihr Großvater kam auf sie zu, wollte sie hochheben, sie wich ihm aus, aber er kriegte sie zu fassen, nahm sie in seine Arme, schwankte, dass sie sich am Wollfilz seiner Jacke festhalten musste, und trug sie hinaus.

Der Alte Stenz rollte Schwester Anillas Coca-Blätter in seine Virginias. Annemarie lag in seinem Kastenbett im ersten Stock des Hauses, in der Kammer neben dem Tanzsaal, und das Pochen in ihrem Arm wurde von Stunde zu Stunde weniger. Ihre Hand war immer noch eine fest gepresste

Wurst, aber sie konnte zumindest schon wieder das Handgelenk bewegen.

L, sagte der Alte Stenz, wie Liebe und Leid, und zog ein Haar aus dem abgeschnittenen Zopf, der am Bettpfosten hing. Vorsichtig band er das Haar um die soeben gerollte Virginia. Wenn Annemarie gekonnt hätte, dann hätte sie jetzt ihren Zeigefinger auf den Knoten gedrückt, so, dass ihr Großvater die Haarenden doppelt verknoten konnte. Den überstehenden Zipf sengte er mit kleiner Flamme ab. Annemarie roch die Mutter, den General, im verbrannten Haar. Es war ihr Zopf. Von Zeit zu Zeit schnitt sie den ab und hängte ihn beim Alten Stenz an den Bettpfosten.

Der wichtigste Buchstabe, Annchen, ist das L. Liebe und Leid, liegen viel zu lah beieinlander. Leben, Lachen, eine Ladung Schmai, lungere nie länger lum als lötig. Was braucht man zum Leben? Ein Lach über dem Kopf, etwas zu Lessen und Liebe. Ich mag das L. Ich hätte deine Mutter damals gerne Lotte genannt, Annalena, Leonore. Aber deine Großmutter wollte, dass sie nach ihr benannt wird, die erste Tochter. Ottilie. Und dann hieß sie, als sie klein war – ja, auch der General war mal wie du –, Klein-Otti. Stell dir das vor.

Er rollte die Virginia noch einmal schnell und kräftig an beiden Seiten des Stängels. Das machten die Männer im Gastraum auch, wenn sie eine von Annemarie aus dem Kirschholzkastl gekauft hatten. Sie drehten die Enden zwischen den Fingern und tauchten sie nacheinander und andächtig still ins Bier. Ihre Vorfreude in den Gesichtern. Ein Klaps auf Annemaries Po. Manche kniffen zu, dass es da wehtat, so zwischen deren Fingern. Die Pfennige nachzählen, die sie in der rechten Ecke des Kastls zu Türmen stapelte. Genau nachzählen, und verzähl dich in Gottes

Namen nicht. Wenn du dich verzählst – da geht die Welt unter, mindestens, da ist es wie im Keller und du kommst nie mehr in deinem Leben je auf einen grünen Zweig.

Der Großvater kramte in seinem Nachtschrank, kramte durch das Sammelsuri: das Hui-Hui-Pfeifferl, die Pferdesalbe, die Tabakdose, das Schnupftuch mit den bräunlichen Flecken. Er öffnete die Dose, machte aber keine Faust und krümelte sich auch keinen Tabak auf das gelblich gefärbte Dreieck am Fuß seines Daumens. Er brach nur drei, vier kleine Stücke von Schwester Anillas Blättern ab und legte sie zum Tabak in seine Dose.

Hast du nicht gesehen, sagte er zu Annemarie. Und hoffen wir mal, unser Herr hatte auch grad was anderes zu tun.

Sie schloss die Augen, sie hatte natürlich nichts gesehen, sie roch nur, und das tat gut: Die Maggi-Schärfe des Tabaks, das versengte Haar, den salzigen Schweiß in der Daunendecke und ein bisschen was Säuerliches, wie Talg, am Kopfkissenbezug. Immer dazu was vom Pferdefett. Das Paradies, diese Mischung.

Also, Annchen, wie schreibst du das L?

Sie zog ihre nicht geschwollene Hand unter der Bettdecke hervor und malte den Buchstaben in die Luft.

Käse, sagte der Großvater. Das war ein wirrer Kringel.

Sie malte die Schleife noch einmal in die Luft, war nicht zufrieden, malte sie noch einmal, der Alte Stenz schaute ihr dabei zu, malte es ihr vor mit frisch gedrehter Virginia als Stift.

So kannst du es dir merken: Das L schreibt sich, wie die Liebe ist. Zwei Köpfe. Sie braucht immer zwei Köpfe, die Liebe. Und alles in einem Wusch. Immer ein Wusch für jeden Buchstaben, und dann fürs ganze Wort. Das ist Schreiben. Wusch, wusch, wusch.

Warum zwei Köpfe, fragte Annemarie ins Daunenbett hinein, für die Liebe?

Ich bin nur für die Buchstaben zuständig, sagte der Alte Stenz und begann, die nächste Virginia zu drehen.

Am ersten Tag als sie wieder aufstehen konnte, ging sie in ihren Hühnerstall. Sie zählte ihre Küken, siebenundfünfzig, keines war verdurstet oder von der Katze gefressen. Sie drückte zwei Küken zart, die waren ja nur ein paar Knochen und Knorpel im Inneren und ein rasend schlagendes Herz. Sie drückte je ein Küken an ihre Wangen, sie fuhr mit ihren pinselfeinen Federn über ihre Augen, ihre Nase, ihre Lippen, sie küsste den Flaum und die darunter liegenden Knochenkörper, sie schaute sich hastig um, niemand durfte sie beobachten, sie legte die Küken an ihre Brust und hielt sie mit schützend-runden Händen fest, als formten ihre Hände zwei Brüste, Walperns Brüste.

Ganz ruhig, keines strampelte mehr, und Annemarie horchte darauf, wie die Herzschläge zueinanderfanden, ganz ruhig, keine Angst, euch rücke ich nicht raus, euch bring ich nicht zum Markt, ich hab kein Herz aus Stein, ihr habt auf mich aufgepasst, und ich pass auf euch auf, euer Leben lang.

Sie wollte zum Großvater gehen, auch, um ihm zu sagen, dass sie ihm jetzt wieder zur Hand gehen könne, beim Drehen. Sie drückte die Klinke der Tür, schaute in die abgedunkelte Kammer und sah ihn unter dem blau karierten Hügel des Federbetts liegen. Er schien zu schlafen, am hellichten Tag. Annemarie wollte die Tür wieder schließen, da meinte sie, seine Stimme zu hören.

Ja?, fragte sie im Spalt der Tür.

Als keine Antwort kam, schob sie den Kopf durch. Großvater hatte die Augen geöffnet, das Gesicht zur Decke. Sie öffnete die Tür weiter, ging zu ihm, er reagierte nicht. Er murmelte, und wie es schien, gen Zimmerdecke. Sie verstand es erst nicht, er sprach eine Fremdsprache, so musste es sein, dann hörte sie: Wer unter dem Schirm des Höchsten sitzt, unter dem Schatten des Allmächtigen bleibt, der spricht zu dem Herrn. Meine Zuversicht und meine Burg, mein Gott, auf den ich hoffe. Denn er rettet sich vom Strick des Jägers und von der vererblichen Pest. Er deckt dich mit seinen Flittchen und Zuflucht wirst du haben unter seinen Vögeln. Seine Wahrheit ist Schirm und Schild, dass du nicht erschrecken musst vor dem Grauen der Nacht, vor den Fürzen, die des Tages fliegen, vor der Pest, die im Firnis schleicht, vor der Seuche, die am Mittag das Verlorene bringt. Wenn auch tausend fallen zu deiner Seite und zehntausend zu deiner anderen, so wird es doch dich nicht raffen. Du wirst es mit eigenen Ästen sehen und schauen, wie den Gottlosen vergossen wird. Denn der Herr ist deine Zuversicht, der Höchste ist dein Himmelbett. Es wird dir kein Knebel begegnen und keine Plane wird sich deinem Hause nähern. Denn er hat seinen Egeln befohlen, dass sie dich hüten auf all deinen Wegen, dass sie dich auf Hühnern tragen und du deinen Semmeln nicht an einen Stein stoßen wirst.

Amen, sagte sie ganz leise. Der Großvater sagte nichts, starrte nur weiter das Deckenholz an, die Augen im Holz, vielleicht, dort waren wirklich viele Augen, und alle schauten sie zu ihm hinunter, natürlich. Sie überlegte, ihn zu fragen nach dem Strick des Jägers, es gab den Strick der Schattenlatten, des Gurgelschreiers, der Luzifernen, der Kalten Hand. Da holte er Luft und sagte: Er liebt mich, darum will ich ihn erretten. Er kennt meinen Neffen, darum will ich ihn schürzen. Er ruft mich an, darum will ich ihn erhaben. Ich bin bei ihm in der Not, ich will ihn herausreißen und zu Ehren bringen.

Was heißt *ihn erhaben*?, fragte Annemarie.

Er kennt deinen Namen.

Wer?

Er wandert durch den Tag. Die Nacht ist fern.

Wer kennt meinen Namen?

Ich bitte dich nicht noch, flüsterte der Großvater.

Alles begann sich zu drehen, als wäre sie Karussell gefahren, zu lang, zu weit außen. Beim Großvater war alles sicher, da wurden die Buchstaben sortiert, die Wörter, er wusste auf jede Frage eine Antwort, sie konnte bei ihm auf der Kante des Kastenbetts sitzen und alles in Ordnung gebracht kriegen. In eine Reihenfolge. A bis Z. Afrika oder Ausmisten. Brasilien oder Bodenturnen. China oder Chaos. Demokratie oder Darmwaschen. Engel oder Esel. Freunde sein oder Füße waschen. Galápagos oder Gewitter. Himmel oder Hölle.

Seine Hände waren unterm Karoberg begraben. Annemarie stand an seinem Bett und ruckelte am Holz, das sollte die Unordnung wieder sortieren, wie sich Steinchen nach groß und klein sortierten, ruckelte man sie im Sieb.

Sie schloss die offene Schnupftabakdose auf dem Nachtkastl, nahm das Tuch, schlug es aus, reichte es ihm hin, berührte damit seine Wange, er holte in einem einzigen Schwung seine Hand unter dem Karoberg heraus und schlug nach dem Tuch. Annemarie rief sofort ihren

Erzengel an, der am Anfang der Welt mit dem Licht geboren worden war, Michael, du schützt die Gerechten, bezwingst die Bösen, vor allem die Drachen, mit deinem Schwert. Du hast Luzifer und seinen Anhang in den Abgrund gestürzt, bitte stürze mich nicht hinterher. Sei bei mir, Erzengel, Michael, bleib bei mir, ich bitte dich sehr.

Heilige Jungfrau, sagte der Großvater, immer noch einmal: Heilige Jungfrau, Jesus Maria und Josef, Kreuzbeschiss und Fanal.

Annemarie rief Gabriel an, er brachte doch die Vorahnungen. Sie fragte, was mit dem Großvater geschehen war, und wusste doch schon, es hatte mit ihr zu tun, dass sie ihm das Tuch gereicht hatte, dass sie ihn störte, dass sie hier war, dass es sie gab. Immer im Weg. Hast dich wieder verzählt. Zu klein das Ding. Da wird nix draus. Das passt ja in einen Maßkrug rein.

Sakrament noch mal, rief der Großvater in Richtung der Holzdecke, starr und mit großer Anstrengung: Sakrament noch mal! Wo ist nur dieser Arsch!

Rafael, sagte Annemarie, komm zu mir. Sei bei mir, auf all meinen Wegen, du himmlischer Arzt, du hast den jungen Tobias begleitet und seinem Vater das Augenlicht zurückgegeben. Gib meinem Großvater das Augenlicht zurück, dass er mich sehen kann, dass er mich sieht und redet, wie er sonst reden tut, nimm den Teufel von ihm, nimm das Unheil fort, gib uns Licht, dass wir sehen.

Verbammelte Scheiße, hör auf, dich zu drehen!, rief der Großvater verzweifelt und – das hörte sie – frei von Hoffnung, es ließ sie schaudern.

Das war Luzifer, der um seines Hochmuts willen von Gott aus dem Himmel gejagt worden ist, hatte er Gottes Stelle einnehmen wollen. Luzifer, die Sünde selbst, du hast mich beim Kartenspiel begleitet, du, der gefallene Engel, wer mit dir geht, der wird genauso fallen. Du bist es, Luzifer. Deshalb kommen Michael, Gabriel und Rafael nicht mehr hierher. Sie sind von mir abgefallen, sie hören nichts mehr, du übertönst alles mit einem wirren Geschrei. Verschwinde, Luzifer, lass meinen Großvater in Ruh.

Anilla?, fragte der Großvater leise.

Nein, ich bin's, das Annchen, sagte sie.

Schwester Anilla, sagte er dann, als begänne er eine Reiseerzählung, in dieser Stimme, mit der sie schon um die halbe Welt gereist waren. Galápagos, mit Betonung auf dem A, da war der Herr Doktor Friedrich Ritter mit seiner Dore Strauch hin ausgewandert. Wofür sich beide alle Zähne hatten ziehen lassen. Warum?, Annchen, weil es im Paradies weder Zahnbürsten noch Chlorodont geben muss, auch keine Zähne, weil alles, was man isst, weich und süß ist, ein einziger Haferbrei, das Essen im Paradies. Der Herr Ritter saß nun in seinem Käfig, den er sich selbst gebaut hatte, hingestellt in die schönste Natur – eben's Paradies –, und er zitterte vor Angst. Warum? Die Riesenechsen, die Wildschweine, vornehmlich. Der Arme konnte sich gar nicht mehr gut auf seine Lektüre konzentrieren. Und er las schwierige Sachen: Nietzsche las er. Da muss man sich arg konzentrieren, Annchen, um die Wörter im Kopf wieder klarzukriegen, ihre vielfältigen Bedeutungen zu verstehen, ihren unsichtbaren Zusammenhang zu entschlüsseln.

Schwester Anilla, sagte er, meine Seligkeit, ich küss dich voll und ganz.

Dann klappte er die Augenlider zu und schlief einen Tag und eine Nacht, dass der General sagte: Nu ist der alte Vater wohl doch auf dem Weg in den Tod.

Als er wieder aufstand und ganz der Alte Stenz war, feierte Annemarie das still für sich. Sie putzte im Schuppen die Schuhe ihrer Mutter, ihres Vaters und alle Schuhe ihres Großvaters. Bergschuhe, Sonntagsschuhe, Tanzschuhe, Zimmermannsschuhe. Mehr Schuhe, sagte er, brauche man nicht. Die Bergschuhe aus stabilem Leder, handgenähte Ränder, eine Sohle mit Nagelköpfen, die Schuhbänder so lang, dass Annemarie sie sich zwei Mal um den Bauch wickeln konnte. Die Sonntagsschuhe: Schnürstiefel aus schwarzem Leder, weich und heilig. Der Großvater schritt, wenn er sie trug, in die Kirche, zur Kirchenbank, Großvater, schau mal, die anderen haben ganz dreckige Schuhe an. Pst, Annchen, das sagt man nicht, auch, wenn es in der Tat genau so ist. Die Glöckchen der Ministranten, den Kopf eingezogen, Schuhe angeschaut, die eigenen schwarzen Sonntagsschuhe, in denen sie die Zehen einzog, so weit krümmte, wie es nur ging, damit sie noch hineinpasste.

Die Tanzschuhe zu putzen, war schwer, schwerer als die dreckigen Bergschuhe, kotverklebte Batzen aus der Sohle kratzen. Die Tanzschuhe brauchten Zeitungspapier unter den Durchzuglöchern, da durfte keine Schuhcreme rein, da musste ja die Hitze raus, der Fuß musste dampfen beim Tanzen. Die Sohlen rochen nach der Seidenkreide, mit der der Tanzboden gewienert wurde, und nach dem Großvater und seinen Füßen, nach süßlich vergorener Milch.

Die Zehenkuppen der Arbeitsschuhe waren aus vierfach genähtem Leder: fest wie der Knochen über unserem Gehirn. Was denken meine Schuhe, fragte der Großvater sie, als er sie im Schuppen sah. Die denken, sagte sie: Oh, wie gut geht es mir! So geputzt zu werden. Mit der Wurzelbürste den groben Dreck ab, den Topf mit Rindertalg, das Schweinefett riecht wie abgestandenes Bier, und ranzig dazu, Spucke aufs Tuch, das macht am Ende den Glanz. Dabei sagte sie, weil der Großvater wieder der Großvater war und nichts mehr durcheinander: Vater unser, der Du bist im Himmel, geheiligt werde Dein Name, zu uns komme Dein Schuh, Dein Wille geschehe, wie im Himmel, so auch auf der Gartenerde! Unsre gute Reibebürste gib uns heute, und vergib uns jeden Schritt in den Dreck, wie auch wir vergeben all jenen Tretern, aber führe uns nicht in Versuchung, ständig durch all diesen Kot zu schreiten, sondern erlöse uns von dem Batzen am Schuh.

Entschuldige, sagte der Großvater von der Schuppentür aus, aber – warst du bei mir? Erinnere ich mich recht? Der Großvater schaute sie an. Seine ganze Gestalt leuchtete an den Rändern weiß gegen das Dämmerlicht im Schuppen. Innen war er eher grau bis schwarz.

Wenn deine Mutter davon erfährt, du weißt, was uns dann blüht. Und alles wäre deine Schuld.

Ihr Atem wurde flach, sie öffnete den Mund, um genug Luft zu kriegen, nie würde sie etwas sagen, nie erzählen, was sie gesehen hatte, nie ihr Geheimnis verraten, nie.

Deine Mutter hat mich beschuldigt, von der Schwester Anilla Medizin ergaunert zu haben. Für dich. Vollkommen überflüssig, hat sie gesagt. Entweder das Kind kuriert sich oder es hat sowieso keine Chance. Zu mickerig für die ganze Plackerei. Ich hab der Ottilie gesagt, dass es nur eine von Schwester Anillas Zugsalben war. Der Klecks einer Zugsalbe, eine dieser Salben, deren Rezeptur so ein Geheimnis wie der Dschungel ist. Ich hab meine Hand ins Feuer gelegt für dich. Du weißt, selbst kleine Sünden werden noch unterm Rand der Kochplatte verbüßt. Willst du, dass mir da die Haare weggesengt werden, wie den Sauen vorm Schlachten?

Sie schüttelte ihren ganzen Oberkörper.

Ich will das auch nicht. Also versprich mir: Nie wieder ein Wort über die letzten Tage. Und noch etwas.

Was?

Du versprichst mir eins. Dass du dein Leben lang auf deine Mutter hörst. Dass du tust, was sie will. Gerade, wenn ich nicht da bin. Wir müssen uns glücklich schätzen, sie hier zu haben, sie und den Engelwirt, wir haben großes Glück, wir zwei und dein Vater, in Zeiten wie diesen. Dass du das nie vergisst.

Der Großvater verschwand wie aufgetaucht, kein Rand strahlte mehr hell gegen den Dämmer, es war, als hätte es einen kurzen Ruck gegeben und etwas, das sich vorher bewegt hatte, stand still. Sie sagte laut in die Stille: Erstes Gebot: Du musst Schuhe putzen, das ist deine Aufgabe. Also denk nicht an was anderes. Zweites Gebot: Du sollst während des Schuhputzens nicht fluchen, schon gar nicht auf Heilige. Drittes Gebot: Du sollst für die Sonn- und die Feiertage die Schuhe besonders schön putzen. Viertes Gebot: Du sollst ohne Widerrede die Schuhe von Vater und Mutter säubern, vor allem die von deiner Mutter. Fünftes Gebot: Du sollst nie einen Schuh für kaputt erklären. Sechstes Gebot: Achte immer darauf, dass das Leder nicht bricht, die Sohle stabil bleibt. Siebtes Gebot: Mögen die Schnürstiefel der Walpern auch noch so schön sein, du darfst sie ihr niemals wegnehmen. Achtes Gebot: Du sollst nicht sagen, dass dir das Schuhputzen Spaß macht, wenn es nicht so ist. Neuntes Gebot: Sei froh, dass du hier im Engelwirt wohnst und Schuhe putzen darfst! Zehntes Gebot: Beneide deine Mutter nicht, schon gar nicht um ihre schönen Tanzschuhe, sondern sei ihr stets zu Diensten.

Sie ging zum Großvater und zeigte ihm seine Schuhe.

Also, so was, sagte er, ich kann mich ja drin spiegeln. Heute am Abend, wenn Zeit ist, darfst dir eine Reise wünschen.

Wohin?

Wohin du willst.

Oder ich lese dir vor.

Aus der Zeitung, wollte sie nachschieben, am liebsten auch der Mutter, um ihr zu zeigen, wie flüssig sie schon lesen konnte: Maulwürfe beim Verbündeten. Senator Joseph McCarthy erklärt, das US-Außenministerium sei von 205 Kommunisten unterwandert worden.

Jetzt lass mich mal in Ruhe, sagte der Großvater.

Natürlich, sofort, ja.

Ihrer Mutter stellte sie die Schuhe nur ins Zimmer, huschte heraus, nur nicht eine Sekunde länger als nötig dort sein und erwischt werden – obwohl sie von nichts genug bekommen konnte: vom mürben Schlafgeruch, von der Stille und dem tanzenden Staub vorm Fenster, von der mit Intarsien verzierten Dose, von der es hieß, sie stamme aus Persien, aus dem Land, wo es Tausendundeine Nacht zu überleben galt – aber sich eine Backpfeife einzuhandeln, nein, und niemals würde es eine Antwort auf die Frage geben: Warum stehst hier rum und schaust, was ist? Hast nichts zu tun?

Annemarie spitzte die Bleistifte für die Märtyrerinnen, knotete je ein Lederbändchen an, damit die Mädchen den Stift am Gürtel befestigen konnten, saß abseits auf einem Schemel in der Küche, da sagte der General wie nebenbei: Ordentlich gemacht, die Schuhe. Nur nicht nachlassen. Wer nicht nachlässt, aus dem wird vielleicht noch was.

Gab es das? Eine Chance, dass aus ihr etwas werden konnte? Tüchtig, das war ein Zauberwort. Vielleicht. Tüchtig die Schuhe putzen, Virginias rollen, die Küken bewachen und die Männchen für den Markt aussortieren – nie wieder Sechsundsechzig mit dem Geldhändler Katzen spielen, überhaupt nie wieder: Widerworte, oder etwas falsch machen. Keine Fehler. Nie verzählen, wenn du die Biermarken nachzählst, nur so konnte der General sicher sein, nicht von den Märtyrerinnen betrogen zu werden. Die Pfennige im Kirschholzkastl sauber stapeln und keiner darf verloren gehen. Wenn es endlich klappte: wie man Himmelstorte buk, Wasserschnalze kochte, wirklich richtig alle Sehnen von der Schweinsleber abzupulen, ohne einen Krümel zu viel abzumachen. Wenn sie legierte Hirnsuppe zubereiten konnte, was einfach noch nicht ging, weil ihr immer so übel wurde und alles in den Hals drückte, der ganze Magen, wenn sie das gewässerte Hirn in die Hände nehmen und die Windungen fein mit dem Messer abschaben musste. Der Großvater hatte gesagt: Das denkt noch, das Hirn, da sind noch alle Gedanken vom Kalb drin, nicht, dass es so viel denken würde, aber ein bisschen schon, und diese Gedanken werden dann in den Topf geworfen und wenn du immer schön Hirnsuppe isst, wirst du schlau, schlauer als das Kalb auf jeden Fall.

Ja. Vielleicht.

Wenn du das alles und noch viel mehr hinbekommst, richtig gut, fehlerlos hinbekommst, dann wird es so sein, vielleicht, dass die Mutter das sieht, dass sie sieht, wie du nie nachlässt, wie du keinen einen Fehler mehr machst, wie du alles hinbekommst, wie du jeden ihrer Wünsche erfüllst. Dann könnte es sein, vielleicht, ja, doch, vielleicht, dass die Mutter dich anschaut und für tauglich hält, lebenstauglich, trotz: Das wird nichts, die passt ja in einen Maßkrug rein.

Dass sie dich einmal anschaut und für nützlich befindet, für hilfreich vielleicht sogar. Dass sie dich, vielleicht, wirklich, vielleicht könnte es sein, einmal ansieht und lächelt und sagt: Ist gut, Schätzchen, ist alles gut.

Das wird nie passieren.

Aber da gewöhnst du dich schon dran.

7
Verdacht

Es war schon fast dunkel draußen, an diesem sechsten oder siebten Abend, den ich bei Annemarie verbrachte. Sie saß auf der Vorderkante ihres sandfarbenen Velourssofas, die Stehlampe mit Lederschirm und gezwirbelten Troddeln warf ein altertümliches Licht, die Sitzgruppe, die Lampe und wir spiegelten uns in der Panoramascheibe.

Seit Annemarie ins Erzählen gekommen war, hatte sie vorn auf der Kante gesessen. Sie stand auf, um mir zu zeigen, wie ihre Mutter einen Raum abgeschritten hatte, sie zeigte mir, wie viel Holz die Walpern vor der Hütte hatte, sie machte den Alten Stenz nach, wie er im Bett lag im Coca-Rausch. Ihre Erinnerung war wie frische Ölfarbe, die sie in großen Gesten über die Leinwand strich, sie schöpfte ab, verstrich, und trug immer neue Farbe auf. Sie malte mir den Engelwirt und ihre Kindheit darin, und sie wirkte nicht im Geringsten geschwächt von einer Krankheit, während sie dieses Tableau entwarf. Sollte etwas davon eine Erfindung sein, dann war sie eine großartige Erfinderin, es kümmerte mich nicht.

Sie lehnte sich zurück ins Sofa, strich mit den flachen Händen über den Stoff. »Und du schreibst das dann auf, ja? Können wir es so machen? Du schreibst es auf, dann geht das nicht verloren. Du machst das für mich.«

»Ja.«

Draußen glitt die Dämmerung in die Nacht über und ich hörte das Klackern eines Schlüssels im Schloss der Haustür. Annemarie hörte es auch. Das metallische Klickern im Schloss der Tür ließ uns beide innehalten, wir lauschten. Mein Herz begann zu schlagen, ich drückte, ohne mir der Geste bewusst zu sein, eine Hand auf meinen Brustkorb.

»Ach«, sagte sie, mit einer unsicheren Erleichterung, auch stolz, »kommt er doch noch zu Besuch.«

»Ich muss los«, sagte ich und klaubte mein Notizheft zusammen.

»Aber ich wollte dir doch noch ein paar Fotos geben, die Bibel vom Alten Stenz, seine Tagebücher.«

»Beim nächsten Mal.«

Annemarie stand auf, ging in Richtung des Flurs, blieb dann stehen und sagte in einem Ton, in dem ich den General zu hören meinte: »Du bleibst noch einen Moment. Ihr könnt euch doch kennenlernen.«

Ich griff nach meiner Tasche, hörte, wie sie die Tür von innen aufschloss, dann Matthias' Stimme, seinen sonoren Bariton, wie er Annemarie begrüßte, wie sie begann, ihm zu sagen, dass sie noch Besuch habe, und dann drehte ich den Hebel der Terrassentür, schob die Tür auf und nahm die schmale, gemauerte Treppe seitlich hinunter in den Garten.

Mir war, als flüchtete ich vor etwas, das es nur in meiner Vorstellung gab. Ich huschte durchs Beet, an der Längsseite des Hauses entlang, bis zu einer Trennwand aus massivem Holz, hinter der zwei Mülltonnen standen. Ich lehnte mich zwischen sie und einen gelben, aufgerollten Gartenschlauch in seiner Halterung, an die Hauswand. »Anna?«, hörte ich Annemarie rufen. Sie musste um die Ecke auf der Terrasse stehen. Ich hatte ihr, aus meiner Unsicherheit heraus, noch im Krankenhaus, meinen zweiten Namen genannt. Sie hatte selbst so heißen sollen – Anna Maria –, hatte sie gesagt.

»Wer ist denn das?« Matthias' feste Stimme.

»Hab ich dir doch erzählt.«

»Hast du mir nicht erzählt.«

»Die Frau. Der ich alles erzählen kann. Vom Engelwirt, von meiner Zeit. Sie hilft mir dabei, das aufzuschreiben.«

»Hast du nicht erzählt.«

»Doch, ich hab es dir erzählt.«

»Dann hast du es der erzählt. Ich wüsste es schon.«

»Komisch, dann ist sie vielleicht kurz auf die Toilette.«

Ich hörte, wie Annemarie noch mehrere Male meinen zweiten Namen rief, und stand da und wünschte mit jeder Faser meines Körpers, dass es mich nicht gab. Dass ich nicht ins Krankenhaus gegangen wäre, dass ich ihre Einladung ins Café nicht angenommen hätte. Dass ich mich nicht eingemischt hätte, ich hatte hier nichts zu suchen.

»Hast du noch Hunger?«, fragte Annemarie.

»Ich geh wieder.«

»Nein. Bleib hier. Bitte.«

»Aber diese Anna ist da. Du bist nicht allein im Haus.«

»Aber Anna geht. Sie geht irgendwann. Sie wollte gerade gehen. Bitte bleib.«

»Du darfst deinen Schlüssel nicht von innen stecken lassen, Annemarie. Sonst komm ich nicht rein«, sagte er, in einem ganz anderen, fürsorglichen Tonfall.

»Das war dumm von mir.«

»Ihr habt doch Geheimnisse«, sagte er, und ich meinte, die Mühe, die ihn dieses neckende Scherzen kostete, zu hören.

»Nein«, lachte Annemarie zurück. »Ich lass den Schlüssel immer stecken. Das weißt du doch. Gewohnheit. Magst du was essen?«

»Danke, danke. Ich hab schon.«

»Ein Bier, zum Feierabend?«

»Du sollst dich nicht so anstrengen«, sagte Matthias, und ich hörte, wie er von der Terrasse wieder ins Haus trat.

»Anna?«, fragte Annemarie, leiser, kaum hörbar, in Richtung des Gartens. An der Terrasse brannte eine Lampe, aber hier, hinter der Holzwand, war es jetzt dunkel.

»Dann ist sie wohl gegangen. Durchs Fenster und hinaus. Ein bisschen komisch, oder?«, sagte Matthias, und es zog Luft gluckernd aus einer Flasche, als trinke er zügig einen langen Schluck Bier.

»Die Gläser sind im hohen Küchenschrank.«

»Ich weiß.«

»Ich bin gerade sehr müde«, sagte Annemarie.

»Warum haut diese Frau ab, nur, weil jemand anderes kommt?«

»Sie ist nicht abgehauen.«

»Ja, wo ist sie?«

»Ich – weiß es nicht.«

»Wer ist die denn?«

»Sie kommt sicher gleich wieder, ihr Stift liegt noch da auf dem Tisch.«

Ein Augenblick Stille, ich konnte nichts hören, nur plötzlich wieder Matthias' Stimme und das Knirschen seiner Ledersohlen auf dem Waschbeton der Terrasse.

»Ein Krankenhaus-Kugelschreiber?«

»Da hab ich sie kennengelernt. Sie hat den Termin für mich verlegt. Und dann später notiert.«

»Was hast du?«

»Ja. Von der Untersuchung.«

»Mein Gott, Annemarie. Hast du denn diese Geschichten nicht gehört? Das ist doch klar, was die will. Im Krankenhaus kennengelernt!«

»Was für Geschichten«, wehrte sie ab.

»Oh Gott, ich fass es nicht. Na, diese Geschichten: Ach, Sie sind krank, kann ich Ihnen helfen. Ja? Beim Aufschreiben Ihrer Memoiren? Natürlich, mach ich gern. Und am Ende, kurz vorm Ende, da wird das Zuhören bezahlt. Hier, hab doch so gut zugehört, all die Zeit. Jetzt steht mir ein ordentliches Stück vom Kuchen zu. Das muss schon sein. Das sind die Geschichten, Annemarie«, und mit großer Zärtlichkeit: »Du bist zu vertrauensselig. Für diese Tricks.«

Annemarie sagte nichts. Aus der Mülltonne verflüchtigten sich vergorene Düfte.

»Das ist die einzige Erklärung. Deshalb musste sie die Beine in die Hand nehmen – und ab. Ich bin ihr in die Quere gekommen. Was für ein Glück. Da hast du wirklich Glück gehabt.«

»Ich hab einfach nur mit ihr geredet«, sagte Annemarie zögernd. »Ich wollte das schon so lang machen. All das vom Engelwirt aufschreiben. Ich schaff das nicht mehr allein. Und es gehört aufgeschrieben.«

»Was qualifiziert die denn, dass sie das für dich aufschreiben soll?«

»Muss man doch nicht Germanistik studiert haben«, sagte Annemarie, plötzlich wütend, »sie hat zugehört. Und sie fragt. Ich hab ihr gesagt, sie soll alles fragen. Und ich hab erzählt.«

Ein kurzer Moment Stille. Vielleicht beugte er sich ihr zu, oder sie kam ihm nahe.

»Das kann ich doch auch machen.« Seine Zärtlichkeit

klang rein und überzeugend, ohne dass ich eine Geste von ihm sah, war ich sicher, er hatte sich ihr zugewandt und sie mit einem zärtlichen Blick, einem leicht geneigten, verzeihenden Sohnblick, eingefangen.

»Was hat sie dir gesagt, was ist sie?«

»Sie hat irgendwas gesagt. Von Werbung? Texte? Was weiß ich. Diese Jobs, die ihr macht.«

»Mein Gott, Annemarie. Wie schnell das geht. Wie heißt diese Frau?«

»Ich weiß nur ihren Vornamen. Mehr nicht.«

»Warum sollte sie dir ihren Nachnamen verschweigen, wenn das hier kein unehrliches Spiel ist?«

»Sie hat ihn mir gesagt. Ich hab ihn nur vergessen.«

Ich hörte, wie er die Terrasse abschritt, dann die Steintreppe hinunter in den Garten nahm. Ich kauerte mich neben der Mülltonne zusammen.

»Weißt du, wo sie wohnt?«, rief Matthias aus dem Garten. »Was weißt du über sie?«

Keine Antwort von Annemarie. Zu Beginn unseres Gesprächs, als wir uns noch mit dem Vornamen zusammen siezten, hatte ich Annemarie erzählt, dass ich nur ein paar S-Bahn-Stationen weiter von hier aufgewachsen war. Ich hatte ihr von meiner Mutter erzählt, die Romane übersetzte, von meinem Vater, der Ingenieur war für Nanotechnik, von meinen Geschwistern und einiges mehr. Wie alle Menschen mit einer schweren Krankheit, hatte sie alle Aufmerksamkeit auf sich selbst und ihren Körper gerichtet, jedes seiner Signale, und das, was ich gesagt hatte, hing wie eine kleine Unaufmerksamkeit im Raum, zum Vergessen geeignet, weil es nichts mit dem Wesentlichen zu tun hatte. Sie begann zu reden, und ich machte mir Notizen, und irgendwann duzte sie mich, und ich duzte sie und es ging nur um das, was sie erzählte, und das schuf, überraschend schnell, eine Vertrautheit zwischen zwei sich im Grunde sehr fremden Menschen.

»Krass«, rief er aus dem Garten, »was für eine linke Nummer!«

Ich betrachtete die Hügellandschaft aus Rhododendren, die gegenüber als Abtrennung zum Garten diente, zog meine Pumps aus und klemmte meine Tasche unter den Arm.

»Das sind Profis, Annemarie! Erst dein Vertrauen, dann immer ein bisschen mehr. Bis sie dir alles nehmen!«

»Jetzt bist du ja da«, sagte Annemarie.

»So ist es«, rief Matthias, ich meinte, von der anderen Seite der Terrasse aus. »Das ist kriminell, das ist so was von kriminell.«

»Sie war doch selbst im Krankenhaus. Sie hat nie über Geld gesprochen«, sagte Annemarie laut.

»Das ist der Beweis.« Er schien direkt unterhalb der Terrasse zu stehen.

»Sonst wäre es ja ein klarer Deal. Dagegen hab ich nichts. Aber nicht dieses vorgespielte Zeug. Nächstenliebe! Deine Einsamkeit ausnutzen!« Ich hörte, wie er die Terrasse umrundete, in Richtung der Holzwand kam. Ich kroch auf allen vieren unter den Rhododendren durch, an der Hauswand entlang in den Vorgarten, zwang mich, nicht zurückzuschauen, lief auf die Grundstückstür zu, riss sie auf, preschte hinaus und die Straße hinunter. Ich bog ab, am Ende der Straße, lief an den dort parkenden Taxis vorbei, auf das Grundstück einer Tankstelle, und hinter die Halle der Waschstraße, und versuchte, in meine Pumps zurückzuschlüpfen. Ich sah, wie Matthias im Laufschritt um die Ecke bog, sich bückte, in jedes der fünf wartenden Taxis spähte, sich umschaute. Ich trat hinter die Trennwand der Waschanlage.

Ich war diesem Mann so nahe gewesen. Ich wusste, wie die Haare in seinen Achselhöhlen rochen, ich wusste, wie er küsste, wie er die Augen schloss, sich nach innen wendete, sich hingab. Wie er lachte, immer ein wenig verhalten, manchmal auch leer, was irritierend war, als spiele er Heiterkeit, während ihm danach zumute war, sein Gegenüber anzufauchen, vielleicht auch zu beißen, und wie er Sätze sagte, die ich kurz zuvor so ähnlich gedacht hatte, ohne die Wörter dafür zu finden, oder den Mut, sie auszusprechen. Mir kam in den Sinn, wie er ein Steak von allen Seiten auf den Mittelpunkt zu gegessen hatte, und dass er gesagt hatte, er sehne sich danach, irgendwann einmal frei zu sein, frei, keine äußeren Zwänge, der schlimmste Zwang war, Geld verdienen zu müssen, und als er das sagte, war es mir das erste Mal seit längerer Zeit mal wieder aufgefallen, wie absurd es war, jeden Morgen in ein Büro zu gehen, um Geld zu verdienen, und das war es, was mein Leben füllte. Er war kein Mann, der an einer halbwegs intakten Lebensfassade Genüge fand, der einem noch eine Freundschaft anbot, am Ende, wenn er enttäuscht worden war. Er ging mit seiner Widerspenstigkeit herum und hinterließ nie polierte Flächen. Sein scharfkantiger Geist, der mir manchmal wie ein Katalysator erschienen war, der seine Umwelt filterte. Sie partikelweise in sich aufnahm, das für sich herausnahm, was er gebrauchen konnte, wodurch er sich pausenlos veränderte, ohne in Unkenntlichkeit verloren zu gehen. Wer war dieser Mann?

Ich lief hinter dem Schuhkartonbau der Tankstelle entlang auf die andere Seite, bog ab in die Straße, lief einmal um den Block, wo mein Auto stand, startete den Motor und fuhr, ohne in den Rückspiegel zu sehen, los. Der Fluss auf den Straßen, ein Saum aus Lichtern, im Nachtschwarz das Weiß, Rot und Gelb. Es fing ganz leicht an zu nieseln, in den Tropfen auf der Scheibe brach sich das Licht noch vielfach mehr. Ein glatt gewischter Halbkreis als Ausschnitt und der Sprühregen hörte schon wieder auf, als wäre ich nur durch eine Bewässerungsanlage gefahren, unter dem Wasserschirm eines überdimensionalen Gartensprengers hindurch. Es wusch die staubige Hitze nicht ab, trotzdem roch die Luft wie gewaschen und feucht. Ich zog, im Strom der Straße, ohne Ziel, ohne Ankommen, einfach geradeaus durch die nächtliche Stadt. Ich war wie das, was ich machte. So bewegte ich mich fort.

8
Liebe

Keith kam in die Agentur. Er rotierte als Berater durchs Netzwerk. Seine Homebase war der Agentur-Hauptsitz in New York, aber in regelmäßigen Abständen besuchte er alle Dependancen der Agentur weltweit. Es war knapp vier Jahre her, dass wir uns zuletzt gesehen hatten. Er erschien in der Tür meines Büros, klein und stämmig, aber legte eine Hand an den Rahmen, als wäre er ein Hüne. Er war immer zwei zur gleichen Zeit: eine ernsthafte Ausgabe seiner selbst und eine ironisierte. Er trug die immer gleiche dunkelblaue Mao-Jacke aus schwerem Drillich, Pullover und Jeans. Unter all den Sachen war er runder geworden. Die früher langen Haare waren kurz und grau meliert, er trug eine schwarzrandige Brille und hatte sich einen Bart wachsen lassen, der ihn wie ein Privatdetektiv im L. A. der 80er-Jahre aussehen ließ.

»Hey, Jule«, sagte er.

Ich staunte über den Bart, rückte vom Schreibtisch ab, er ging auf mich zu, in seiner forschen, einnehmenden Art. Er drückte mich an sich, küsste mich auf die Wangen, er roch verschlafen, als wäre er gerade in voller Montur aus einer Koje gekrochen, der Bart kitzelte, ich war verlegen, dass er mich so fest hielt, und sein Geruch brachte Erinnerung mit.

»Sind wir wieder zusammen«, sagte er.

»Nee, nee, mein Lieber.«

»Warte ab.«

»Auf keinen Fall mit diesem Bart.«

»Was? Das ist der beste Bart, den ich je hatte.«

»Du hattest noch nie einen.«

Er umarmte mich wieder, hielt mich fest, angenehm und vertraut.

Ich nahm mein Notizbuch und wir gingen gemeinsam zum Konferenzraum.

»Und morgen Abend?«, fragte er, bevor wir eintraten.

»Ja, das wäre schön«, sagte ich, und spürte, wie eine leichte, kitzelnde Vorfreude mich aufhellte.

»Welchen Wert haben Gefühle auf den Märkten und jenseits von ihnen? Oder gibt es dieses Jenseits gar nicht mehr? Was ist der Tauschwert, zum Beispiel der Liebe«, fragte Keith zu Beginn in die Runde. »Alle sagen: Wir lieben. Wir lieben dies, wir lieben das. Wir lieben es. McDonald's hat das Copyright drauf. Wir haben mit dem großen Ausverkauf angefangen. Wir verscherbeln das Letzte, was wir haben. In all unseren unglaublichen Liebesschwüren.«

Wir spielten Bullshit Bingo, zuerst. Jeder sollte zehn Buzz-Words aufschreiben: Worthülsen, Floskeln, Phrasenschweine – rund um alle Gefühle. Die Texter schienen ihre Liste gleich ums Doppelte zu erweitern. Leidenschaft und Effizienz. Wir lieben Lebensmittel. Landliebe. Unsere Liebe zur Technik. Herzpochen. Auch als Sound, bei Audi, das subkutane Bum-bum, Bum-bum. Fahrspaß. Fühlen Sie sich. Überhaupt schlägt das Herz ständig für Technik. Wir fühlen die Zukunft. Verantwortung. Leidenschaft. Wir spüren uns im Adrenalin. Und die Seele des Geschmacks.

Driving pleasure. Feel its power. The car grips the road and your heart beat follows. Wir lieben's frisch, wir lieben Fliegen, wir lieben alles, um alles in der Welt.

»Super. Liebe«, sagte Keith und tat so, als denke er mit einer Hand auf der Stirn kurz nach, »was war das noch?« Er schwieg kurz in die Runde, und schaute abwartend und von seinem doppelten Boden aus, wie ein Lehrer, plötzlich, jemand, der alle durchschaute und bewertete, und ich zuckte zusammen und wünschte einen großen Abstand zwischen uns, dabei hatte ich mich gleich auf seine Art zu spielen eingelassen.

»Wir lieben Menschen, nicht Dinge. Dinge werden liebbar, ich kann sie *liken*. Wenn ich das Ding mit mir, mit meinen Fotos, Erinnerungen, Sprüchen, meinen Wünschen und Sehnsüchten füllen kann, dann wird das Ding ein Teil von mir. Dann liebe ich das Ding – in dem Maße, in dem ich mich liebe. Hassliebe ich mich, hassliebe ich auch all die Dinge, die ich besitze.« Er lachte mit, als der neue Texter sein iPad streichelte, als streichele er den Körper einer Frau.

»Wir wollen keine offensichtlichen Trottel sein. Der Kapitalismus ist hauptsächlich eine ästhetische Dimension. Zu der müssen wir dazugehören, klar. Aber deswegen liebe ich das Gerät noch nicht, oder? Oder brauche es.

Wann brauche ich was? Wann kann ich ohne das iDing nicht mehr leben? Wann fühle ich mich tot, hässlich, ungeliebt? Nicht, wenn ich das Ding nicht habe. Ich kann es schnell ersetzen. Wenn ich all das, womit ich es aufgefüllt habe, nicht mehr habe. Mein Sein, mein aufgezeichnetes Sein, meine Timeline, meine Illusionen, meine Sehnsüchte, die ich mit so vielen teile, meine Lieben, meine Fotos, meine Twittergedanken. All meine Offenbarungen. Das sind die wahren Verbindungen, mit allen, die da mit mir drin sind, die sich zusammen mit mir da offenbaren. Wenn ich all das nicht mehr habe, fühle ich mich tot. Deshalb halten wir die NSA auch eigentlich eher für so was wie den lieben Gott, der passt dadrin auf uns auf, der meint es nicht böse, der hält nur schützend seine Hand über uns. Vergessen wir es nicht: Das Militär hat das Netz erfunden. Das Militär mit seinem unsichtbaren Arm NSA ist immer noch der Herr im Haus.

Also, wenn das Netz der Ort ist, an dem wir uns offenbaren können, dann sind die Geräte, mit denen wir an diesen und anderen Offenbarungen teilhaben, religiöse Relikte. Hostien. So tragen wir sie mit uns herum.

Wir lieben Gott, der in der Hostie steckt. Wie lieben all das Leben, die Offenbarungen, die darin stecken. Aber wir lieben nicht Bio. Oder Burger. Oder das Fliegen. Und schon gar nicht, was habt ihr hier noch auf euren Zetteln?«

Er machte eine Pause.

Ich schaute auf den Schreibblock, der vor mir lag, und von da aus, verhalten, in die Runde. Alle studierten ihre Aufzeichnungen.

»I'm lovin' it«, sagte der neue Texter, Johannes, »das meint ja den Augenblick des Essens. Ich esse, und in dem Moment liebe ich es. Mehr nicht. Wir sollten es einfach nicht übersetzen.«

Keith griff vor sich nach einem Glas, einer Mineralwasserflasche, öffnete sie und goss sich ein. Wir beobachteten ihn dabei, als mache er vor unseren Augen ein kompliziertes Experiment.

»So ist es«, sagte er und lachte, »ich liebe es.« Und trank sein Glas aus.

Wir lasen noch einmal Werbetexte quer durch alle Magazine, Zeitungen, sahen Spots im Netz. Wir arbeiteten uns durch die Werbetexte unserer Texter. Wir lasen Texte, die Keith aus Amerika mitgebracht hatte, und wir spielten erneut Bullshit Bingo, nur zum Thema Liebe. Ständig rief jemand in der Runde: »Bullshit!« Samira, die Junior-Texterin, sprang auf, rief Bullshit Bingo, als sie zehn Buzz-Words hatte. Sie bekam den Bullshit-Bingo-Preis. Einen Tintenfüller, ein schönes Modell. Wir beschwerten uns übertrieben. Sie schraubte den Füller auf, leckte die Feder an, sagte, ihr Vater, Taxifahrer in Teheran, habe das auch immer so gemacht, und malte große Kringel auf ein weißes Blatt Papier. Wir anderen bekamen unangespitzte Bleistifte.

»Wozu mit der Hand schreiben?«, fragte Keith, nachdem sich die Runde wieder beruhigt hatte. Ich ging zu dem elektrischen Anspitzer, der am Nebentisch angeschraubt war, steckte den Stift in das Loch, wartete das automatische Turbinenkreisen ab, drehte das raue Holz zwischen den Fingern, es war wirklich lange her, Zähne in den Lack gedrückt, das zarte Splittern der Farbe, der angenehme Duft nach Blei. Den Radiergummi-Kopf an der Zunge, sein chemischer, fremder Geschmack.

»Eure Hand sagt euch schon beim E, dass sie keinen Bock hat, Energieeffizienzklasse zu schreiben. Euer Körper schreibt mit, wenn ihr so schreibt. Ich glaube auch, dass sich mit diesen Schreibgeräten schlechter *Ich liebe es* aufschreiben lässt. Los. Macht das mal. Probiert es aus. Schreibt: Ich liebe dich, Ich liebe dich, Ich liebe dich auf euren Block.«

Das Papier war eine reine Fläche aus Naivität und Offenheit, mir war, als würde ich es verschmutzen, klierte ich die drei Wörter dahin. Seltsamerweise fiel mir mein

Vater ein, der zu meiner Schwester, als sie ihn anrief und ihm sagte, dass sie ihre Doktorarbeit mit Bestnote verteidigt habe, gesagt hatte – also in die Sprechmuschel des Hörers gesagt hatte: Ich liebe dich. Da war sie 25, ich war 17, und als ich es ihr später noch einmal aus meiner Perspektive erzählte, sagte sie, dass es das erste Mal überhaupt gewesen sei, dass er das zu ihr gesagt habe, und dass sie so verwirrt gewesen sei, dass sie *Danke* gesagt habe, worüber wir lachten, aber das nahm nichts von der Verwirrung, dass unser Vater seine sonst so sorgsam unter Verschluss gehaltenen Gefühle zum Ausdruck gebracht hatte. Nein, was uns eigentlich in Bann schlug, war, dass er Gefühle zu haben schien.

Ich brachte den Satz immer noch nicht aufs Papier. Ich dachte an meine Mutter und meinte zu hören, wie sie das sagte, aber dabei sah ich sie, wie sie ein Buch in die Hand nahm, liebevoll über den Schutzumschlag strich, es am Lesebändchen aufschlug, so weit öffnete, dass es in der Leimung im Rücken des Buches leise knackte, und mir war, als wäre der Satz ein Zitat aus diesem Buch, etwas, das sie vorgelesen hatte.

Ich schaute rüber zu Keith, der selbst mit dem Aufschreiben zu hadern schien, der den Kopf hob und bemerkte, dass ich ihn beobachtete. Er schaute mich an, länger, als es zu der Seminar-Situation passte. Es war feige, ihm auszuweichen, ich versuchte, es nicht zu tun. Wir waren, als er vor vier Jahren das letzte Mal hier gewesen war, für zwei, drei Monate jeden Tag zusammen gewesen. Sein amerikanischer Vater – lange stationiert in Deutschland – war kurz vorher in Ohio gestorben, seine Mutter lebte in der Nähe von Stuttgart. Keith war aus seinem Hotelzimmer ausgezogen und hatte bei mir gewohnt.

Er schaute kurz zur Seite, als kämen von dort Erinnerungen, die an ihm vorbeizögen, als lauere dort etwas, das er bannen musste.

Er forderte uns auf, einen Brief an jemanden zu schreiben, der uns nahestand. Mit dem es aber eine Unstimmigkeit, womöglich ein Zerwürfnis, gegeben hatte. Das Ende einer Beziehung, auch der Tod könnte eine Rolle spielen. Es sollte aber ein Liebesbrief sein. Er fragte, ob jedem ein Adressat eingefallen sei, »Nicht lang nachdenken«, sagte er, »folgt immer eurem ersten Gedanken«.

Alle fingen an, zu schreiben, und ich horchte auf das Kratzen, das die Bleistiftspitzen auf dem Papier erzeugten, reihum nur dieses angenehme, feste Reiben zwischen zwei Dingen, ein echter Kontakt. Unsere Telefone lagen als schwarze Flächen in diesem Feld, auf dem weißen Konferenztisch, und ihnen war zuzutrauen – massiv und geheimnisvoll, wie sie da lagen –, dass sie noch ganz andere Dinge konnten, als wir ihnen einschrieben; vielleicht konnten sie unsere Erinnerungen aufzeichnen, parallel zu unseren Gedanken, vielleicht waren sie Türen zu einer Ausbuchtung in der Zeit, eine Falltür, und wir fielen durch sie direkt in einen langen Tunnel, kamen unten an in einer Gegenwart, in der wir alles erfinden konnten, in der Erfindung und Erinnerung eins waren.

Es war eine Gegenwart, wie sie Annemarie herzustellen imstande war. Sie füllte jeden Augenblick mit dem auf, was einmal ihr Leben gewesen war.

Liebe Annemarie, schrieb ich, dem ersten Gedanken folgend, *ich weiß, ich bin seit 1953 tot, aber Du hast gesagt, für Dich bin ich immer gegenwärtig, also finde ich*

es nicht unplausibel, einen Brief an Dich zu schreiben. Ich denke jeden Tag an Dich. Das wird nur möglich sein, weil Du an mich denkst. Schließlich habe ich kein Gehirn mehr. Ich bin also Teil Deiner Gedanken, und darin bist Du Teil meiner Gedanken. Nun ja, wie auch immer. Wir sind beieinander.
Ich wollte Dich fragen, wer das geschrieben hat, das, was auf Ottilies Sterbebild stand:

Schlummre sanft, du gute Mutter,
die wir ach so sehr geliebt,
möchtest du uns dort verzeihen,
wenn wir haben dich betrübt.
Voll Geduld hast du ertragen,
deine Schmerzen, deine Plagen
und hast standhaft überwunden
alle schweren, harten Stunden.

Wer hat es geschrieben? Du?
Ich weiß, dass Du meines geschrieben hast: Leg' alles still in Gottes ewige Hände: das Glück, den Schmerz, den Anfang und das Ende.
Ich frage mich schon, ab und zu, doch, ja, warum Ottilie so geworden ist. Die Zeit, sagt man. Der Krieg. Es mangelte an allem. Da fiel die wenige Liebe gar nicht weiter auf. Sie fällt heute nur auf, weil es an nichts anderem mehr mangelt.
Ich denke oft an die eine unserer großen Reisen. Die mit dem etwas schnöseligen Percy Fawcett in den Dschungel. Wo Du immer so handfeste Fragen stelltest, wie: Mit welchem Schiff können wir jetzt überhaupt an einem Tag über den Atlantik kommen? Wo haben wir im Dschungel

das Geld umgetauscht? Woher haben all die Indianer, die wir mit Fawcett getroffen haben, das Rezept des Generals für Hirschragout?
Der junge, stadtfein gekleidete Mann, den wir mitgenommen hatten, gab so zielsicher den Weg vor. Du und ich, wir glaubten ihm. Er führte uns immer tiefer hinein in das verwunschene Gelände, Du weißt, dort ist nichts mehr kartografiert, kein Flusslauf bekannt, keine Straße sagt, wo es langgeht. Das ist die Freiheit. Das ist das Glück der Unendlichkeit. Du musst nur selber noch losgehen.
Ich hatte so einen wie diesen jungen Mann, der so zielsicher wusste, wo lang und wo abbiegen und was machen und was tun, vorher noch nie getroffen. Wünschte, ich wäre manchmal so wie der gewesen. Nicht immer im Bett liegen und nachdenken. Rauchen, warten, wohl noch auf den lieben Gott.
Der junge Mann war so siegessicher, so überzeugt davon, dass er das Gold und die Goldene Stadt und all das, was er suchte, schon riechen konnte. Er trieb uns immer weiter an. Keiner von uns zweifelte an ihm, auch nicht an seinem Wissen, er schien jeden Weg im Dschungel zu kennen. Er hatte doch schon, so hieß es, einige Expeditionen geleitet, er kannte den Dschungel wie seine Westentasche, er war auf eine eindrückliche Art überzeugt davon, dass ihn am Ende seiner Reise Reichtum und Zufriedenheit erwarteten.
Natürlich war er getrieben, ja, wie der gute Fawcett, der in Europa nicht mehr leben konnte, ruhelos, nervös war er, und musste immer wieder zurück in den Dschungel, und dann ist er dort auch – angeblich, man weiß es nicht, aber es schien der richtige Ort für ihn gewesen zu

sein – gestorben (im Arm seiner Liebsten, wie er einmal schrieb).
Ich weiß nicht, was passiert ist, ich weiß nur eins. Ich will, dass Du zufrieden bist, glücklich, ja. Du bist in meinem Herzen, so denke ich an Dich, Du füllst es auf, durch Dich bin ich am Leben. Ich habe Dich immer geliebt. Ich werde Dich immer lieben. Wenn es sonst keine Gewissheit im Leben geben mag – dass ich Dich aufhebe und trage, wohin wir auch gehen, dem sei gewiss.
Dein Alter Stenz.

Ich strich die Blätter des Blocks glatt, sie rollten sich von den Seiten her ein, so fest hatte ich aufgedrückt. Wie lange hatte Keith uns schreiben lassen? Ich wollte gerade mein Telefon berühren, um nach der Zeit zu schauen, da sagte er im Tonfall eines Sportlehrers, der seine Schüler an die Startlinie ruft: »So Schluss damit, Schluss, aus, Punkt.« Ich wappnete mich mit einer Ausrede – eine wichtige E-Mail an einen Kunden –, um keinesfalls in die Situation zu kommen, dass ich das würde vorlesen müssen. Ich faltete die Papiere zusammen, noch unter Keiths strengem Blick, und steckte sie in die hintere Tasche meiner Jeans.

»Mittagspause«, sagte er, und es war auffällig still, als wir den Konferenzraum verließen.

Am Freitagmorgen stand ich vor dem Schild aus Briefkästen, las meine Post im Stehen, als der Briefträger – wie immer mit einem zwischen die Lippen gepressten, im Gehen gerauchten Zigarillo – in den Hausflur kam. Ich drückte die Tür meines Briefkastens zu und klemmte die Zeitung unter die Achsel. Der Briefträger versuchte einen Stapel

Briefe in den Schlitz von Matthias' Kasten rutschen zu lassen, es ging nicht, er stocherte vorsichtig herum.

»Ja, der scheint weg zu sein«, sagte der Mann, der Zigarillo wackelte im Takt in seinem Mundwinkel.

»Nein, der ist da«, sagte ich langsam, »also in der Stadt. Soweit ich weiß.«

»Aber die Post ist ihm egal, oder was.«

Ich machte eine Geste, dass ich nicht wüsste, was sich da machen ließe.

»Würden Sie einen Stapel nehmen?«

Ich zögerte. »Wenn's sein muss«, sagte ich und merkte erst, als er mir den Stapel, den er nicht hatte unterbringen können, reichte, dass er mir wie etwas unerhört Fremdes vorkam, wie ein Geheimpapier, *burn after reading*.

»Aber legen Sie ihm so einen Zettel rein.«

»Ich kleb's drauf«, sagte der Mann, schob den Zigarillo in den anderen Mundwinkel, holte aus einer Beuteltasche an seiner Arbeitshose die Benachrichtigungskarte und fragte nach meinem Namen. Ich zögerte kurz, mir war, als wäre ich einen Moment verwirrt, als wüsste ich einen Augenblick lang nicht, wer ich für Matthias gewesen bin.

»Juliane Schmidt.«

»So«, sagte der Mann und klebte den Zettel an den Briefkasten, »da geht den Leuten doch ein Licht auf. Könnte ja auch mal was drin anbrennen«, sagte er leutselig, als teilten wir ein Geheimnis und wirkte, jetzt in Schwung gekommen, als wolle er weiterreden.

Ich ging auf die Haustür zu und spürte seine Enttäuschung, dass ich mich einem weiteren Plausch entzog.

»Und wenn's nächste Woche immer noch nicht leer ist«, sagte er laut, »ein Kollege hat es gerade wieder gehabt. Unten in der Sierichstraße. Der Briefkasten, total übergequollen. Und keiner wusste was. Mein Kollege hat die Polizei gerufen. Da hatte der schon wochenlang tot in seiner Wohnung gelegen. Wie das stinkt. Dann haben sie die Wohnung aufgemacht und siehe da. Mein Kollege hatte recht gehabt.«

»Wenn es nächste Woche noch so voll ist, dann überlegen wir uns was«, sagte ich und zog die Haustür auf. »Dann schauen wir nach dem Nachbarn.«

»Das machen wir, Frau Schmidt«, sagte der Briefträger, »so machen wir's.«

Im Auto wusste ich nicht, wohin mit den Briefen, sie waren wie muffige Pilze, die ich gesammelt hatte, mit meinem Vater früher, die anfangs noch schön aussahen, und von denen nach der Rückkehr nach Hause nicht mehr mit eindeutiger Sicherheit gesagt werden konnte, ob sie zu den essbaren oder ungenießbaren gehörten. Am liebsten hätte ich die Briefe in den Kofferraum gelegt. Ich schaute sie durch, wohl auch, um mich von ihrer Belanglosigkeit zu überzeugen. Ein Brief einer Versicherung. Sein Name und die Anschrift waren mit Hand geschrieben, eine Jungmädchenschrift, eine, die sich noch Zeit ließ für Bögen und Kringel. Ein paar Werbungen, Kabel Deutschland, Vodafone. Ein Brief der Partnerbörse YOURLOVE, für die Matthias als Projektmanager arbeitete. Ein gut gefüllter Umschlag, eine automatisiert mit Porto versehene Sendung. Ich schob den Stapel ins Handschuhfach, der dicke Umschlag fiel mir aus Versehen aus der Hand und lag im Fußraum.

Ich weiß nicht, es war nur ein Augenblick, ein kleiner Überschwang, eine Neugier, die Dicke dieses Briefes, dass sich dort vielleicht eine Erklärung fand für alles – ich hob den Brief auf und öffnete ihn mit dem Autoschlüssel.

Es brauchte einige Zeit, bis ich die Auflistung verstand: zuerst immer die Nummer eines Profilkontos – insgesamt waren es einundzwanzig –, dann die Prozentangaben zur Vollständigkeit eines jeden Profils, Aufrufzeiten, Klickraten (national, international), die Anzahl der Antworten (Standard und individualisiert), die für das Profil geschrieben worden waren, und die sekundengenauen Zeiten einer sogenannten Administrator-Anwesenheit im Profilkonto. Dann noch eine Zahl in einer Spalte mit dem Titel Ticket Antwort (Erstkontakt/Monat), die ich nicht genau verstand, und schließlich ein Honorar, eine Summe aus allen Posten, in diesem Monat: 1912,54 Euro netto, 19 Prozent, 2275,92 brutto.

Ich holte mein iPad aus der Tasche, ging auf die Seite, loggte mich als Gast ein und tippte die Nummern der Profilkonten nacheinander in die Suchmaschine der Partnerbörse. Ich fand einundzwanzig sehr unterschiedliche Männer, klickte jeden in seinem eigenen Fenster mal nach vorn oder ließ ihn im Hintergrund verschwinden, als hätte ich einundzwanzig Spielkarten auf der Hand, ein eindrucksvolles Blatt.

Es waren ein paar Deutsche, ein Franzose, ein Schwede, ein Südafrikaner und ein Schweizer. Es waren Betriebswirte, Berater für DAX-Unternehmen, Mittelständler, Familienunternehmer, freischaffende Künstler, Journalisten, ein Lehrer (Sport und Deutsch), ein Gartenarchitekt, ein Ingenieur für Flugzeugtechnik, ein Pilot, ein Art Director und ein Bauer (ökologische Landwirtschaft mit Ferien-auf-dem-Bauernhof-Angebot). Es waren naturverbundene, freiheitsliebende, sportbegeisterte, gut aussehende, herzenswarme, sympathische, leidenschaftliche, zärtliche, humorvolle Männer. Sie konnten gut zuhören. Sie waren stilsicher auf jedem Parkett. Genussliebend und gute Köche. Sie wollten Kinder. Sie trugen ihre Frau auf Händen (der Bauer schrieb: *Ich gehe mit dir so liebevoll um, wie ich mit meinen Küken umgegangen bin*). Alle waren sie auf der Suche nach der Frau ihres Lebens. Von Affären waren sie, aus unterschiedlichen Gründen, abgenervt. Sie suchten eine Partnerin auf Augenhöhe, ebenfalls naturverbunden, freiheitsliebend, sportbegeistert, leidenschaftlich und herzenswarm. Einer sagte von sich, er sei überaus genussliebend, bloß keine Exerzitien oder Enthaltsamkeiten, er wolle eine Frau, mit der er eine Party auf der Waage feiern konnte. Einer sagte, er pflege seine kranke Mutter, ich vergaß, welcher es war.

Jeder von denen war der einmalige, außergewöhnliche Glückstreffer – als würde einem eine ruhige, renovierte Fünf-Zimmer-Altbauwohnung in Eimsbüttel für 400 Euro angeboten werden, ohne Maklergebühr.

Laut des Briefes von YOURLOVE schienen sich beim Gartenarchitekten (der zugab, manchmal ein bisschen zu perfektionistisch zu sein, aber eher in Bezug auf Rabatten) und dem ökologischen Landwirt (mit seinen Küken) jeweils gleich 97 Frauen gemeldet zu haben.

Sie führten die Liste mit den Erstkontakten pro Monat an. Danach kam der Pilot, dann einer der Berater und auf Platz 5 der schweizerische Journalist (der viel aus Krisenregionen schrieb, immer wieder auf der Suche nach Geschichten, die auch mal ein Happy End hatten).

Standardantworten, sagte mir das Abrechnungsschreiben, wurden mit 10 Cent pro Wort vergütet. Für Individualantworten bekam Matthias immerhin 25 Cent pro Wort. Er schien dennoch lieber die Standardantwort zu geben. Im Anhang war eine Liste mit IP-Adressen zu finden. Über der Liste stand in einem rot gerahmten Rechteck die Warnung: BITTE ACHTEN SIE DARAUF – KEINE DOPPELT VERSANDTEN STANDARDANTWORTEN – TRAGEN SIE DIE IP-ADRESSEN IN IHREN IP-CONTROLLER EIN, BEVOR SIE STANDARDANTWORTEN.

Ich saß mit dem Brief in der Hand auf meinem Fahrersitz, und nichts fühlte sich mehr richtig fest an. Als löse sich was auf, durch die vielfältigen Matthiasse. Als liefe ich in ein unscharfes Bild hinein, in dem alles nur verschwommene Konturen hatte. Wir huschten durch dieses Bild, wie Tiere durchs Scheinwerferlicht huschen, der Schattenriss war vorüber und keiner konnte mit Sicherheit sagen, ob das eben ein Hase oder eine Katze gewesen ist. Ich starrte auf den Bildschirm, aber je länger ich das tat, desto unwirklicher kam mir das Gerät vor, der Brief, meine Erinnerung und alles, was gewesen war.

Ich schob den Umschlag unter den Sitz, holte ihn wieder hervor, streckte mich und warf ihn in den Kofferraum. Ich stieg aus, öffnete die Klappe, hob den Kofferraumboden hoch und legte den Brief auf den Ersatzreifen. Eine Wollmaus, ein längliches Knäuel aus Fasern, flog auf und mir entgegen, als wäre sie der Rückschein, den ich bekam, für diese versteckte Sendung.

Ich traf Keith am Abend in einer Bar. Er wirkte frisch geduscht, trug einen dunkelblauen Pullover unter seiner Mao-Jacke und hatte sich – ich brauchte einen Moment, bis ich begriff, was so anders war – den Schnurrbart abrasiert.

Ich spürte, wie er sich zu mir lehnte, vorsichtig, aber mit Beharrlichkeit darum warb, dass wir uns berührten. Zumindest an den Unterarmen, da, wo wir uns am nächsten kamen; sie lagen nebeneinander im cognacgelben

Licht auf dem durchscheinenden Tresen. Er hielt sein Bier fest, ich drehte flüchtig die Papierrosette über dem Fuß des Glases, der Barmann polierte ein Weinglas, mit einer eleganten, kreisenden Geste drehte er das Glas im Tuch.

»Miss Discrete«, sagte Keith zu mir, »verrätst du mir was, nur so ganz im Allgemeinen, oder so.«

»Ich hatte heute – wie sagst du gern – eine Epiphanie?«

»Oh ja!«

»Nachdem ich den Briefträger getroffen habe.«

Er trank sein Bier aus, bestellte uns gleich zwei neue.

»Ich verliebe mich in Männer, die es gar nicht gibt.«

»Mich gibt's.«

Ich schaute ihn an. Er lächelte amüsiert, war aber im Hintergrund ernst und verletzlich.

»Ich bin vollkommen überzeugt gewesen, dass es den Mann – gab.«

»Dass der da war.«

»Ja. Ganz real. Nicht virtuell.«

»Und warum war er dann doch nicht da?«

»Er war einfach ein ganz anderer.«

»Sein Doppelgänger?«

»Nee. Sein Wiedergänger. Eher.«

»Wie? Ein Zombie?«

»Ja, ein verdammt gut aussehender Zombie.«

»So wie ich«, sagte Keith.

Wir tranken. Er betrachtete mich mit seinem doppelbödigen Lächeln.

»Wir sind immer täuschend echt«, sagte er dann, »wäre ja blöd, wenn ihr uns gleich erkennt.«

»Ich will euch gar nicht erkennen. Ich will immer wieder den Zombie. Offensichtlich. Was stimmt mit mir nicht?«

»Das wollen wir lieber nicht wissen.«

Wir tranken wieder gleichzeitig aus unseren Gläsern, ich hatte den Eindruck, er genoss den Augenblick der Einigkeit.

»Soll ich dir was sagen?«

»Ja.«

»Ich nehm dich auch so.«

»Geh in den Laden und kauf dir ein iDing.«

»Ich hab alle iDings.«

»Dann kauf dir eine Frau«, sagte ich.

Er atmete hart aus, es klang entschlossen und so, als wäre er bereit dazu, mich auch zu verletzen.

»Hab ich versucht«, sagte er nach einer Weile. Ich schaute ihn von der Seite an und das erste Mal fiel mir auf, dass an den Enden seiner Mundwinkel eine Verzagtheit zog.

»Ich lese manchmal in Kontaktanzeigen«, begann ich, um diesem Verzagen entgegenzuwirken, um es zu zerstreuen, wie ich es bei mir zerstreuen musste, »so in der Art: Frau, bestes Alter, holt dich auch mit ihrem neuen A8 ab.«

»Ich steig mit dir auch aufs Fahrrad.«

»Ich will mich täuschen«, sagte ich leise.

Er drehte sich mir zu, mit dem ganzen Oberkörper, und die Aufschläge seiner festen Jacke öffneten sich.

»Und mit mir ist keine Täuschung möglich?«

»Ich hab Angst vor dir«, rutschte es mir heraus.

Er schaute verwundert, erstaunt, verneinend.

»Das ist nicht die Wahrheit«, sagte er leise.

»Ich glaube schon.«

»Das stimmt nicht.«

»Doch, das ist wahr.«

»Warum?«

»Was weiß ich«, sagte ich, »ich hab auch Angst vor mir.«

Er schüttelte den Kopf. Über den Schalk und die Heiterkeit um seine Augen huschte etwas, wie eine kurze Trauer zum Abschied, wenn man sich lange nicht mehr sieht.

»Ich will eigentlich nicht sagen, wie sehr ich mich gefreut habe, wieder hierherzukommen«, begann er. »Aber, ich mein, klar, ich hab mir das auch so von ferne ausgemalt. Ich hab noch nicht mal recherchieren wollen, alte Kollegen befragen. Ich wollte nicht wissen, ob du vielleicht in der Zwischenzeit geheiratet hast, Kinder hast. Ich wollte davon ausgehen, dass es so ist wie vor vier Jahren, dass wir da wieder anfangen, wo wir aufgehört haben. Ich saß im Flieger und hatte wirklich das Gefühl, ich fliege zu dir. In meinem Alter. Oh Mann. Ich dachte, ich komme in Hamburg an und«, er schaute in Richtung der gewölbten Glasdecke über dem Tresen, »und treffe – ja, jetzt sag es: meine große Liebe. Ja, sag ihr das endlich. Und überzeuge sie, dass wir es noch einmal miteinander probieren. Dass dieses Zögern und Umherschleichen – alles Käse.

Das dachte ich.«

Er zog sich zurück, so schien es, schloss das Portal. Wendete sich hinein in die Ironie, in seine sichere Burg: »Ich dachte auch, wenn nicht so, dann vielleicht als Arrangement. Ich komm ins Alter der Sugardaddys. Ich dachte, vielleicht muss ich das einfach nur lernen, wie ein neues Alphabet. Wo sich nicht alles ums große L dreht, sondern eher so ums Z. Wie Zahl. Es ist eben ein Deal. Eigentlich klassische Win-win-Situation. Zeit gemeinsam verbringen, einen Kaffee, ein Abendessen, Kino, ein Kuss zum Abschied, vielleicht auch mehr, vielleicht auch nicht, und immer kommen meine Kreditkarten zum Einsatz, ich bezahle diskret, dass nie der Eindruck entsteht, es gäbe eine Abhängigkeit. Abhängigkeit ist ja gerade ein Merkmal des Prä-Arrangements. Auf den Sugardaddy-Seiten gibt es eine Rubrik, da trage ich ein, wie hoch mein monatliches Investment ist. Und das Sugarbabe entscheidet, ob der Einsatz ausreichend ist oder nicht. Ist doch auch – emanzipiert, oder?«

Er offerierte wieder seinen verletzlichen Charme, sein darin eingebettetes Lächeln, und ich bewunderte seine zweigeteilte Erscheinung: seine Augen verrieten eine Lust am Spiel, seine Wangen, sein Mund, seine leicht nach vorn fallenden Schultern offenbarten seinen Ernst.

»Eine Zahl stimmt, man trifft sich. Nennt man das nicht Kapitalismus?«

»Ach, jetzt willst du es doch ganz romantisch.«

»Ich weiß nicht, was ich will«, sagte ich aus einer tiefen Überzeugung heraus.

»Auch das stimmt nicht.«

»Aber es ist wahr.«

»Du flutschst einem immer so durch die Finger«, sagte er leise, »wenn ich gerade das Gefühl hatte, ich hab dich zu fassen gekriegt, bist du wieder weg. An dir ist eine gute Spionin verloren gegangen.«

»Ich mach doch nichts anderes. Gerade habe ich meinen Nachbarn ausspioniert, und eine ältere Dame, von der ich kurz denken wollte, sie sei seine Mutter.«

»Ach«, sagte er und rückte auf dem Barhocker zurecht.

Ich wollte ablenken, ich wollte etwas wie einen Puffer zwischen uns schieben, und begann von Matthias zu erzählen, von Annemarie, davon, wie ich Matthias gefolgt war, das nicht zufällige Zusammentreffen mit Annemarie und was sich daraus ergeben hatte, ich versuchte, es als heitere Dreiecksgeschichte zu erzählen, und als hätte ich meine Zeit auf einem äußeren Beobachtungsposten verbracht.

»Matthias ist also in der Beziehung der Sugarson. Und Annemarie ist die Sugarmommy.«

»Scheint so.«

»Hm. Delikat.«

»Auch ein Deal«, sagte ich.

»Aber vielleicht hat sie sich doch verliebt in ihn, wie in einen Sohn. Ich würde gern wissen, wie sie es geschafft hat.«

»Was geschafft hat?«

»Ihn zu ihrem Sugarson zu machen. Oder besser gleich ihn. Was er gemacht hat, dass sie sich auf diese Weise in ihn verliebt hat.«

»Es ist doch ein Arrangement! Keine Liebe«, sagte ich laut.

»Meinst du?«

»Was weiß ich.«

»Gibst du mir die Mail-Adresse von Matthias?«

»Warum?«, fragte ich.

»Ich dachte, ich könnte deine Quelle im Feld sein, Agent Schmidt. Dein Inoffizieller Mitarbeiter. Ich bin universell einsetzbar. Sehr verschwiegen. Du musst mich lediglich gut führen.«

»Ach, Keith«, sagte ich und legte, aus einem seltsamen Impuls heraus, meine Stirn an seine Schulter, er fuhr mit einer Hand unter meine Haare, fuhr zart meinen Nacken ab, meinen Hals bis zum Kinn. Er hob mein Kinn hoch, sein Gesicht war nah vor meinem, wir betrachteten uns, Pore für Pore, so kam es mir vor, schonungslos, jedes Haar und jeden Altersfleck, die hinter Aktionismus versteckte

Einsamkeit, und ich zeichnete seinen verschwundenen Bart nach, dieses Tom-Selleck-Ding, und dachte, vielleicht wäre es an der Zeit für eine erwachsene Liebe, die eine Freundschaft ist, mehr als eine Liebe. Vielleicht war ich alt genug dafür, und die Zeit, in der wir Lieben und Verletzen spielten, Hingabe und vermeintliche Gleichgültigkeit, die Zeit war vorbei.

9
Ängste

Annemarie hielt inne, betrachtete den Kreisel aus Bläschen, den sie mit dem Quirl in der Brühe erzeugt hatte. Sie hielt den Quirl halbhoch in die Luft, als könnte es ein Taktstock sein. In der Mitte des Topfes sammelten sich die Bläschen zu einem nachkreisenden, weißlichen Gebilde, an den Rändern verblassten sie zu fast klaren Miniaturaugen, dazwischen die klein gehackte Petersilie, die stecknadelkopfgroßen Karottenstücke. Der Sellerie war untergegangen. Einige Lauch-Quadrate, nie größer als ein halber Fingernagel, zogen träge im Kreis, mal leuchteten sie stärker, mal schwächer grün. Eine Minute, noch länger vielleicht, hatte sie die Zeit aufgehalten. Eine Ewigkeit.

Es war die Walpern, die in die Küche kam, die sich traute: wie lange die Grießnockerln noch dauern? Bis fertig san! Der Schreck, immer noch in den Knochen, und wie sie die Stimme der Mutter hatte, wie ein Echo in ihrem Kopf.

Sie formte die Grießnockerln, spürte den kühlen, körnigen Teig in den Händen, und drehte, klopfte, nockerlte halt, sie müssen alle gleich groß und glatt sein, sie werden unter dem Blick der Mutter auf das Holzbrett gelegt und verglichen. Da fiel alles auf. Die Mutter griff nach denen, die missgebildet waren, ganz schnell hintereinander griff sie nach ihnen und matschte sie zusammen zu einem Klumpen.

So geht das nicht raus. Wir sind der Engelwirt. Vergiss das nie.

Wieder hatte sie zu viel Grieß gemacht. Ein Wirtshaus konnte sie bestücken. Matthias würde über sie lachen, wie gestern. Und der Lieferantenjunge, der ihr die Einkäufe gebracht hatte, hatte unter dem Bogen seiner Schirmmütze gefeixt: Na, hier steigt aber ein großes Fest.

Sie nahm das Gehirn aus dem warmen Wasser, es passte gerade in ihre Hand. Sie ließ die Tropfen abperlen, rieb mit dem Finger über die weichen Windungen, schob die dünnen Häute zusammen und zog sie ab, wie eine Klebmasse, weiß und zäh, nur in größeren Stücken zu entfernen. Sie griff nach dem Gemüsemesser, wischte die Klinge rechts, links an der Schürze, schabte den wässerigen Flaum aus den Vertiefungen. Ein Hirnomelette, das war's, besser als frittiert, und die Grießnockerlsuppe, die Kalbslunge in Wacholder, morgen die Weißbiersuppe, danach Leberknödel, Hasenragout, Kartoffelbrei, Reiberdatschi, Kaiserschmarrn, Himmelstorte, Hollerkücherl. Hühnerfrikassee, Bauerngeröstel, Bauchfleisch mit Kümmel, gebratene Kalbshaxen. Den Weißkrautsalat gab's immer dazu.

Sie hatte so viel noch nicht gemacht. Alles, was sie noch machen konnte. Das Essen bestimmte, wann es richtig war, die Küche zu verlassen, und jedes Gericht brauchte seine Zeit, das war der Takt, das war die ewige Wiederkehr. Sie spürte einen dumpfen Schmerz ihren Rücken hochziehen und musste unwillkürlich laut ausatmen. Weitermachen, das half. Nicht stillstehen und auf irgendetwas horchen.

Sie schmolz die Butter und wusch sie später in kochendem Wasser aus, stellte sie in den Kühlschrank, schmeckte den Weißkrautsalat ab, suchte den Kugelschreiber, sie musste sich eine Liste machen, was sie morgen kochen wollte, immer eine Liste haben, das war sonst einfach weg, so aufgeräumt, wie es ihr eben in den Kopf gekommen war, das war gleich wieder weg, und sie holte das andere aus Rahm gemachte Stück Butter, das sie gestern gewaschen hatte, aus dem Kühlschrank, schnitt die Flüssigkeit ab, strich die feuchten Teile weg, und begann, ein Stück zu Sahne zu reiben. Alles ging in die Himmelstorte. Da hörte sie was im Flur.

Als schließe Harald die Haustür auf.

Das Klicken, wie er umsichtig, fast vorsichtig hereinkam und zart die Tür hinter sich schloss.

Ihr schmolz die Butter in der Hand und ihr Puls pochte in der Kehle.

Der Kühlschrank sprang an und brach in die Stille, sie legte den Butterklumpen ab, rutschte aus ihren Hausschuhen – die schnalzten laut auf dem Fliesenboden – und schlich barfuß in Richtung des Flurs.

Sie blieb am Türrahmen stehen. Niemand war im Flur oder an der Tür. Aber es hatte genau so in ihrem Ohr geklickt, wie Haralds Schlüssel immer in der Tür geklickt hatte. Sie hatte es gehört. Wie er sein Leben lang in sein Haus gekommen war. Als müsse er sich anschleichen, als warte hier etwas auf ihn, dem er lieber aus dem Weg gegangen wäre.

»Ich will nicht mehr allein im Haus sein«, sagte sie zu Matthias, am Abend, als er noch nicht ganz eingetreten war, dann erst sagte sie: »Komm erst mal rein. Ich hab wieder was für dich gemacht.«

»Du bist so viele Jahre allein im Haus gewesen«, sagte er, »es ist ein supersicheres Haus.«

»Es ist anders«, sagte sie und stemmte ihre Finger auf ihr Dekolleté. Sie wollte ihren Körper zusammenhalten, so eine Geste, sie konnte ihren Körper nicht mehr zusammenhalten. Sie ließ die Hände sinken, schien sich zu erinnern, an etwas, das sie holen wollte, er rechnete damit, losgeschickt zu werden.

Sie schickte ihn nicht los, sie saß neben ihm und schien Kraft zu sammeln, sie stand auf und er zusammen mit ihr, und als sie im ersten Stock ankamen, war sie schon wieder eine resolute Hausführerin, die eine Tür nach der anderen aufmachte, »Das ist mein Schlafzimmer«, »Das war früher Haralds Schlafzimmer«, »Die Toilette«, »Das Gästebad«.

»Und hier, dein Zimmer«, sagte sie, als hätte er einen Preis gewonnen, den sie ihm mit still verhaltener Freude überreichte.

»Danke«, sagte er.

»Schlaf gut«, sagte sie und blieb in der Tür stehen. Er stand am Fußende des Bettes.

»Zahnbürsten sind im Spiegelschrank.«

»Es ist wunderbar, dass ich hierbleiben darf«, sagte er, und merkte, wie er seine Verkäuferstimme zur Hilfe nehmen musste, »ich fühl mich hier sehr wohl.«

Sie lächelte.

»Ich fühl mich auch sehr wohl«, sagte sie und ging.

Diese Plüschsessel. Häkeldecken über den Armlehnen. Ausgebreitete Spinnennetze, legte man seine Hände darauf, hing man auf alle Ewigkeit fest. Die schwarzen Gründerzeitschränke fielen nur durch ihr Gewicht in das Jahrhundert zurück, aus dem sie gekommen waren. Die Blumentapeten verbargen Dutzende Türen, aber kein Geheimgang – wenn er sich denn anschloss – führte in die Freiheit. Die Porzellanpuppen im Vitrinenschrank klapperten mit ihren Plastiklidern. Mindestens dreißig Porzellanpuppen. Ihre Rüschenkleider waren ein Haufen flirrender Abscheulichkeit. Die falschen Haare. Die Gesichter. Tarnkappen aus Niedlichkeit. Wer es sah, und er sah es: Hier lauerte eine genussvolle Grausamkeit. Die Rache derer, die für tot gehalten wurden.

Matthias ging ein paar Schritte nach links. Dann ein paar nach rechts. Mehr ging nicht. Der Staub der Tagesdecke legte sich über ihn, die fette Daunendecke kannte längst ihre Aufgabe: ihn in der Nacht zu erdrücken. Der Junge würde hier nicht lebend rauskommen. Das war seine Grabkammer. Sobald er schlief, würden die Puppen übernehmen. Der ganz natürliche Kreislauf in diesem Haus.

Matthias zog die Gardinen zur Seite. Gitterstäbe hinterm Glas. Im ersten Stock. Er wich aus ins Bad, fand eine Familienpackung Zahnbürsten, riss sie auf. Er feuerte die Packung auf den Boden, riss den Deckel von der Zahnpasta, riss das Handtuch vom Haken, alles roch uralt, steinalt, nach seiner alten Mutter, alles fühlte sich an, als würde es nach einmaliger Benutzung zu Staub zerfallen. Er ließ das Handtuch auf dem Boden liegen. Neben dem noppigen Badvorleger, einer Anti-Rutsch-Matte, die sich mit Saugnäpfen an die Fliesen krallte. Auf so einer Matte hatte er jahrelang in der Dusche stehen müssen. Zwischen solchen Fliesen war er eingekesselt gewesen. Spülsteingelb. Eine Nasszellenhaft. Er riss den gelben Puschelbezug vom Klodeckel, fegte mit dem Fuß das Puschel-U, das sich an den Schüsselfuß schmiegte, fort, und pinkelte in die Badewanne. Sein Urin war so gelb wie die Fliesen. Er hörte ein Klappern, hinter der Wand. Er hielt inne beim Schrubben seiner Zähne. Glas auf Glas, das Klimpern von Glas an Metall. Annemaries Bad war hinter dieser Wand, eine Wand aus Pappe, jede Fuge ein Sichtschlitz, Sichtschlitze überall. Die schwarzen Flecken oben in der Ecke. Kein Schimmel, Miniaturpunkte. Kameraaugen. Das Lüftungsgitter über der Tür. Noch eines, über der Wanne. Das hatte er begriffen, längst bevor sein Vater es begriffen hatte: Auch, wenn du alte Überwachungskameras reparierst, putzt und wieder zusammensetzt, heißt das noch lange nicht, dass du die Sache im Griff hast. Annemarie war wie seine Mutter. Sie beherrschte die Methode der absolut unauffälligen Totalüberwachung. Feindbeobachtung. Operationshoheit. Er horchte auf das Rauschen des Wassers, nebenan. Wie gut sie sich tarnte. Eine Tür klappte. Gut gespielt. Ihm brannte die Zahnpasta im Mund. Er hebelte am Fenstergriff, bis ihm das Ding entgegenkam. Das Fenster ließ sich öffnen. Auch hier Gitterstäbe. Ranken. Deutsche Schmiedekunst, solideste Wertarbeit.

Er atmete tief ein, die kühle Nachtluft, die fast vollkommene Stille, nur ein fernes Brummen, das Brummen der Containerschiffe, und begann, noch immer mit der Zahnbürste im Mund, aufzuräumen.

Mit einem Rutsch zog er die Tagesdecke vom Bett, der Dornröschenschlafstaub wirbelte auf, und etwas Hartes knallte auf den Boden, als falle eine Tasse auf Teppich, Henkel kaputt.

Er kroch unter das Volumen der Daunen, rechnete damit, in eine Senke zu fallen. Die Matratze war überraschend hart. Die Gardinen flogen von selber auf, er spürte den Luftzug im Gesicht, schob die Decke bis zur Hüfte herunter und betrachtete die eingesperrten Puppen, gegenüber, hinter den Vitrinenfenstern. Ihre weißen Gesichter leuchteten, als wäre in ihren Köpfen eine Glühbirne angeschaltet worden. Es waren Komplizen. Welcher für ihn unvorstellbaren Sehnsucht auch immer. Die steifen Greifhände, ihre nackten Fußsohlen mit den gespreizten Zehen. Das Geräusch, wurde ihm in dem Augenblick bewusst, das Knallen von eben, hatte mit diesen porzellanweißen Armen und Beinen zu tun. Er schaute neben das Bett, zog die Tagesdecke hoch, da fiel wieder etwas aus ihr heraus. Er klaubte die Decke zur Seite, fand ein Kissen, noch eines, und darunter eine Puppe, eine Jungenpuppe, mit mittelbraunen Haaren, Sommersprossen, einem Karohemd, Lederhosen und Strickstulpen. Nur ein Fuß, links, der rechte war verschwunden. Matthias suchte zwischen dem Stoff und fand ein halbes Jungenbein, sauber auf der Mitte des Unterschenkels zerbrochen.

Und das Ding lächelte noch, lächelte und lächelte, Grübchen, Sommersprossen, ein durch und durch versonnener, lieber Blick. Er warf es bis ans Ende des Bettes, den abgebrochenen Fuß noch in der Hand. Da lag der Junge, mit seltsam abgeknicktem Kopf. Und lächelte noch.

Matthias schnippte das Bruchstück in die Zimmerecke und stieß mit seinen Füßen das Ding vom Bett.

Er saß aufrecht im Bett, es ging nicht, sich hinzulegen. Er lehnte sich an das Kopfteil des Bettes und schloss die Augen, wie gegen einen Widerstand. Aber da tauchte auch nur wieder der einbeinige Junge auf und ein Nachbild aus den Gesichtern im Schrank. Drei Prüfungen, ging es ihm durch den Kopf, das war die magische Zahl. Drei Prüfungen, dann kam der Held ans Ziel (das Königreich, die Prinzessin, das Goldene Kalb). Wenn es nach dem dritten Mal gelingt, zielt das auf das vierte hin, die vollkommene Zahl, die ausgeglichene Form. Aber: Was war die erste Prüfung – das hier? Oder die legierte Hirnsuppe? Und was war die dritte? Dass er sie pflegte, kurz vor ihrem Tod? Sie wusch, fütterte und ihr den Hintern abwischte? Er atmete heftig aus, es löste den Druck auf seinem Brustkorb. Das war nicht zu schaffen, wie sollte das zu schaffen sein? Er brauchte eine Strategie, einen Plan. Einen Handlauf, der ihn durch diese Hölle führte. Hier war niemand, der ihm half. Hier war nur er. Und die Prüfungen. Dort, am Ende, da lag das Vermögen. Drei Millionen. Dunkel kam ihm ein Spiel in Erinnerung, in den Hobbykellern gespielt, zum Kindergeburtstag: Würdest du für tausend Mark ein Auto klauen? Würdest du für eine Million Mark nackt durch die Innenstadt laufen? Für drei Millionen – er erinnerte sich nicht, dass sie mit diesen Summen hantiert hätten – aber, was war er bereit zu tun für drei Millionen, knapp sechs Millionen Mark? Würdest du einen Menschen töten? Das war so eine Frage, zwischen Holzvertäfelung, Fototapete, Fußballwappen und Bierkrugsammlungen und einer Theke, die rätselhaft unbenutzt wirkte, als wäre sie eher das Stück eines Bugs, und jemand konnte sich hinter sie stellen und davon träumen, in die Südsee der Fototapete zu segeln. Er fand nichts in seiner Erinnerung – ob er Ja oder Nein oder gar nichts gesagt hatte.

Es klopfte, und er war noch im Hobbyraum und davon überzeugt, dass nur eine Mutter geklopft haben konnte. Aber das Klopfen war zu weit unten. Als stände dort ein Kind, der Junge, klopf, klopf mit der Porzellanhand. Matthias schälte sich aus dem Bett und öffnete die Tür.

Annemarie stand vor ihm, in einem knöchellangen Nachthemd, darüber ein kanariengelber Morgenmantel. Aus dem Augenwinkel sah er plötzlich, dass der Junge unter dem Polstersessel lag, die Hände hingestreckt wie ein Toter, lächelnd.

Matthias hielt die Tür fest, sodass sie nicht eintreten konnte, und schob den Jungen mit der Spitze seines Fußes ganz unter den Sessel. Sie hob eine Taschenlampe hoch, die größte Maglite, die es gibt, und ihm entgegen. Als händige sie ihm eine Waffe aus.

»Schon wieder dieses Geräusch.«

»Ich hab nichts gehört.«

»Unten – und, und auch hier oben.«

»Ich hab wirklich nichts gehört.«

»Warum hör ich ihn denn jetzt?«, fragte sie leise.

»Das ist dein Gehirn. Es reproduziert was von früher. Es sind Wahrnehmungstäuschungen.« Er beugte sich vor, legte den Kopf schief und berührte sie an der Schulter.

»Können wir nachsehen?«

»In deinem Kopf?«

Sie lächelte und studierte ihn, das konnte er sehen. Wie eine Mutter ihren erwachsenen Sohn studierte. Seine Oberarme, das T-Shirt, die Boxershorts, seine nackten Beine. Es fühlte sich an, als wäre er in die äußerste Kategorie von Nacktheit gerückt. Wenn er ehrlich war: er war komplett entblößt.

»Auf halber Höhe, auf der Treppe, dachte ich«, sagte sie und deutete dann mit einer Hand ins Zimmer. »Bitte heb doch die Decke vom Boden auf, bitte. Darauf saß doch mein Puppenjunge. Zwischen den Kissen.«

»Okay, wir schauen nach.« Matthias griff nach der Maglite.

»Setz meinen Puppenjungen wieder aufs Bett.«

»Komm, wir suchen das Haus ab.« Er schob sie vor sich her, kanariengelber Stumpfsinn.

Das Deckenlicht im Wohnzimmer ging an. Hier herrschte Friede und Vollkommenheit. Natürlich. Auch in der Küche. Absurde Überfülle. Wer sollte das alles noch essen. Er ging näher ans Fenster heran und tat so, als würde er noch einmal die Griffe prüfen. »Komm«, rief sie aus dem Wohnzimmer.

»Hast du den Einbrecher gefunden?«

»Ja. Schau ihn dir an«, lachte sie.

Die Rollläden vor dem Panoramafenster waren zu Sehschlitzen aufgezogen. Annemarie lockte ihn bis an die Fensterscheibe heran. Sie legte die Stirn ans Glas. Für ihn schien alles unscharf, jenseits der horizontalen Spalten. Kurz darauf, der Widerschein der Hafenbeleuchtung auf der anderen Flussseite. Rostiger Schimmer über dem Alten Land.

Er wechselte ein paar Spalten nach unten. Und sah das Schiff. Den rötlichen Flickenteppich aus Containern, ein paar königsblaue, orangefarbene, schwarze. Gleißende Positionslichter, krankenhausgrünes Licht. Eine abgehalfterte Majestät. Ein Dinosaurier, der endlich ausgetauscht werden musste, gegen eine leichte, flexible, bestenfalls virtuelle Version seiner selbst. Viel zu viel Luft in leeren Containern, die über die Meere geschifft wurde, und immer verzögerte sich das Ausrangieren, bis der kranke Koloss auf See sank und ruinierte Strände hinterließ. Rechtzeitig abzudanken, das war das Gebot der Stunde.

»Manchmal weiß ich, was Harald so schön daran fand.«

Matthias fror an den Beinen. »Majestäten«, sagte er.

»Ja. Das ist es.«

»Nur ist die Monarchie vorbei«, flüsterte er mit aller Zärtlichkeit, die er aufzubringen imstande war.

»Als er mich fragte, ob ich ihn heiraten will, weißt du, da dachte ich, das war ein Witz. Ich dachte, er macht sich einen Scherz mit mir. Ich habs nicht begriffen. Er wollte es wirklich.«

Matthias zwang sich, sie an beiden Oberarmen zu berühren.

»Ach, wenn alles schrumpft«, sagte sie, »dann zählt ein schöner Augenblick.«

Sie straffte sich, das spürte er. Sie fasste nach seiner Hand. Ihr Körper war knochig unter dem Morgenmantel. Und wärmer, als er gedacht hatte.

»Ja«, sagte er, so einfühlsam er konnte, »ein schöner Augenblick.«

Sie entspannte sich in seinem Griff. Das Schiff fuhr weiter. Die Sehschlitze verjüngten sich, von weiter weg, zu schwarzen Linien im Mittelgrau der Lamellen.

»Auf Wiedersehen. Hat Harald immer gesagt.« Sie streichelte seinen Handrücken, sein Handgelenk bis an die Armbeuge heran. Mit einem spitzen Finger, wie eine Krankenschwester, die nach der Vene sucht.

»Du bist so lieb«, sagte sie leise.

Das schmeichelte ihm. Er war lieb.

»Auf Wiedersehen«, sagte er, und sie lehnte ihren Körper gegen ihn, ließ sich mit ihrem Fliegengewicht in seinen Halt fallen.

10
Hoffnung

»Annemarie?«, fragte ich, und wünschte, einen anschmiegsamen Hörer an mein Ohr zu drücken, eine Sprechmuschel an einem verzwirbelten Spiralkabel. Es war nicht gut, sie mit dem Handy anzurufen. Es war überhaupt nicht gut, sie anzurufen. Ich hätte besser vorbeifahren sollen.

»Wer spricht da?«

»Juliane Anna Schmidt. Anna. Ich wollte mich melden und mit –.« Vollkommene Stille, als hätte sie aufgelegt. »Bist du noch da?«

»Was wollen Sie?«, fragte Annemarie.

»Anrufen und mich erklären«, sagte ich.

»Wozu? Was gibt es zu erklären?«

»Weißt du, wissen Sie noch, wer ich war?«, fragte ich mit äußerster Vorsicht.

»Doch, ich bin mir sicher, wer da spricht«, sagte sie, streng und tapfer.

»Es ist schon eine Weile her.«

»Wie ich sagte, ich weiß noch Bescheid.«

»Wie geht es Ihnen?«

»Das interessiert Sie doch nicht.«

»Doch.«

»Warum sollte ich es Ihnen verraten? Ich habe Ihnen schon viel zu viel verraten«, sagte sie abschätzig.

»Ich – würde gern etwas aufklären. Etwas klarstellen. Ich kann nicht erwarten, dass Sie mir zuhören. Ich fass mich kurz. Vielleicht erklärt das alles und wir können –.«

»Wenn Sie meinen«, sagte sie knapp, »dann schießen Sie los.«

»Okay«, sagte ich. »Ich bin eine Nachbarin von Matthias Thies. Uns verband eine kurze, ich sag mal, Amour fou. Ich habe Sie, als ich Sie einmal mit Matthias gesehen hatte vor unserem Haus, für seine Mutter gehalten. Und ich war neugierig, herauszufinden, warum er mich plötzlich meidet. Ich bin Ihnen ins Krankenhaus gefolgt. Er hatte mir erzählt – hallo, sind Sie noch da?«

Es war still in der Leitung, es blieb still. Sie hatte aufgelegt. Ich wählte erneut ihre Nummer, sie ging nicht ran.

Eine Stunde später klingelte mein Telefon, unbekannter Teilnehmer.

»Schmidt.«

»Ja, ich noch mal«, sagte Annemarie, »ich habs mir überlegt. Es ist mir gleich, wer Sie sind. Ich hatte Ihnen vertraut. Es bleibt unter uns, ja? Ich möchte, dass Sie alles, was ich Ihnen erzählt habe, aufschreiben. Ich bin bereit, Ihnen dafür was zu zahlen. Nennen Sie mir Ihren Preis. Es muss aufgeschrieben werden. Es darf nichts verschwinden. Es sind wie Fotoalben in meinem Kopf. Es ist alles voller Erinnerungen. Es ist mir egal, wer Sie sind, aber ich will, dass Sie es aufschreiben. Versprechen Sie mir das?«

»Ja«, sagte ich.

»Was zahl ich Ihnen dafür?«

»Nichts«, sagte ich.

»Doch.«

»Nein«, sagte ich, »so rum wird kein Schuh draus. Ich

schreibe alles auf und ab und zu telefonieren wir, und Sie sagen mir, wie es Ihnen geht.«

Sie atmete hörbar aus. »Ja«, sagte sie.

»Okay«, sagte ich. Wir hörten, einen Atemzug lang, unserem Schweigen zu.

»Ja. So machen wir es«, sagte sie. »Gut. Ich – vertraue Ihnen.«

Ich zögerte, aufzulegen. Sie auch. Keiner sagte etwas.

»Und uns bleibt kaum Zeit«, sagte sie und legte auf.

11
Erinnerungen

Erst am Sonntag nach der Kirche hatte Annemarie das E, das F und das G ohne Fehler und in Schreibschrift geschrieben, groß und klein, und durfte sich Galápagos wünschen.

Schauen wir mal, sagte der Alte Stenz, die Hände hinterm Kopf verschränkt, Schnupftabak bereits in der Nase, er lehnte an der Rückwand des Kastenbetts.

Man kann ausnahmslos jede Reise auf der Donau beginnen. Die Donau bringt einen bis hinunter zum Schwarzen Meer. Das genauso aussieht, wie es heißt. Alle Bäume, die am Ufer des Meeres stehen, sind schwarz. Das Gras ist schwarz. Die Vögel – schwarz. Der Sand, die Steine, die kleinen Wellen, die ans Ufer rollen – alles schwarz.

Pfui, sagte Annemarie.

Bleiben wir auch nicht. Denn wir haben ein hochmodernes Wasserflugzeug und kein Schiff genommen. Wir sind mit dem Flugzeug auf der Donau gestartet, schneller, immer schneller, dann hebt es ab und wir fliegen: einen Tag, zwei Tage, drei Tage, eine Woche, zwei Wochen, dann sind wir da.

Er setzte sich auf und malte mit den Händen eine Kugel in die Luft.

Hier hinten, auf der anderen Seite, da landen wir wieder auf dem Wasser. In einer türkisblauen Bucht. Unsere Kufen kratzen in die spiegelglatte Oberfläche. Und da stehen wir: in der Bucht von Floreana, im Paradies. Auf diesem Archipel wohnten bisher nur Riesenechsen, die aus den Urzeiten übrig geblieben waren, Verwandte der Dinosaurier. So wie ich der Alte Stenz bin, für dich, sind das die Vorfahren, du ahnst es nicht, der Vögel. Ja, lange Zeit wohnte kein Mensch hier. Bis der Doktor Friedrich Ritter beschloss, es sei an der Zeit, das kalte Deutschland gegen das Paradies einzutauschen. Sehr verständlich. In Deutschland herrschte die Krise. Eine schreckliche Krise – das Geld war flöten gegangen, als hätte man es schaufelweise im Ofen verbrannt, für eine Virginia hättest du eine Million Mark bekommen. Aber die Million war nichts wert, du brauchtest mindestens fünf Millionen, um ein halbes Brot zu kaufen. Da beschloss der Herr Ritter, sich und seiner Frau alle Zähne ziehen zu lassen, damit sich ihr Leben im Paradies nicht durch einen eitrigen Backenzahn trübte, nein, eigentlich war er davon überzeugt, dass Zähne eine überflüssige Erfindung für naturentwöhnte Stadtmenschen sind und man viel gesünder lebt, wenn man faseriges Gemüse direkt auf seinen Gaumen zermalmt. Fürs Schnitzel oder Eisbein, das er eigentlich nicht mehr essen wollte, hatte er sich sicherheitshalber eine Eisenschiene schmieden lassen, die er dann auf seinen Gaumen setzen konnte. Bevor sie losfuhren, vermählte er sich noch innerlich mit Dore Strauch und heilte ihr Nervenleiden auf wundersame Art, durch Handauflegen. Dann vermietete er seine Wohnung, griff sich einen Koffer – mit nur einer Hose, einem Hemd, einem Paar Schuhe; im Paradies läuft man ja nicht rum wie auf dem Rathausplatz –, füllte die Lücken mit seiner Lieblingslektüre auf – Friedrich Nietzsche, das ist ein Philosoph, mit dem er nicht nur den Vornamen teilt, sondern auch alle Ansichten über uns Menschen; und kam mit seiner wiederhergestellten Dore nach langer Überfahrt, Wochen, ach, Monate später, auf Floreana an. Und, was sah er da: überall nur Riesenechsen! Dicke, dünne, lange, kurze. Wie angeklebt lagen sie auf den Küstenfelsen. Leckten ab und zu mit ihrer fleischigen Zunge an ihren messerscharfen Zähnen entlang – hm, ein Festmahl, diese Deutschen, die da an Land robbten! Dore war eher so ein Mensch wie deine Mutter: Tatkräftig schlug sie sich mit der Machete durch das mit Lianen verhangene Unterholz. Bis sie eine Lichtung fand, da ging ein Bach hindurch. Sie beschloss, hier ihre Hütte zu bauen. Friedrich Ritter war eher so ein Mensch wie ich. Er saß gerne in einem warmen Bett und dachte in Ruhe über alles nach. Aber auch er fand die Lichtung einen passenden Ort, vor allem, weil der Bach nah war, und alles groß genug, keine Riesenechse konnte sich anschleichen. Aber vor allem – das meinte er durch einen Blick hinauf zum Himmel ermittelt zu haben – lag der Platz genau in der Mitte der Insel. Er baute seine Hütte also im Herzen des Paradieses. Wenn das nichts ist. Hier würde er sein großes philosophisches Werk verfassen, ganz in der Tradition des Friedrich Nietzsche. Hier würde er herausfinden und aufschreiben, was ihn beschäftigte: Wer ist der Mensch. Wer sind wir? Warum hat uns Gott geschaffen? Warum die Welt, warum gibt es Leben hier und nicht auf dem Mond? Warum sitzt der Teufel in unseren Herzen? Können wir es überhaupt zu Lebzeiten schaffen, frei von Versuchungen zu bleiben? Ist das Leben auf der Erde nicht nur eine mühevolle Vorstufe zu unserem Dasein im Paradies? Warum hoffen wir auf das Paradies? Und, ach, Annchen, die schwierigste Frage: Vielleicht gibt es gar keinen Gott. Vielleicht sind wir es, also das, was wir gerne wären – Sakrament, was für eine Frage! Also, genau das machte der Herr Ritter. Er wollte nicht aufs Paradies warten, er wollte im Herzen der Unschuld leben, in dieser unberührten Natur, dort konnte er nachdenken, tagein, tagaus, um vielleicht eine Antwort, zumindest auf eine seiner Fragen, zu finden. Und wenn ich es gekonnt hätte, ich hätte es genauso gemacht, ich wäre wie der Ritter nach Galápagos geschwommen, um in Ruhe nachdenken zu können. Keine Plackerei im Engelwirt und immer Gäste, jeden Tag, und für Nachschub sorgen, immer wird der Nachschub knapp, ja, man muss den Tatsachen ins Auge schauen, es wird alles knapp, immer zu wenig, für uns alle zu wenig, und niemand kann auf Vorrat essen und trinken, auch, wenn man manchmal in der Stube unten den Eindruck hat, dass es genau darum geht.

Aber du bleibst hier.

Muss ich ja, sagte der Großvater hart.

Deine Kammer, sagte Annemarie, um ihre Angst zu vertreiben, deine Kammer ist das Paradies.

Er schwieg. Sein Gesicht, eine raue Küste, verwittert, den schnell wechselnden Wettern ausgesetzt. Eben noch schien die Sonne, schon zog ein Gewitter auf, sie verstand das nicht, dass sich der Wind so schnell drehte, es wäre was, einen Kompass zu haben, auf den sie schauen konnte, der alles verriet und ihr mit einer fein zitternden Nadel sagte: Hier musst du entlang, damit kannst du ihn aufheitern, hier ist es heller, hier ist alles wieder so, wie du es unbedingt haben willst.

Wenn das der Herrgott hören würde, sagte er nach einer Weile.

Das sind die schönsten Orte im Engelwirt, sagte sie lauter: mein Hühnerstall und deine Kammer.

Meine Kammer und dein Hühnerstall!, rief der Großvater. Und das in einem Atemzug.

Sie lachte.

Er schwieg. Nein, sagte er dann, abgewandt und wie von der anderen Zimmerseite aus: Das Paradies ist ein Ort, wo wir alle wie Kinder sind. Wir freuen uns an der Sonne am Morgen, wir staunen über das Gesicht des Mondes. Es gibt kein Kastenbett, in dem man sich verkriechen möchte. Wir denken nie: Oh, heute ist das Wetter aber wieder schlecht und ich muss auch noch raus und den Garten umgraben. Wir denken nie: Ah, der Meier-Sepp, der hat sich aber einen schönen Anzug geleistet, der macht gute Geschäfte mit den Herren von der Partei. Es gibt keinen Keller im Paradies. Keine Schattenlatten. Keinen Gurgelschreier. Es hätte keinen Krieg gegeben, Annemarie. Wir sind alle nur kleine Pflänzchen, so, wie sie im Frühling wachsen. Wir halten nicht viel aus. Wir brauchen Wasser und Pflege. Und im Paradies sind wir beschützt. Die Welt ist sicher, dort. Nichts verändert sich, jeder Tag ist gleich. Sonne und Mond. Kein böses Wort. Jeder schaut den anderen an und denkt sich: Was für ein lieber Kerl. Ich lebe gern mit ihm zusammen hier. Ich habe keine Angst. Vor niemandem. Es gibt nur die leckersten Sachen zu essen. Zuckerkuchen, die Rostbratwürste deines Vaters, Knödel mit Butter und Speck. Das ist das Paradies.

Ja, sagte sie. Schon auch wie Galápagos.

Wie Galápagos. Bevor Herr Doktor Ritter und seine Dore es betraten. Ja, das muss man sagen. Es war schon seltsam. Seit ihrer Landung in der spiegelglatten, türkisfarbenen Bucht war etwas auf der Insel, eine Entzündung vielleicht, wie dein Rattenbiss, etwas, das sie und alle anderen Menschen, die jemals dort hinkamen, früher als nötig dem Tod in die Arme führte. Für seine Zähne hatte er vorgesorgt, der Herr Ritter. Er war sich so sicher, dass ihm nichts anderes passieren würde. Da draußen, in seinem Paradies. Aber dann kam die Baronin. Mit zwei jungen Männern. Die Männer waren ihre – Vertrauten. Freunde. Ja, die Baronin war frivol. Die wusste das Tanzbein zu schwingen. Die entstammte altem Habsburger Adel und hatte im fernen Deutschland über den Herrn Ritter und seine Frau in der Zeitung gelesen, über die herausgezogenen Zähne und die eine Hose und das eine Paar Schuhe und dass sie die Kleidung eigentlich nur mitgenommen hatten für den Fall, es käme Besuch. Ansonsten würden der Herr Doktor und die Dore dort in ihrem Paradies natürlich so herumlaufen, wie Gott sie erschaffen hatte. Das wollte die Baronin sehen. Und ihre zwei Begleiter auch. Aber weißt du was? Die Baronin war gar keine Baronin. Die war eine ganz normale Frau mit der Idee, dass sie auch genauso gut Baronin sein konnte – wenn andere das waren. Warum sie nicht auch? Eloise von Wagner Bosquet, eine österreichische Baronin. Meinetwegen, musste sich der Ritter gedacht haben, egal. Denn hier, auf der Insel, waren ja alle Menschen gleich. Kein Stand und Dünkel. Keine Herrenrasse, keine Arier, kein Österreicher war mehr wert als ein Deutscher oder sonst noch wer. Dass sie ihren Harem mitbrachte –, Was ist ein Harem?, unterbrach Annemarie ihn.

Ah, muss ich das erklären? Na gut. Das waren ihre zwei Liebhaber. Ja, die Baronin liebte beide. Oder beide liebten sie. So gehts zu in der Welt, Annchen. Obwohl sie eine alte Schachtel war und die Männer im besten Alter. Aber hab *ich* dir nichts von erzählt!

Er hustete Schleim nach oben und kniff die Augenbrauen zusammen. Als er Luft holte, pfiff es leise in seiner Lunge.

Noch nie davon gehört, bestätigte Annemarie in gelehrigem Tonfall.

Also, dass sie ihre zwei Freunde mitbrachte, freute den Doktor Ritter nicht, aber er fühlte sich noch sicher auf seiner Lichtung, an seinem Bach, mit seiner Dore. Sollte die Baronin oder was sie auch war, doch am anderen Ende der Insel ihr schickes Hotel eröffnen, etwa so groß wie das Hotel Renn, drüben am Amalienplatz, aber ausschließlich für amerikanische Touristen. Ja, so wie es auch im Hotel Renn seit einiger Zeit zugeht. Nur keine Soldaten, sondern reiche amerikanische Touristen, die ihr Schiff, ich sage: ein Schiff – er breitete die Arme aus – in der Bucht verankerten und ein ordentliches Spiegelei mit Speck zum Frühstück wünschten.

Die Walpern sagt, die Amerikaner kommen lieber zu uns. Wegen der Rostbratwürstchen.

Wegen der Walpern, sagte der Großvater.

Die Walpern will keinen Amerikaner, hat sie mir gesagt.

Kriegt sie auch nicht. Der darf ihr gar nicht zu nahe kommen.

Was?

Nichts. Also, es ist nicht alles erlaubt, was nicht verboten ist, und deine Mutter würde sagen: Was für ein hochmütiger, gottloser Raffzahn, diese Baronin! Eine echte Lügnerin. Dein Vater, der ja auch die Madame Blavatsky verehrt, wäre sicher milder. Der glaubt ja auch ans Handauflegen und Nervenheilen und Kopfstandmachen, damit die schlechten Gedanken aus einem herausfließen, an seine Blutegel und Blutreinigung, und dass man sich so ernährt wie eine Kuh und 100 Jahre alt wird, nur, weil er Metzgermeister ist und weiß, was in der Wurst ist. Eben all die Sachen, an die die Madame Blavatsky glaubt. Dein Vater würde eher sagen: Jedem das Seine. Ich sage: Jessemaria – sie ist ja auch früh gestorben. Ihr Hochmut hat sich also nicht gelohnt.

Ist sie im Paradies geblieben?

Der Großvater kniff ein Auge zu, zog die Mundwinkel nach unten.

Weder da. Noch dort. Der Teufel ist viel zu schlau für die Hölle. Der findet immer einen Weg hinaus. Der bleibt in der Welt. Und da ist auch die Baronin. Würde ich sagen. Sie ist einfach in der Welt. Sie ist unter uns. Vielleicht auch in uns drin.

Ein Raffzahn mit zwei Männern?

Pst, machte der Großvater.

Die Tür der Kammer ging auf und im Rahmen stand der General, stemmte die Hände in die Hüften, wie zwei spitze Abstandhalter, und noch rote Wangen vom Mittagschlaf und seitlich platt gedrückte Haare.

Wollt's noch den ganzen Tag verschlafen? Das Leben geht weiter. Für halb drei ist der Feuerwehrverein unten.

Wir stehen schon auf, sagte der Alte Stenz.

Das sehe ich. Wenn ihr noch schneller seid, überholt euch gleich der Schneck.

Wir – sind – schon – da, sagte der Alte Stenz.

Gar nicht da seid ihr!, rief die Mutter. Ich bin die Einzige, die hier immer da ist. Ich besorg das Fleisch, ich besorg das Essen, das Bier, wo keiner sonst mehr was zu beißen hat, ich besorg es noch!

Aber ich helfe dir doch beim Rechnen, sagte Annemarie leise.

Einen Teufel tust. Sitzt beim Großvater. Lässt dir Märchen erzählen. Das ist Krieg da unten, der ist nie vorbei!

Doch, sagte der Großvater sehr ruhig, Ottilie. Der Krieg ist vorbei.

Nur ist's tausend Mal schlimmer, jetzt. Gar nichts mehr gibt's. Aber ich schlepp's noch ran, das bisschen. Und bedankt sich mal wer? Sagt mal jemand: Danke, dafür! Ich füttere euch durch! Ich zahle meine Schulden. Ich halte hier alles am Laufen! Und niemand kommt auf die Idee!

Danke, sagte Annemarie leise, danke, Mutter, danke dafür.

Der General beschloss, in einem Anbau des Engelwirts ein Geschäft einzurichten. Besser als ein Standbein seien zwei Standbeine, erklärte sie und schickte ihren Vater zum Aufräumen und Saubermachen in die frühere Gartenküche. Der Alte Stenz befreite eine Anrichte von ihrem Oberteil, schob das Möbel mit der Rückseite voran mittig in den Raum. Links waren offene Regale, rechts ein schmiedeeiserner Rollschrank. Daneben der Herd, der aber nicht benutzt werden sollte. Es musste kalt sein in einem Laden, in dem Würste, Fleisch und Sauerkraut verkauft wurden.

Die Rückseite der Anrichte verkleidete der Alte Stenz mit Holz und der General organisierte weiße Farbe. Nach drei Tagen war alles gestrichen, auch die Wände, mit weißer Lackfarbe. Es sprach sich rum im Ort: Die Engelwirtin hat eine Metzgerei aufgemacht, neben dem Wirtshaus. Annemarie bekam einen Schemel, auf dem sie hinter der halben Anrichte stehen konnte, und eine Waage. Sie bekam Zeitungspapier und einen Bleistift. Und sie bekam vom General gesagt: Bei den Biermarken, beim Zählen, das hast du manchmal hingekriegt. Hier gibt's kein manchmal. Hier zählst du jedes Mal richtig! Das sind die Preise, du verkaufst immer nur ganze Ware und die Würste kannst du einzeln zählen. Fürs Sauerkraut ist die Waage. Der Preis ist fürs Pfund. Rechnen kannst du, oder? Ich kann mich ja nicht zweiteilen. Also, taugst nicht zu dieser Arbeit in unserem neuen Geschäft?

Doch.

Das werden wir sehen.

Die Mutter nagelte die Liste mit den Preisen an die frisch lackierte Wand. Ihre Schrift war kantig. Buchstaben, die ständig zu mahnen schienen: Ordnung, Fleiß und mit Schneid durch die Welt. Die Mutter hatte immer Listen für alles. Listen für den Einkauf, eine Liste für den Schlachter, eine Liste für die Störnäherin. Alles wurde geordnet auf einer Liste, kein Chaos gab es da, jede Linie mit dem Lineal gezogen und im letzten Feld dann die Summe, so war doch alles klar.

Dass du uns zur Ehr gereichst und nicht zur Schande. Wenn du dich ein Mal verzählst, stell ich eins der Mädchen hier rein, sagte sie und wischte mit der flachen Hand über das gescheuerte Holz der Anrichte.

Die Mutter ging. Annemarie drehte sich ganz langsam einmal im Kreis. Das war nicht die Gartenküche. Das war ihr Geschäft. Ihr Schemel vor der Anrichte. Ihre Klingel, die der Alte Stenz über die Tür genagelt hatte. Drei Mal ausprobiert, und wenn es klimperte von da oben, dann war es, als ginge ihr der luftige Ton direkt ins Herz, zusammen mit dem Knirschen der Tür in seinen Scharnieren. Guten Tag, was wünschen Sie? Ach, guten Tag, Annemarie, na, so was aber auch, bist jetzt der Chef hier? Wie alles strahlte und das Licht durch die Tür ein Rechteck auf den Boden malte, das sich von vorn bis hinten durch den

Laden streckte. Ihre Blusenärmel, ihre Schürze, alles weiß wie die Wände. Das Paradies, ihr Geschäft.

Sie rückte die Waage, das Zeitungspapier und den Bleistift zurecht, weder ein Gramm noch ein Pfennig noch ein Stück Wurst ginge ihr verloren. Ein Pfund fünfzig Pfennig, zwei Pfund eine Mark. Vier mal 80 sind 320, das sind drei Mark und 20 Pfennig. Das Klingeln. Ihre Hände zitterten, dass das die Kundin nur nicht sah, zwo, vier, sechs, acht Würste, an der Stange gezählt, in den Korb gerutscht, acht mal 80 sind 640, was wünschen Sie noch? Großes Mädchen bist du geworden, gut, dass du deiner Mutter zur Hand gehst. Die Arme, so tüchtig ist's, so schuften muss sie, der ganze Engelwirt, gut, dass du ihr jetzt nicht mehr zur Last fallen tust. Grüß Gott, Fräulein Meier, Pfiat di, Frau Oberschuber, was darf's bei Ihnen sein? Ganz genauso wie immer? Mein Gott, machst du das gut, wie die Frau Mama. Ja, sagte Annemarie und streckte den Rücken durch. Du bist eine Rechenmaschine, lachte das Fräulein Meier. Habt's auch eure Rinderbrühe? Ja, dann die besten Wünsche an die Mutter. Wir werden's den Amerikanern sagen, wenn die's erst mal wissen, da unten in ihrer Station, dann seid's ihr schon am Vormittag leer gekauft. Dann seid's bald Millionäre! Danke, Frau Engler, noch fünf Handwürste für die Hummler-Zenzi, fünf mal 80 und das Sauerkraut dazu, Grüß Gott, Frau Liebenmöller. Das ist die Frau vom Gemeinderat, hatte das Fräulein Meier ihr zugeflüstert, der würde ich immer was extra geben, also, Frau Liebenmöller, mit guten Wünschen von meiner Mutter ein bisschen Schmalz noch dazu? Und noch ein Pfund von der Leberwurst nehme ich, Pfiat di, Frau Liebenmöller, Pfiat di, Fräulein Meier, schreibst auch alles gut auf, Annemarie, damit du dich nie verzählst. Nein, bist eine wahre Rechenmaschine, eine richtige Rechenmaschine, und die verzählt sich in Gottes Namen nie.

Nicht eine Sekunde vermisste sie es, drüben mit den Märtyrerinnen im Schankraum, wo ständig die Biermarken durcheinandergerieten. Es hatten andauernd neue Marken vor ihr gelegen, von der Babett, der Walpern, der Traudl und der Tilly, hier, fünf Biere, zehn Biere, aber schnell, Mariechen, meine zuerst, meine sind für die Feuerwehr, denen muss man den Durst löschen. Mit den Biermarken zur Vroni, die am Zapfhahn stand. Dort in der richtigen Reihenfolge ordnen, war die Babett zuerst mit fünf oder die Traudl mit ihren zehn? Die Vroni sagte ständig, Marie, so wird das nichts, da hab ich schneller gezapft, als du geklebt, sag lieber der Walpern, dass ihre Biere für Tisch neun fertig sind, Tisch neun, jeder Tisch mit einer Zahl, und Annemarie zählte die Tische ab und sah, dass die Walpern da gerade stand, an Tisch neun, und schon Biere servierte. Könnte sich eine Klappe im Boden aufmachen. Bitte. Könnte sie von hier direkt in die Hölle einfahren, bitte. Gleich sah die Mutter das, gleich beim Nachzählen, und dann schob sie die Hände in die Taschen der Schürze, schaute an ihr vorbei und sagte: Noch nicht mal Biermarken sortieren, zu was bist du eigentlich nütz? Zum Eiersammeln? Ein Kreuz, dieses Kind, überflüssig wie ein Kropf.

Aus der konnte doch nichts werden. Passt ja in einen Maßkrug rein.

Nur ihr Vater – so erzählte es der Alte Stenz – hätte sich Tage, ach, Wochen neben ihr Bett im ersten Stock des Engelwirts gesetzt, den kalten Spott seiner Frau auf sich gezogen, und jedes Lied, das er kannte, für seine kleine Tochter gesungen. Zur Stärkung. Als hätte er gewusst, dass da kein weiteres Kind kommen würde. Als er längst bei den Weihnachtsliedern angekommen war, forderte der General ihn auf, sich zu entscheiden: Das Kind oder der Engelwirt! Da hatte Annemaries Vater den Alten Stenz – seinen Schwiegervater, dem er aus Gründen des Respekts nie zu nahekam – in seiner Kammer aufgesucht und ihn gebeten, beim Singen zu übernehmen.

Annemaries Vater hatte eine breite Stirn, seine Augenbrauen lagen auf einem Hügel, der sich über die Augen hinwegzog, die Wangen waren, wie die Nase, immer gerötet von der kalten Schlachthausluft. Er hatte ein kleines, spitz zulaufendes Kinn, und wohlgeformte Ohren; beides musste der Grund dafür sein, dass ihn trotz aller Schweinemetzgerhaftigkeit der Hauch eines Französischlehrers umgab. Das sagte zumindest der General von Zeit zu Zeit.

Ihr Vater hatte, bevor er Ottilie und ihr statthaftes Wirtshaus ehelichte, eine Zucht für Blutegel ins Leben gerufen und am Ende sogar die Liebl-Klinik beliefert. Über die Blutegel, die er züchtete, artgerecht verpackte und ausschließlich selbst zu den Abnehmern brachte, hatte er Zugang zur Theosophie gefunden.

Theosophie?, hatte sie den Alten Stenz mal gefragt.

Wenn wir zum T kommen, hatte er gesagt. Theosophie oder Tod, aber das T ist einfach, also kriegst du was darüber erzählt, Annchen, da sei dir sicher.

Sie hatte um elf Uhr morgens bereits alle Wurstwaren verkauft, vom Sauerkraut war nur noch der Sud übrig, und sie schloss die Ladentür ab und lief nach hinten ins Schlachthaus, um von ihrem Vater Nachschub zu holen.

Er war nicht in den zwei lang gestreckten, ineinander übergehenden Räumen. Auch nicht in der Räucherkammer. Auch nicht im Garten. Annemarie lief wieder zurück ins Schlachthaus, wartete, denn hier sah noch alles nach Arbeit aus, nach Darmwaschen, Gerösteln und Knochen abfieseln. Ihre Finger waren rot wie des Vaters Finger, und als sie über das Stangeneis strich, das unter der Arbeitsfläche in Schüben lag, spürte sie den Schmerz der Kälte nicht. Ihre Haut klebte am Eis, aber nichts zog nach innen. Sie legte wieder und wieder ihre Fingerspitzen auf das Eis, und hätte gern jemandem erzählt, wie sie den Schmerz aushalten konnte.

Ihr Vater erschien im Durchgang und hielt eine Zeitschrift, ein dickeres Heft, in den Händen. Als hätte er gerade darin gelesen. Er schaute auf und sagte: Gutes Geschäft gemacht mit meinen formidablen Würsten, Madame?

Oui, oui, sagte Annemarie.

Dann werden wir wohl noch ein paar produzieren müssen, sagte ihr Vater, aber erst morgen.

Morgen ist Sonntag.

Dann am Montag.

Da hab ich Schule.

Aber nicht am Nachmittag. Da kannst du verkaufen.

Darf ich?

Wenn du magst?

Wozu zur Schule gehen, ich will jeden Tag verkaufen, sagte Annemarie.

Da würde unsere Mutter nichts gegen haben. Aber ich will, dass du was Anständiges lernst.

Aber es kommt doch Gewinn bei raus. Das ist doch anständig.

Er hatte sich ans Regal gelehnt. Plötzlich klappte er das Heft in seinen Händen zu, als war da was, das auf den Seiten saß und das er einsperren musste. Er streckte sich und schob das Heft ganz oben aufs Regal. Es schien ihn zu verwirren, das Heft, und dass Annemarie es gesehen hatte, er kam auf sie zu, stemmte die Hände auf die Knie, sodass er mit krummem Rücken sein Gesicht knapp vor ihrem hatte: Meine kleine Madame und ihr Geschäft.

Dann strich er ihr mit seiner rechten Hand, der roten, breiten Prankenhand, wie die Mutter sie nannte, über den Scheitel. Und gab ihr einen Kuss darauf. Wusste immer, dass du zu was taugst, sagte er und ging.

Das Wohlgefühl sollte bleiben – sie hielt ganz still. Von dieser kleinen Portion – wenn sie sich nicht bewegte und stillhielt, konnte sie das bisschen festhalten, aufheben, genau wie die Mutter jeden Bissen aufhob, kühlte, im nächsten Essen verbriet, nichts durfte verloren gehen, es gab von allem doch so gut wie nichts.

Der Vater kam nicht mehr zurück und aus einer drängenden Neugierde heraus schob sie einen Schemel ans Regal, kletterte darauf, tastete mit den Fingerspitzen über das oberste Brett, bis sie das Heft spürte und es an der Seite antippen konnte, es fiel ihr entgegen.

Sie lugte um die Ecke, aber auch im Vorraum war niemand mehr.

Jahrbuch für sexuelle Zwischenstufen las sie auf dem Titelblatt. Nicht, dass ihr einleuchtete, was das war. Aber es musste etwas sein, etwas wie die Baronin mit dem Harem.

Sie kletterte auf den Schemel zurück, wollte das Heft dorthin schieben, wo es gelegen hatte, aber es wollte sich nicht einfach dorthin zurücklegen lassen. Es rutschte ihr immer wieder entgegen. Sie lupfte es an, warf es, aber es blieb nicht liegen. Es fiel an ihr vorbei auf den Boden, klatschte flach auf, und sie horchte in die folgende Stille und hörte nur ihr Herz in ihren Ohren schlagen. Hölle, Fegefeuer, Keller für drei Tage.

Sie griff fester nach dem Heft, die Seiten fächerten sich auf, als führe es ein Eigenleben, an einer Stelle war ein Eselsohr. *Helena Petrovna Blavatsky, ein weiblicher Ahasver* stand da in großen Lettern, sie wollte nicht mehr lesen, sie las, es war alles unterstrichen, jede Zeile hervorgehoben:

> *Was wir wollen, ist, dartun, wie gerade aus dem Ineinanderfließen männlicher und weiblicher Eigenschaften und Fähigkeiten das Wunder der eigenhaften Persönlichkeit erblüht.*

Daneben hatte ihr Vater, eindeutig die Handschrift ihres Vaters, etwas geschrieben, das sie nicht über sich brachte, zu entziffern. Das Heft konnte sie beißen, wie eine Schlange. Es hatte den Vater gebissen, sexuelle Zwischenstufen, Ineinanderfließen, einer weiblicher Ahasver, und das sollte erblühen. Erblühen, das taten Frauen in ihren besten Jahren, die Märtyrerinnen erblühten und verblühten, dazwischen mussten sie schnell einen Mann finden. Eigenhaft war eigenartig, seltsam, unberechenbar, war gar nicht mehr ihr Vater. Seine Blutegelzucht, das wusste sie, war ein gut gehendes Geschäft gewesen, geadelt durch den Begriff: Geschäft. Sogar die renommierte Liebl-Klinik beliefert! Artgerecht verpackt, durch den Vater eigenhändig ausgeliefert. Die Egel wurden aufgesetzt, saugten sich fest, machten ihre Arbeit. Es gab neues Blut. Reines Blut. Die Egel saugen die Krankheit raus. Ein nützliches Geschäft.

Das Heft war eine Schlange, und das wusste sie, weil er

sonst nicht zu ihr gegangen wäre und seine Hand nicht auf ihren Kopf gelegt hätte. Als wollte er ihr das, was sie gesehen haben mochte, aus dem Kopf herausstreichen.

Sie rief ihren Schutzengel an. Und die Nornen. Nehmt mir das Heft aus der Hand und legt es wieder auf den Schrank. Dreht die Zeit ein wenig zurück, bevor ich auf die Idee gekommen bin, den Schemel ans Regal zu schieben.

Ein letzter Versuch, sie zielte – Heftrücken gen Regal – und warf. Das Heft blieb liegen. Sie schloss die Augen, dankte dem Michael, den Nornen, küsste sie alle fünf, sechs Mal in Gedanken, und machte sich auf den Weg in die Wirtsstube, um im Veilchenduft der Walpern zu sitzen, in ihrem Erblühen, in ihrem warmen Atem, inmitten der Welt, die sie kannte, nur die Walpern – die in letzter Zeit zwar öfter nach Kaugummi roch, nach scharfer Pfefferminze, wovon sie Annemarie ein Stück zum Probieren gegeben hatte: Schieb es unter die Zunge, da prickelt es doll – aber was die Walpern nicht so veränderte, dass sie eine Überraschung wurde, eine Unberechenbarkeit, sondern sie einfach nur noch ein Stückchen mehr erblühen ließ, besonders, wenn die Amerikaner dann kamen, in Gruppen, gut frisiert und lachend und mit ihrer gurgelnden Sprache und ihrem Augenzwinkern, nie ein Klaps auf den Po, wie bei den anderen Männern, immer nur ein Augenzwinkern zur Walpern und zu Annemarie die gestikulierte Frage, ob das Haar, das um die Virginia gewickelt war, ihr eigenes glattes oder das gewaltig gelockte der Walpern war.

Zwei Jahre später, wenige Tage nach dem Tod ihres Vaters, fand sie noch einmal ein *Jahrbuch für sexuelle Zwischenstu-*

fen, es fiel zusammen mit dem Weltatlas aus dem Bücherschrank in Großvaters Zimmer. Sie wollte es, so schnell es ging, wieder zurückstecken, aber der Großvater hatte es schon längst entdeckt und hob es auf. Sie reichte ihm in ihrer Verwirrung den Atlas, als würde er ihr dafür das Heft geben und sie könnte es nur durch Konzentration oder kraft ihrer Gedanken unsichtbar machen – aber er schlug den Weltatlas aus und ging mit dem Heft in der Hand zu seinem Kastenbett. Annemarie schossen die Tränen in die Augen, was der Großvater zum Glück nicht sah, er hatte ihr schon auf der Beerdigung gesagt, sie solle sich besser zusammenreißen, einem zehnjährigen Mädchen stehe es nicht gut zu Gesicht, so sehr über den Tod des Vaters zu weinen. Ich will auch nicht, hatte er gesagt, dass du so lautstark an meinem Grab weinst. Die Mutter hatte – statt roter Rosen – einen Kranz aus rosafarbenen Geranien bestellt und der lag auf dem Grab des Vaters und erinnerte Annemarie ununterbrochen an das Jahrbuch, an Madame Blavatsky, an die sexuellen Zwischenstufen und eine Art von Erblühen, die zweifellos nicht im Sinne des Generals gewesen war.

Annemarie wischte sich die Tränen mit dem Handrücken weg, stemmte den Weltatlas auf eine Art in ihre Hüfte, dass es schmerzte, und sagte: Diese Zwischenstufen, nein, Theosophie oder Tod. Das hast du mir vor langer Zeit mal versprochen.

Wann anders, sagte der Großvater, und schreiben kannst du doch längst. Und vom Tod hast jetzt auch eine Ahnung.

Du wirst nicht sterben, sagte sie.

Und wie ich sterbe, sagte der Großvater, schon versunken in der fürchterlichen Lektüre.

Dann geh ich auch, sagte Annemarie.

Schmarrn, brummte er, du hast noch eine lange Reise vor dir, erst.

Drei Tage stand der offene Sarg im Nebenraum der Wirtsstube, umstellt von Tischen, Bänken und zwei Sesseln. Es gab Tee mit Schnaps, Bier und heiße Wiener, es wurde eine gute Heimreise gewünscht, die Männer hoben die Gläser. Annemarie atmete den Weihrauch ein, die Tannennadeln, die verbrannt wurden, Salbei und darunter, wie ein letzter Wesenszug, den Essig, mit dem der Körper ihres Vaters abgerieben worden war. Das hatte die Mutter nicht gemacht, sie hatte die uralte Störnäherin, die öfters die Totenwäsche machte, beauftragt. Die Wangen, die Nase und die Hände ihres Vaters waren nicht mehr so rot, wie sie es im Schlachthaus gewesen waren, aber genauso kalt. Als läge das Stangeneis bei ihm. Sicher, seine Hände waren groß, aber Pranken waren es nicht. Sie hatten ihr ab und zu über den Kopf gestrichen, ab und zu einen Kuss auf den Scheitel dazu, aus dir wird was, ich wusste, du taugst zu was, ein großes Mädchen bist's geworden, das hätte ja keiner gedacht.

Damit Wirtshaus und Laden mit den mittlerweile über die Ortsgrenzen hinaus berühmten Wurstwaren bestückt werden konnten, stellte die Mutter einen Metzger ein, der sich streng an die Rezepte des Georg Pehl zu halten hatte. Annemarie musste den schweigsamen Mann, der nie einen Witz machte, als wüsste er gar nicht mehr, was das sei: zu lachen; sie musste diesen Mann im Schlachthaus einweisen. Während des Wurstens umgab ihn eine grimmige Wut und er gab Antworten auf ihre Nachfragen – ob die Rostbratwürste schon fertig seien, das Sauerkraut –, die ihr immer das Gefühl gaben, dass er ihre Frage gar nicht richtig gehört hatte. Meistens sagte er sowieso nur Ja oder Nein oder Gut oder Mach ich schon. Diesem Mann musste sie die Kräuter im Garten zeigen, und als sie zurück zum Haus gingen, blieb er an ihrem Hühnerstall stehen und zählte die Küken. Ja, sagte er harsch, das sind zu viele.

Nein, widersprach Annemarie. Das sind meine.

Die Küken interessieren mich nicht, sagte er.

Und die Hühner werden nicht geschlachtet, sagte sie.

Ja?, sagte er verächtlich, und zwar schneller als du gucken kannst.

Einige Tage später sah sie vom Gemüsegarten aus, wie er in ihren Käfig ging, ein Huhn am Hals packte und den Körper zu drehen begann, den Körper des Huhns drehte und drehte, im Kreis schleuderte, bis der Hals abriss und er sich bückte und das Huhn, das noch zappelte, vom Boden aufklaubte und mitnahm und ins Schlachthaus ging.

Tagelang konnte Annemarie kein Wort mehr sprechen, als hätte er ihr die Gurgel umgedreht.

Immer wieder holte sie zur Nacht das Sterbebild ihres Vaters aus der Nachttischschublade, es war nach der Predigt vom Vorbeter in der Kirche verteilt worden, ein schönes Bild von ihrem Vater mit nachkolorierten Wangen, einem bläulich schimmernden Hintergrund, auf der Rückseite stand geschrieben:

Still und ruhig war sein Leben,
Treu und fleißig seine Hand.
Sanft auch sein Hinübergehen,
In das ewige Heimatland.

Still und ruhig, treu und fleißig, sanft konnte ein ganzes Leben sein. Auch wenn er Hefte mit rätselhaftem Inhalt las, treu und fleißig, sanft und ruhig machte alles wieder wett. Nicht, dass sie hätte sagen können, wer genau das war, dieser Mensch auf dem Bild. Ihr Vater. Nicht, dass sie hätte laut sagen können: Ja, das bist du, ich weiß, wer du bist, schließlich stamme ich von dir ab. Sie sagte es noch ein paar Male leise vor sich hin: still und ruhig, treu und fleißig, sanft, konnte ein ganzes Leben sein.

Im Engelwirt flog ein Wort herum, das sie aufschnappte: Sind das die Pehl'schen? Man zeigte auf die Rostbratwürste und die Märtyrerinnen nickten und sagten: Pehl'sche Tradition. Oder: Pehl'sches Originalrezept. Natürlich die Pehl'schen, sagte sie selbst im Laden, auch wenn die Kundinnen gar nicht danach fragten. Original Pehl'sche Rostbratwürste, schrieb sie bald auf ein Blatt Papier und in großen Ziffern den Preis dazu. Als der General das sah, sagte sie nichts. Aber Annemarie konnte sehen, dass es der Mutter gefiel. Ein zufriedenes Nicken, so ist's gut. Nur sah Annemarie deutlich, dass ihre Mutter nicht an ihren verstorbenen Mann dachte oder sich darüber freute, auf diese Weise an ihn erinnert zu werden. Sie dachte an sich, an Ottilie Pehl, an die weit über die Grenzen des Ortes hinaus bekannte Engelwirtin, die die besten Wurstwaren der Region verkaufte, im Laden und im Wirtshaus, die das erste Haus am Platz hatte, das, was die Amerikaner empfohlen, wenn es darum ging, allerbeste bayerische Küche zu bekommen; sie dachte nicht an ihren Mann, der aus einer Laune heraus eine Kräutermischung für das Gehackte erfunden hatte, vielleicht, um endlich mal was anderes im Schlachthaus zu riechen als immer nur das stumpfe, säuerliche Blut. Der überhaupt eine Sehnsucht nach etwas anderem gehabt hatte, nach einer *Harmonie*, wie er es nannte, danach, vielleicht, ein anderer zu sein als der, der er sein musste, nach sexuellen Zwischenstufen, und ihrem Erblühen, was auch immer das sein konnte – der auf jeden Fall der echte Erfinder der Pehl'schen Rostbratwurst war. Was der General aber überhaupt nicht so sah, sie stand nur da, mit stolz hinabreichenden Mundwinkeln und dem triumphierenden Blick: Endlich ist eine Rostbratwurst nach mir benannt.

Alle zwei Monate gab die Mutter den Befehl aus, Annemarie habe die Hälfte ihrer Küken zum Markt nach Reichertshofen zu bringen. Dieses Mal bekam sie das Fahrrad vom Alten Stenz, das sie nur im Stehen treten konnte, erst wenn ihre Beine vor Anstrengung zitterten, schob sie sich auf den Sattel, ließ die Füße baumeln und rollte aus. Ihre Handballen juckten schon nach ein paar Minuten Fahrt, aber sie genoss das Kribbeln und auch die Taubheit, es bewies ihr, was sie aushalten konnte. Auf der Kuppe des Hügels hielt sie an, leckte sich die Handballen ab und hielt sie in die Luft zum Abkühlen. Der Rucksack, in dem alles war, drückte gegen ihre Wirbelsäule. Die Küken tschilpten in der Holzkiste auf dem Gepäckträger. Annemarie griff in die Tasche ihres Rocks, nur um sicher zu sein, dass die Dose Schuhcreme noch drinsteckte, die sie nachher brauchte, am Markt. Sie holte Schwung, rutschte zurück auf den Sattel, streckte die Beine nach rechts und links aus, ihr Rock flatterte nach oben, der Fahrtwind kühl an den Wangen und der Stirn, sie kniff ihre Augen zusammen, der Wind drückte ihr Tränen aus den Augenwinkeln, sie spürte, wie sie schneller und schneller wurde, sie schrie, so schön war es, die Geschwindigkeit, der Hügel sollte nie aufhören, nie mehr anhalten, sie konnte abheben und fliegen. Sie spürte nur die Erschütterung in den Händen, und dass der Lenker sich von allein drehte und ganz am Anfang, kurz, das Fliegen.

Und dann ging das Schwarz langsam weg, als sie die Augen schon lange geöffnet hatte, sie lag, roch Gras, Erde, und das Fiepsen der Küken war um sie herum. Das Fahrrad vor ihr auf der Straße, das Vorderrad drehte still nach. Die Holzkiste kopfüber auf dem Asphalt, aus einem Riss an der Ecke schlüpften die Küken heraus. Annemarie hob langsam den Kopf, es ging, das Kopfheben, sie zog einen Arm aus der Schlaufe des Rucksacks, auch das ging, sie zog ihre Beine an, alles ging, es tat weh, aber ging, sie zog den anderen Arm aus der Rucksackschlaufe und stemmte sich hoch. Wieder war ihr schwarz vor Augen, ein Schwarz wie Kellerschwarz, und sie kämpfte dagegen an, sie schlug sich auf den Hinterkopf, wie der Alte Stenz es ihr beigebracht hatte, damit im Hirn nach einem Sturz wieder alles zurück an seine Stelle kam. Michael, sagte sie, ich danke dir, bester Schutzengel der Welt, danke dir. Ein Küken hüpfte von der Straße auf den Stoff ihres Rocks. Das Karomuster wie eine Tischdecke, grüne Linien auf weißem Grund. Die Karos wurden größer und kleiner, das Küken auch, sie streckte ihre Hand aus, um alles zu beruhigen, und griff daneben oder das Küken war schneller, sie konnte nur die Karos berühren, die waren baumwollweich, sie strich den Stoff glatt, damit er zur Ruhe kam. Und dann sah sie das Rot. Durch den grau-schwarzen Schleier, der immer noch ihre Augen verklebte, sah sie ihre Hände an, die Handballen zerkratzt, aber nicht so blutig. Sie rappelte sich auf, hockte sich auf die Knie, schüttelte den Kopf wie ein Hund, das tat gut, das vertrieb die Schleier, und dann sah sie den Blutfleck weiter oben, alarmrot und groß. Sie war schneller auf den Beinen, als es ihr guttat, das Schwarz kehrte zurück, sie hockte sich wieder hin, mit so einem Fleck Blut auf dem Rock konnte sie nicht auf den Markt. Langsam hob sie den Stoff, sicher, gleich etwas Schlimmes im Oberschenkel zu sehen, aber sie sah nur, dass ihre Unterhose rot war, genau gleich alarmrot wie der Rock, und das Schwarz kehrte zurück, schob sich mächtig vor ihre geöffneten Augen, sie schüttelte sich, und an kaltes Wasser denken und tief einatmen, tief ausatmen, ein Vaterunser beten, dann ist es doch wieder gut.

Es wurde besser, aber der rote Fleck auf dem Weiß ihrer Unterhose blieb. Auch nach nochmaligem Hinsehen. Und der Fleck auf dem Rock. Sie konnte nicht auf den Markt gehen, auch nicht nach Hause. Ohne etwas verkauft zu haben. Sie spürte, wie etwas an ihrem Oberschenkel entlanglief, ein zähes Rinnsal. Sie zog hastig die Unterhose aus, wischte mit dem Stoff über ihre Schenkel, knüllte das Bündel in der Hand, wollte es wegwerfen, aber in den Graben, nein. Die Küken tschilpten, als wollten sie ihr gut zureden, wäre sie nur nicht geflogen, der fürchterliche Übermut, dreh die Zeit zurück, bitte, dreh die Zeit zurück, Michael, wenn es nur ein Mal geht.

Sie öffnete den Rucksack und zog all die Dinge heraus, die ihre Mutter eingepackt hatte: zwei handgeschnitzte Kruzifixe, ein Fotoalbum mit knisterndem Spinnennetzpapier, sechs angeschlagene Wirtshausteller, Speck, Schinken, Handwürste und das in Zeitungspapier eingeschlagene Hochzeitskleid von Ottilie, ihrer Großmutter, des Stenzens Frau, cremefarbene Seide, die nach Vanille und Zimt roch – hatte Ottilie, Gott hab sie selig, doch die Angewohnheit gehabt, an ihre guten Kleider Parfümfläschchen zu hängen.

Mindestens fünfzehn Kilo Kartoffeln muss das Kleid bringen, hatte die Mutter gesagt. Oder Erbswurst, viel Erbswurst und Mondamin, eine Schöpfkelle, die brauche ich auch, aber am besten Kartoffeln, und wenn du siehst, dass jemand das Kleid haben will, wenn's ein Amerikaner ist, der es haben will, dann sag: Erbswurst und Kartoffeln und eine Schöpfkelle dazu.

Annemarie schlug das Fotoalbum auf, ob sie ein Pergamentpapier herausreißen konnte, ob es half, sich das unterzulegen, damit das Blut nicht mehr herauslief? Sie fühlte, wie es feucht war, feucht vom Blut zwischen ihren Beinen. Sie riss das Zeitungspapier vom Kleid ab, sorgfältig hatte die Mutter es auch noch in Seidenpapier eingeschlagen, Annemarie faltete die Zeitung, das Seidenpapier, und drückte sich das Paket mit aller Kraft dahin, wo das Blut rausfloss.

Es half. Es dauerte lange, aber es wurde weniger. Mit den Beinen presste sie den Pfropfen fest, drehte ihren Rock einmal, um zu schauen, ob hinten auch ein Fleck war, es war keiner. Herrgottmariaundjosef! Sie zog ihren Pullover aus, knotete ihn sich um die Hüften, sodass er den Rockfleck, geschickt nach hinten gedreht, verdeckte. Sie drehte sich, so weit es ging, um ihre Achse, es sah gut aus, es sah wieder in Ordnung aus, sie würde auf den Markt fahren, die Sachen eintauschen, den Speck verkaufen, die Würste und schlussendlich das Kleid, und sie würde sogar, um die Mutter vom Fleck und den aufgeschrammten Händen abzulenken, auch noch ihre Küken verkaufen, was das Fürchterlichste war, wofür sie ja schließlich die schwarze Schuhcreme mitgenommen hatte, um ihnen am Rande des Marktes, wie sie es immer machte, schnell mit der Schuhcreme schwarze Flecken aufs Fell zu tupfen, die so echt aussahen, dass es bisher niemandem aufgefallen war. Für Küken mit Flecken im Fell gab niemand was, außer einem abschätzigen Kommentar, warum man diese Dinger zum Markt geschleppt habe, aus ihnen sollten angeblich schlechte Hühner werden, was vollkommener Quatsch war, das wusste Annemarie aus Erfahrung; aber die Leute wollten trotz Mangel nur eidottergelbe, makellose Küken haben, dafür zahlten sie einen guten Preis, aus welchen Gründen auch immer.

Jetzt würde sie ihre Liebsten makellos lassen und zuschauen, wie sie in fremder Leute Körbe weggetragen wurden. Das war die Strafe. Für den Wind im Gesicht, das kurze Glück des Fliegens.

Sie brachte zwanzig Kilo für das Kleid nach Hause, eine Suppenkelle für den Speck und sechs Packungen Zigaretten – richtige Lucky Strikes – für die Küken. Sie lieferte alles in der Küche ab und lief zur Walpern, die hinterm Tresen stand und Biermarken sortierte. Sie zeigte der Walpern, dass sie sich zu ihr beugen sollte, ganz nah zu ihr, und flüsterte: Was mach ich gegen einen Fleck auf dem Rock?

Was für'n Fleck? Ein Veilchenduft zog vorbei.

Blut.

Du blutest schon?

Nein. Bin vom Fahrrad gefallen.

Ja, wo hat's denn geblutet?

Da unten.

Dann blutest du schon. Das ist aber früh.

Nein! Es war ein Unfall.

Zeig her, forderte die Walpern leise, und Annemarie lupfte den Pullover.

Das *ist* Blut.

Ja!

Nein, Monatsblut. So sieht es aus. Oh Gott, das musst du deiner Mutter sagen.

Nein, nein! Bitte nicht. Das kommt vom Sturz.

Dann – dann kann es nur sein, dass – vielleicht, ich weiß nicht, beim Sturz. Bist du da gegen die Stange?

Vielleicht, sagte Annemarie leise.

Vielleicht bist du gegen die Fahrradstange und da ist was kaputtgegangen.

Was? Annemarie verstand nichts. Was?

Die Walpern richtete sich schon wieder auf und wollte sich mit anderem beschäftigen.

Jetzt sag was!

Na, das, was kaputtgehen kann.

Was geht kaputt?

So ein Ding, sagte die Walpern leise und zog die Schultern hoch und schnitt eine Grimasse, lächelte, nahm Annemaries Gesicht in ihre Hände, das half, da war sie sicher, wenn auch nicht von diesem Kaputtgehen befreit.

Das ist was, ja, wie – eine Luftblase im Schaum, auf'm Bier, das ist die Jungfräulichkeit. Wenn's kaputtgeht, dann blutet es, dagegen kannst du nichts tun. Das ist das, weswegen unsere Maria eine unbefleckte Empfängnis hatte.

Annemarie rief alle Schutzengel gleichzeitig an.

Ach, Mariechen, sagte die Walpern, etwas lauter, aber mit ihren Händen an Annemaries Gesicht, so schlimm ist es auch nicht. Nur, wenn's dein Ehemann merkt, der denkt dann, er ist nicht mehr der Erste, und sagt: Oh, du hast dich aber herumgetrieben! Dabei hat er es auch gemacht, aber die Männer haben nicht so ein Ding und daher können wir es ihnen nicht beweisen. Wir können leider nicht sagen: Du Lump hast dich genauso herumgetrieben!

Ich hab mich nicht herumgetrieben, flüsterte Annemarie. Ich bin zum Markt gefahren.

Natürlich. Mariechen. Das kriegt keiner mit. Auf jeden Fall nicht deine Mutter.

Aber der Fleck.

Nur kaltes Wasser und Kernseife und lange einweichen, am besten über Nacht, und viel ausspülen. Mach das hinten am Brunnen. Oder unten an der Paar. Danach bist du wieder wie aus dem Ei gepellt.

Nie wieder färbte sie ein Küken ein. Sie verkaufte alle zwei Monate die Hälfte ihrer Bestände und überreichte der Mutter das eingenommene Geld oder die Zigaretten. Auf der Fahrt zum Markt weinte sie, für sich, im Stehen auf dem Fahrrad, fuhr nur so schnell, dass es doch klappen musste, alldem davonzufahren, sie keuchte mit offenem Mund, dass es im Hals nur so brannte, fuhr mit gehaltener, quietschender Handbremse auf der anderen Seite hinunter und spürte den Fahrtwind nicht mehr im Gesicht. Sie liebkoste ihre Küken so unauffällig wie möglich und verabschiedete sich von jedem mit einem Kuss.

Sie spürte kaum noch die Wut, wenn sie eine ungerechte Strafe traf, ab und zu noch schickte sie Verwünschungen in Richtung des Metzgermeisters, der statt ihres Vaters im Schlachthaus stand, und der einem Huhn den Hals umgedreht hatte. Sie rang der Walpern das Versprechen ab, *nur über ihre Leiche* ihr Geheimnis zu verraten. Die Walpern küsste ihr die Stirn, eine Woge Busen im Ausschnitt, als

Welle ging sie durch die Haut: Ich verrat dir was. Bei mir ist das Ding auch schon kaputt.

Dann zog die Walpern, wie sie es immer machte, die Schultern hoch und lachte und sagte: Wirst trotzdem was finden. Irgendeinen wird's schon geben, der dich nimmt.

Das klang wenig überzeugend. Eher danach, wie die fleckigen Küken behandelt wurden, nein danke, die wollen wir nicht, die möchte ich nicht nehmen. Die Schutzengel schwiegen, als hätten sie keine Lust mehr, zu helfen, etwas zu tun. Der Alte Stenz goss auf seiner Singenden Säge das traurig-schöne Lied aus, und es war so, wie sie sich fühlte:

Hört ihr die Regenwürmer husten?
O-hö, o-hö, o-hö, o-hö.
Wenn sie durchs dunkle Erdreich zieh'n?
Ä-ächz, ä-ächz, ä-ächz, ä-ächz.
Wie sie sich winden und verschwinden?
Ähh-umm, ähh-umm, ähh-umm, ähh-umm.
Auf Nimmer-, Nimmerwiederseh'n.

Annemarie?, fragte der Großvater, und sie zuckte zusammen auf ihrem Schemel im Schuppen, er sagte doch sonst immer Annchen zu ihr.

Ja? Es schoss ihr alles gleichzeitig durch den Kopf: Seine Bergschuhe sind nicht ordentlich geputzt, die Mutter lässt sie holen, weil die Wasserschnalze versalzen ist, die Rechnung aus dem Laden stimmt nicht, es fehlt ein Pfennig, den sie der Frau Gemeinderat Liebenmöller erlassen hat, ein Glückspfennig, scherzte die, und Annemarie hatte schon in dem Augenblick gewusst, dass es für sie genau das Gegenteil eines Glückspfennigs sein würde.

Bist schon fertig mit Putzen?

Nein.

Wenn's fertig bist, kommst mal hoch zu mir ins Zimmer, ja?

Was ist denn?

Nichts.

Doch.

Nein. Nichts. Was soll sein? Komm hoch zu mir, wenn's fertig bist.

Sie putzte so schnell und gründlich, wie sie konnte. Sie fegte mit der Wurzelbürste die Erdklumpen aus den Sohlen, säuberte das Leder grob mit der schwarzen, fein mit der hellen Bürste, wickelte den Lappen um ihren Finger, klaubte einen Schwung Pferdefett aus der Dose und rieb die weiche Creme kreisend ins Leder hinein. Sie wartete nicht ab, bis alles getrocknet war, sie polierte schon vorher das Gröbste weg, spuckte aufs Tuch, dann auf den Schuh, wienerte und hielt alles ins Licht, um den Glanz zu prüfen.

Dann warf sie ihre Utensilien in die Kästen zurück, rückte alles an die Wand des Schuppens, trug die Schuhe ins Haus, stellte sie in Reih und Glied in den Flur und nahm zwei Treppenstufen auf einmal.

Er saß in seinem Kugelkastenbett, bis zur Brust den Karoberg, die Hände überm Bauch gefaltet, ein Kissen im Nacken. Es sah nicht so gemütlich aus wie sonst. Annemarie wartete, ob er sie einlud, sich auf die Kante des Bettes zu setzen. Er sagte nichts. Sie holte sich den Schemel vom Fenster heran und hockte sich neben das Bett.

Sie schwiegen. Annemarie wollte ihn nicht stören, er wirkte, als sammele er was zusammen für eine Lektion, nein, eher eine Ermahnung, die Aufzählung ihrer Verfehlungen der letzten Zeit, vor allem den Pfennig und dass sie einmal zu lange bei den Amerikanern am Tisch stehen geblieben war, das sicher auch, weil darunter ein ganz schwarzer Mann war mit ganz weißen Zähnen, der sie anlachte und seine Virginia ins Bier tauchte, und der eine so tiefe Stimme hatte, dass der Tisch, auf dem sie ihr Kirschholzkastl abgestellt hatte, ganz zart vibrierte, wenn er sprach. Vielleicht träumte ihr Großvater aber auch nur, mit offenen Augen. Ob sie ihm die Schnupftabakdose reichen sollte? Die Pferdesalbe. Seinen Blasentee?

Ich verrate dir ein Geheimnis, sagte er zur Zimmerdecke. Ich werde bald eine große Reise machen.

Ihr war, als hinge der Schemel an ihr wie ein Tonnengewicht. Nein, sagte sie, die machst du nicht allein.

Doch. Und ich will keine Tränen zum Abschied.

Nein, wiederholte sie, du gehst nicht ohne mich los.

Ich will das nicht sehen – wie bei deinem Vater.

Hör auf! Annemarie stand auf. Sprich das nicht aus!

Es hilft doch nichts, sich was vorzumachen.

Immer hat es geholfen!, rief sie. Du hast immer gesagt, es hilft!

Sch, sagte der Alte Stenz, bitte. Müssen nicht alle im Haus hören.

Sie setzte sich, der Schemel zog sie wieder nach unten mit seinem Gewicht. Sie würde den Großvater bewachen, das war klar, Tag und Nacht, dann konnte er nicht ohne sie auf Reisen gehen.

Du hast noch alles vor dir, sagte er in seiner kühlen Erklärungsstimme, wie er das L mit den zwei Köpfen erklärt hatte, das K, das sich gen Decke streckt, mit ausgestelltem Bein, das Z, das eine verzwirbelte Zaubernuss war, immer zum Tanzen bereit.

Für mich kommt nichts mehr. Hör auf zu heulen, Kind.

Ich heule nicht, sagte Annemarie beherrscht, im Bemühen, ebenso kühl zu klingen.

Ich wollt's dir sagen, sagte er. Damit du's weißt.

Sie stampfte mit einem Fuß auf, der Schemel wackelte.

Sch, sch.

Ihr war danach, aufzustehen, aber dann hätte der Großvater gedacht, sie würde gehen.

Du hast mir nie das Ende der Geschichte erzählt, sagte sie wütend. Was genau mit der Baronin passiert ist, die nach Galápagos kam. Die mit den zwei Liebhabern.

Es überraschte sie, wie streng sie klingen konnte.

Der Großvater schwieg mit geschlossenen Augen.

Um das Hotel zu eröffnen, schob sie weiter an.

Ihr Großvater rieb sich mit einer Hand übers Gesicht. Dann öffnete er die Augen, sehr langsam, als gäbe es einen Widerstand in der Luft.

Was ist mit der Baronin passiert. Hat Friedrich Ritter sie umgebracht?, fragte Annemarie.

Ach, Kind, sagte er. Die Baronin verschwand aus ihrem Hotel, das nicht mehr als eine Hütte aus Blech war, natürlich ohne Türkisches Bad, keine Eingangshalle mit Perserteppichen, keine Rosenholz-Bar mit Kellnern, die Federschmuck im Haar trugen. Die Baronin verschwand, ihre zwei Liebhaber auch. Sie wurden tot an die Klippen der Insel gespült, nur die Baronin wurde nie gefunden. Vielleicht haben die Echsen sie gegessen. Die Haie vor der Küste. Oder vielleicht hat auch Friedrich Ritter sie getötet und im Wald vergraben, weil sie ihn so fürchterlich störte. Seine Ruhe störte. Er konnte gar nicht mehr nachdenken und schreiben und lesen, er hatte keine Muße mehr, seine großartigen Gedanken aufzuschreiben, er würde kein Nietzsche werden, mit der Baronin hier in seinem Paradies, die ihm ständig ihr Blendzeug hinwarf, ihre lächerlichen Pläne und ihre Geschichtchen und Lügen und ihren Liebestaumel und diese Flatterhaftigkeit.

Es war nur ein dumpfes Gefühl, erst, aber dann sah es Annemarie so deutlich, wie sich auffächernde Seiten, eine Seite, die zweite Seite: Das, was der Großvater gerade gesagt hatte, stand auf zwei Seiten, auf einer das Gesagte, auf der anderen das Gemeinte: Er meinte eigentlich sie, er sprach über sie, sie war die Baronin und sie störte fürchterlich.

Der Alte Stenz brach in ihren kalten, harten Schmerz: Vielleicht hat der Friedrich Ritter seinen Käfig verlassen, Dores Machete genommen und der Baronin den Kopf abgeschlagen. Nicht unwahrscheinlich. Vielleicht aber auch nicht. Wir werden es nie erfahren, denn er starb ja selbst, kurz darauf. An verdorbenem Hühnerfleisch. Ein misslicher Tod, keine schöne Reise. Er starb, während er in seinem Käfig saß, sicher vor den Riesenechsen, aber der Tod schlich sich durch die Ritzen, da ist nichts zu machen, Annemarie, in diesem Falle in Form eines eingelegten Huhns. Er soll noch die Dore angeschrien haben: Du willst mich vergiften!, aber Dore beharrte darauf, dass sie das Hühnerfleisch selbst auch gegessen hatte und dass sie ihn doch immer noch liebte, obwohl er nur noch im Käfig saß und schrieb, aber sie würde ihn lieben und ihn daher nie vergiften. Er wurde auf der Lichtung begraben.

Der Großvater machte eine Pause.

Mit oder ohne Käfig, das weiß ich nicht. Binnen kürzester Zeit waren all die Menschen, die ins Paradies gekommen waren, tot. So ist's, wenn der Mensch im Himmel leben will. Immer ist gleich die Hölle los.

Und Dore?, fragte Annemarie matt, weil sie auch nicht richtig zugehört hatte, sie hatte nur weiter verglichen, ob der Großvater es so meinte, und war nur sicher: Er meinte es so.

Die ging zurück nach Berlin. Ließ sich hübsche Zähne machen und berichtete viel über ihre Reise. Wie schön es ist, ohne Hemd und Kragen herumzulaufen, ohne eine Hose, die zwickt. Wie im Himmel. Wenn wir noch nicht geboren sind. Wenn die Welt ein paar lange Atemzüge verstreichen lässt, bevor wir wieder geboren werden.

Meinst du, fragte Annemarie, weil das half, gegen das Zittern, das sie erfasst hatte, meinst du –.

Was?

Ich weiß nicht. Meinst du, dass die Baronin ein böser Mensch war. Wie die Einäugigen Jungfrauen, die Luzifernen, nur eben als Mensch?

Der Großvater öffnete den Mund, ließ den Unterkiefer hängen und machte nichts weiter. Er ließ nur Luft ein- und ausströmen.

Sag! Bitte.

Er atmete eine schier endlose Zeit. Aber wenigstens tat er das.

Jetzt sag, bat Annemarie.

Seine Hand zuckte in einer knappen Geste auf sie zu. Dann zog er sie wieder zurück. Er hatte ihr nicht die Hand reichen wollen, das wusste sie. Es war eine Geste gewesen, die ihr zeigen sollte, was sie zu tun hatte.

Sie blieb sitzen. Wenn er allein sein wollte zum Sterben, dann war es richtig, dass sie hier sitzen blieb und ihn störte. Sie war die Baronin, die den Friedrich Ritter störte.

Und er wiederholte die Geste nicht.

Und sie störte ihn weiter.

Du sitzt im Käfig, sagte er nach einer langen Zeit, so leise, dass Annemarie sich zu ihm beugen musste, dabei ist die Tür längst offen. Kannst gehen, brauchst nie verdorbenes Hühnerfleisch essen. Kannst gehen und nichts hält dich davon ab. Aber du sitzt im Käfig und bringst dich selbst zur Strecke. So wird es sein. So wird es sein.

Ich gehe jetzt, sagte Annemarie gehorsam.

Gut, sagte er.

Sie ging in den Garten, zu ihren Küken, fegte den Stall aus, pumpte Wasser aus dem Brunnen, goss es in die Schalen, verteilte Körner in den schmalen Trögen, streichelte jedes Küken, mehr konnte sie für sie nicht tun. Sie richtete sich auf, suchte sich eine nächste Aufgabe, dann war es ein gutes Gefühl. Wenn sie keine Aufgabe hatte, störte sie, eine Last, das Kind. Sie riss das Unkraut aus den Beeten, band die Bohnen hoch, suchte Schnecken, sammelte sie ein, schnitt sie in der Mitte durch und schob die Teile unter den Reisighaufen neben dem Schuppen, wo die Igel wohnten. War sie nur mit einer Aufgabe betraut, störte sie niemanden. Zum Reden hatte sie ihre Himmelskönigin, ihre Schutzengel, auch wenn die nicht mehr antworteten, sich nicht mehr zeigen wollten, sie vielleicht nicht sahen, vielleicht war sie auch einfach zu alt geworden für die, zu groß, die waren nur für die Kleinen da, aber zum Reden würde sie sich immer haben, zum stillen Reden, während sie tüchtig war. Wer tüchtig war, war ein guter Mensch, der wurde von Gott gesehen, in seinem Tun, der war nie einsam und sowieso gerettet. Vor den Versuchungen, der Trunksucht, dem Müßiggang, der Albernheit, dem Egelzüchten, der Theosophie, der Madame Blavatsky, dem Im-

Bett-Sitzen und Nachdenken. Wer tüchtig war, war ein besserer Mensch. Niemand im Hause war so tüchtig wie ihre Mutter, der General; aber Annemarie war sich – in diesen Stunden draußen im Garten – mit einem Mal sicher, dass sie es schaffen konnte, genauso tüchtig wie ihre Mutter zu werden, immer zu wissen, was zu tun und was nicht zu tun war. Sie würde den Engelwirt haben, eines Tages, und die Arbeit in der Küche und das Geld, das sie zum Geldhändler Katzen bringen würde, um aller Welt zu beweisen, wer seine Schulden bezahlte. Sie würde keine Reisen mehr machen, wozu dieses Herumstreifen, es gab genug Arbeit, es gab immer was zu tun, das Geld zählen, der Mutter die Summen berichten. Darüber konnte sie mit der Mutter reden, darüber ließ sich sprechen, in ihrer Nähe, war doch nicht schwer. Keine Tränen. Auch nicht um den Alten Stenz. Wozu das L, die zwei Köpfe, die Liebe. War teuer nur, bezahlte man für, für Müßiggang und Träumerei.

Das hatte ihr der Großvater sagen wollen.

Sei nicht wie die Baronin, die nur herumstört und schmarotzt. Werde wie deine Mutter, werde die Allertüchtigste im Haus. Brauchst nie zwei Liebhaber. Brauchst gar keine Liebe. Dann hast du das Geld. Und die zufriedenen Gesichter der Kunden im Laden und die Heiterkeit des Feuerwehrvereins, und das Wohlwollen der amerikanischen Soldaten, und das stolze Nicken der Mutter. Dann wirst du das Reisen mit dem Alten Stenz gar nicht vermissen, wozu Nachdenken über Sachen, die nie zu Ende gebracht werden.

Du wirst ganz kühl wie deine Mutter sagen: Ach, Hirngespinste eines alten Mannes, nie über Oberbayern hinausgekommen, alles Hirngespinste und schöne Träume, die er sich macht, mit seinen Forschungsreisen und Expeditionisten, aber kann man sich ein Brot davon kaufen? Also, sag, was haben wir heute an Umsatz gemacht?

12
Fragen

Wie gut das tat, wieder in seiner Wohnung zu sein. Weit weg von dem Fleisch, dem Geruch in ihrem Haus. Er meinte, als er sein Jackett über den Stuhl im Flur warf, diesen Kohlgeruch abzuwerfen. Dann roch er an seinem Hemdärmel und merkte, dass er all das mit sich herumschleppte wie ein altertümliches Parfüm. Er zog sich aus und hängte die Sachen zum Lüften ans Fenster, machte sich einen Kaffee, wie er ihn mochte. Beim ersten Schluck hatte er das Gefühl, in den letzten Tagen bei Annemarie so viel wässerigen Filterkaffee getrunken zu haben, dass ihm der Appetit auf Kaffee fast schon vergangen war. Diese genussfeindlichen Angewohnheiten alter Menschen. Hirnomelette! Kalbslunge! Unvorstellbar, er hatte das gegessen. Hasenragout und Hühnerfrikassee, irgendwann auch die Kalbshaxen. Einzig der Kaiserschmarrn, da hatte er sie mit voller Überzeugung, aus tiefstem Herzen loben können. Die Himmelstorte – es ging nicht, das zu essen. Er wollte nicht an die Leberknödel denken, diese schleimig-bitteren Dinger. Dann noch besser ans Sauerkraut, der Weißkrautsalat, den es zu allem dazugab, der hatte ihn mit seiner Essigschärfe gerettet.

Matthias startete seinen Laptop und betrachtete mit

tiefer Genugtuung den Ladebalken, der 343 Mails in sein Postfach sog. Die andere Post, auch der Zettel an seinem Briefkasten, dass noch ein paar Briefe bei Schmidt lagerten – hatte ihm ein tiefes Unbehagen beschert, das währte, solange er den Packen die Treppe hatte hochtragen müssen. Die Briefe wollten alle angeschaut werden. Dafür war keine Zeit. Matthias hatte die Umschläge hinter die Teller im Küchenhochschrank geworfen, auf den Stapel, der dort schon lag, und überschnell wieder die Tür geschlossen.

Gestern hatten allein 14 Frauen auf den Naturburschen reagiert. Da ging nur noch Standardantworten. Sonst wäre er damit ja zwei Tage beschäftigt.

Er überflog die Nachrichten und klickte dann auf eine ohne einen Betreff in der Betreffzeile, von einem Keith Baumer – ein typischer Spam-Name. Sein Cursor schwebte schon über dem Mülltonnen-Symbol, da stockte er, denn Keith Baumer hatte ihn mit seinem vollen Namen angeschrieben und auch noch an seine private Mail-Adresse, die er nur sehr wenigen Menschen überhaupt gab.

Guten Tag, Herr Matthias Thies, ich bin ein Freund einer früheren Bekannten von Frau Annemarie Funk – Stichwort: der oberbayerische Engelwirt. Dieses wichtige Kapitel ihrer Vergangenheit sagt Ihnen mit Sicherheit etwas. Ich habe Ihre Adresse durch sie und möchte mit einer etwas ungewöhnlichen Frage an Sie herantreten. Ich habe viel von Ihnen gehört (durch die Bekannte von früher von Annemarie) und Ihre liebevolle Art, sich um Annemarie zu kümmern. Meine Mutter ist etwas älter als Annemarie, lebt noch in der Nähe von Stuttgart (wo

mein Vater stationiert war). Sie ist finanziell sehr gut gestellt, ihr Vater hielt einige Patente auf die Innenbeschichtungen von Erdgas-Rohren, sie lebt bis heute von den Ausschüttungen. Sie ist noch sehr fit, geht unglaublich gern in die Oper und ins Konzert. Da sie fast nichts mehr sieht, lässt sie sich dann von einem Taxi bringen. Aber sie sagt oft, dass ihr das Alleinsein den Spaß an der Sache vermassele. Ich bin beruflich sehr viel unterwegs und in New York ansässig. Meine Frage ist: Kennen Sie vielleicht jemanden in Süddeutschland, der sich so liebevoll wie Sie um Annemarie, um meine Mutter kümmern könnte? Natürlich würde die Arbeit durch eine Art vorzeitiges Erbe, vielleicht eine Beteiligung an den Patenten etc., abgegolten werden. Ich danke Ihnen für eine Antwort und verbleibe
mit freundlichen Grüßen,
Keith Baumer

Er rief Annemarie an und ließ sie erst einmal ausführlich über das reden, was sie kochte, dann fragte er beiläufig: »Hast du eigentlich jemandem von uns erzählt?«

»Das klingt schön, *uns*.«

»Vielleicht auch von mir, wie du mich kennengelernt hast?«

»Darf ich das nicht?«

»Kein Problem, nein. Also, hast du?«

»Ist dir das wichtig?«

»Ist nicht wichtig.«

»Du hast mich doch angerufen mit der Frage.«

»Hab ich nicht. Ist auch egal. War mir nur so in den Kopf gekommen.«

»Ich wollte dich was fragen«, sagte sie.

»Was denn?«

»Ich möchte mit all dem, was ich besitze, noch etwas Sinnvolles machen.«

»Alles, was du mit deinem Geld bisher gemacht hast, ist sinnvoll.«

»Ich möchte es Menschen geben, die es brauchen. Ich dachte, ich könnte der Kirche das Haus vermachen, unter der Bedingung, hier einen Kindergarten einzurichten. Wie fändest du das?«

»Der Kirche?«

»Es treten doch so viele aus.«

»Auf keinen Fall der Kirche.«

»Ich möchte ihr gerne was zurückgeben. Ich – du weißt, mir ist das wichtig.«

»Das weiß ich natürlich«, sagte er leise und beherrscht, »aber ich darf dir das doch sagen, ich bin ein Profi, das weißt du. In der Kirche kommt das Geld nicht da an, wo du es haben willst. Es fließt in die Bürokratie, am Ende in eine Institution, die du, weiß Gott, nicht fördern willst. Hier käme mitnichten ein Kindergarten rein, da sei dir sicher. Die Kirche verkauft ihre Immobilien gerade höchstbietend, weil sie so dringend Geld für die Renten ihrer Leute braucht. Es gibt nichts TÜV-Geprüftes in diesem Bereich. Das ist ein unkalkulierbares Risiko.«

Sie atmete aus, dass es ihm ins Ohr fauchte. »Was schlägst du vor?«

Er musste sich räuspern. Das stachelte ihn an. Das weckte seinen Kampfgeist. Irgendein Keith Baumer, und Annemarie wollte ihr Erbe verschenken. Er hatte gewusst, dass es kein Spaziergang wurde. Aber ein Spaziergang – das wäre auch zu einfach. Er kriegte das hin.

»Ja, denken wir mal nach«, sagte er langsam, »also, wenn du das unbedingt machen möchtest. Am besten ist immer, was Eigenes zu gründen, ja.«

»Oh, das klingt kompliziert.«

Er räusperte sich wieder. »Möchtest du dich damit beschäftigen, oder soll ich den leidigen Papierkram für dich übernehmen?«

»Du hast Wichtigeres zu tun.«

»Nicht, dass ich wüsste«, sagte er und hatte plötzlich die Puppe vor Augen, den Jungen mit dem abgefallenen Bein. Er hatte ihn damals zurückgesetzt aufs Bett. Hatte er das?

»Matthias.« Er hörte schon, dass das ihr Sprungbrett zum Themenwechsel war. Dann war das vorherige vergessen und vorbei. Sie war nicht nachtragend. Das fand er angenehm. Es gab an jeder Frau etwas, das beachtenswert war. Rückte man das in den Mittelpunkt der Aufmerksamkeit, war es nicht schwer, sie zu mögen.

»Ich möchte dich noch was fragen«, begann sie zart.

»Na, wo wir schon dabei sind.«

Sie zögerte. In ihrem Zögern wurde ihm mulmig. Hätte er nur nicht angerufen. Mit ihr zu telefonieren war nicht gut. Darin waren sie nicht geübt. In allem anderen waren sie jetzt schon einigermaßen geübt.

»Ich wollte dich fragen«, begann sie, mit ihrer unüberhörbaren Strenge, ihrer unumgänglichen Autorität.

Ihm fiel nichts ein, was er sagen konnte. Außer einem Scherz: »Sind wir im Quiz, wie bei *Wer wird Millionär*?«

»Viel leichter. Du brauchst noch nicht mal den Joker.«

In der Pause hörten sie beide ihren Atem.

»Also, ich glaube, du magst nichts von dem, was ich koche. Du bist zu norddeutsch dafür. Harald hat das alles geliebt. Aber ich möchte dir sagen, dass du immer sagen sollst, was du magst und was nicht. Dann koche ich nur noch das für dich.«

Er war erleichtert, es fiel überschwänglich aus ihm heraus: »Ach, das ist lieb von dir, dass du das sagst. Ich hab's mich wirklich nicht getraut, dir das zu sagen. Weil, du kochst doch so wunderbar.«

Sie lächelte, das hörte er noch durchs Telefon, sie war zufrieden.

»Dann sagst du es in Zukunft. Du sagst immer, was du willst.«

»Genau. Das mach ich.«

»Da bin ich froh.«

»Ich auch.«

»Ehrlich währt am längsten.«

»So ist es.«

»Ach, bin ich froh.«

Ein flächiges Hochgefühl breitete sich in ihm aus. Es war grenzenlos. Warm und groß. Als säße dort ein Publikum, das applaudierte. Er war so unglaublich gut. Er war genial. Er konnte alles meistern. Er kriegte alles hin. Er gewann diesen Kampf.

Nur eine Sache war da, etwas, das ihn irritierte. Sie klang sehr vital. Sie klang überhaupt nicht krank.

Womöglich fing es gerade erst an. Es war nicht vorbei, es begannen nicht der vorletzte, der letzte Monat, es ging gerade erst los. Die Ärzte hatten ihn getäuscht. Er musste ein zweites Urteil einholen. Er musste einen Arzt finden. Er musste mit ihr ins Krankenhaus. Das musste geklärt werden. Es musste klar sein, wie lange das noch ging. Zum Kräfteeinteilen, wie beim 2000-Meter-Lauf. Das schaffte auch keiner im Sprint. Er schaffte alles, aber nicht noch ein langes halbes Jahr. Oder länger.

Matthias trank den Rest seines kalt gewordenen Kaffees aus, weckte den Bildschirm auf und tippte in ein Antwortfenster:

Sehr geehrter Herr Baumer, wir sollten uns einfach mal in Ruhe besprechen. Was schlagen Sie vor? Da ich zur Zeit flexibler bin, kann ich mich nach Ihnen richten. Mit freundlichen Grüßen, Matthias Thies

13
Nähe

Er stand vor dem Foto, ihrem Hochzeitsfoto, und betrachtete es. Sie sah es von der Küche aus, wie er dort an der Schrankwand im Wohnzimmer stand, und sie hielt ganz still, sie durfte ihn nicht stören bei seiner Betrachtung. Sie beherrschte sich, nicht zu ihm zu gehen. Sie hätte diese Ruhe zerstört, wenn sie zu ihm gegangen wäre, was gesagt hätte. Er war immer konzentriert, ganz bei einer Sache. Wie sie das mochte an ihm, wenn er still stand und nachzudenken schien. Wie Harald. Als hätte er es von ihm geerbt. Von ihr gab es keine Ruhe zu erben, sie musste immer aufstehen und was holen, was aufräumen, was machen. Er war Harald nicht unähnlich. Er hätte sein Sohn sein können. Und auch ihrer.

Harald hätte es auch so gesehen. Wie er immer gesagt hatte: Wie du es siehst, so sehe ich es auch. Das siehst du richtig. Und was sie nicht sah, das gab es auch nicht.

Sie schreckte auf, Matthias' Stimme, er hatte was gesagt.

»Was?«, fragte sie.

»Was habt ihr gern zusammen gemacht?«

»Ach«, sagte sie, und spürte ihren Widerwillen, er wusste doch solche Dinge einfach, sie brauchte doch gar nichts erzählen.

»Er hat viel gearbeitet, oder?«

»Ja«, sagte sie, dankbar für seine einfache Frage. »Er ist eigentlich immer geflogen. Er ist gern geflogen.«

Sie sah ihm an, dass er weiterfragen wollte, sie konnte sich nicht bewegen, an dem Schmerz in ihrem Rücken vorbei, das ging nicht. Aber sie musste sich bewegen, bewegen, dann gingen die Gedanken weg, dann verschwand, woran sie denken sollte.

Matthias kam auf sie zu, mit dem Bilderrahmen in der Hand.

Wenn er so auf sie zukam, dann verschonte er sie nicht. Sie musste sich wappnen. Woher die Kraft nehmen, zum Wappnen?

»Er sieht sehr nett aus«, sagte Matthias und zeigte ihr das Bild, das sie zu gut kannte.

»Er war sehr nett.«

»Wofür hast du ihn geliebt?«

»Ach«, sagte sie und konnte sich plötzlich bewegen, sie drehte sich zurück in die Küche, der Schmerz stach, aber sie atmete flach genug, um ihn nicht weiter anzurühren. Da, in der Küche, war alles da. Alles, was es zu tun gab. Nichts durfte liegen bleiben, los.

»Sag mal, Annemarie.«

»Warum?«

Er kam ihr nach. Er blieb bei ihr stehen. Er würde nicht aufgeben. Sie drehte ihm den Rücken zu, bückte sich soweit es ging und konzentrierte sich darauf, den Braten im Rohr aus der Nähe anzuschauen. Sie spürte seine Geduld, seine Ruhe – und plötzlich überschwemmte sie ein Glücksgefühl, es war so ein Glück, dass er hier war, dass sie mit ihm redete, nicht mit sich selbst. Sie holte Luft, richtete sich etwas auf, drückte eine Hand in die Kante der Arbeitsplatte. Sie sagte zum Herd hin: »Er ist bei mir geblieben.«

Matthias sagte nichts. Wie gut, dass er nichts sagte. Sie richtete sich ganz auf und sah: Er hielt einfach das Bild fest. An dem Schmerz vorbei, an jedem mühevollen, tristen Gedanken vorbei – das wusste sie –, musste sie sich bewegen. Sie schaffte es, durch die Küche zu gehen. Die Tasse auf der Spüle, die sie abtrocknen konnte. Das Spültuch am Haken. Ein Handgriff dem nächsten folgen lassen. Sie wusste, dass er es begriffen hatte. Dass sie ihn zur Ruhe bringen konnte, mit allem, was sie tat.

»Er hat gewusst, was er an dir hat«, sagte Matthias, und in seinem Tonfall, in dieser kühlen Klarheit, klang es vollkommen glaubwürdig. Ja. Und das, was er nicht an ihr hatte, das besorgte er sich woanders. Es war gut gewesen. Alles gut. Überall passierte das so. Was wusste sie schon.

»Ich bin mir sicher«, schlussfolgerte Matthias weiter, und sie betäubte ihre Vorahnungen, die Angst, dass er es aussprechen konnte, mit noch schnelleren Bewegungen. Die Schranktür auf, die Tasse ganz nach oben, das Handtuch falten. »Ich bin mir sicher, ich meine«, redete Matthias darüber hinweg, »ich kann mir vorstellen, wie schön das für ihn war, hier zu dir nach Hause zu kommen. Wenn er so viel unterwegs war.«

Es war gar nicht so schlimm gewesen. Wenn er es so sah – gut. Dann war es gut.

Der Braten brauchte noch eine halbe Stunde. Sie konnte ihn nicht schon herausholen. Sie schaute sich um, was sie tun konnte.

»Was hat er gemacht, was du mochtest?«, fragte Matthias.

Sie drehte sich zur Spüle, abrupt, als stapele sich dort der Abwasch. Sie drehte den Wasserhahn auf, wusch sich die Hände gründlich. So hatte sie die Frage einfach nicht gehört. Sie ging weiter zum Herd, wischte sich dabei die Hände an der Schürze ab und schaltete die Abzugshaube an.

Er kam näher heran, das spürte sie, und sie konzentrierte sich ganz auf den vorderen Topf mit den Bohnen, sie drehte die Platte wieder auf Stufe fünf, auch, wenn die Bohnen gerade fertig waren. Sie prüfte, wie die Platte immer heißer wurde, ein Schmerz im Zeigefinger, besser dort als überall sonst; musste sie die Hitze nur rechtzeitig wieder runterdrehen, dann verkochten die Bohnen nicht.

»Sag mal, Annemarie.«

»Warum?«, fragte sie leise und wünschte, dass er aus ihrem Leisesein alles heraushörte. Er war so ein empfindsamer Mensch, mit einem aufmerksamen Wesen, er hatte noch nie so gebohrt, an dieser Stelle gebohrt.

»Hat er dich zum Essen ausgeführt. Oder in die Oper? Ins Museum? Bist du mit ihm zusammen gereist?«

Ihr fiel etwas ein und ihr wurde ganz leicht ums Herz, sie sprach es aus: »Beim Fernsehen. Da hat er mir den Nacken gekrault.«

»Ja?«

»Ja«, sagte sie leise und drehte die Platte wieder auf null.

»Ich sollte dich auch mal zum Essen ausführen«, sagte Matthias, mit einem ganz anderen Tonfall, als hätte sie das Geheimnis vorher nicht verraten.

»Wir essen hier«, sagte sie mit fester Stimme.

»Er hat dich einfach gelassen, wie du bist«, sagte Matthias dann, als wäre es ein Vorschlag, wohin sie ausgehen konnten.

Ihr fiel das Schlucken schwer, ihr Hals füllte sich von unten auf, ein Druck, diese biestige Traurigkeit. Sie starrte die durcheinanderliegenden Bohnen im Topf an. Durchsichtig dazwischen die blanchierten Zwiebeln, rosabraun der Speck. Ein wenig Streuzucker fehlte. Den musste sie darübergeben. Sie griff nach dem Gewürzglas, in dem sie den Zucker fürs Kochen bereithielt, schraubte den Deckel ab und griff mit Daumen und Zeigefinger in die weißen Kristalle.

Sie hatte Harald immer kleiner zusammengefaltet, bis er handlich wie eine Serviette, eher schmal wie ein Taschentuch, in die Schublade passte. Sie konnte ihn herausnehmen, wenn sie ihn brauchte. Dann noch ein Stück, bis er so klein war –, sein Verlangen, seine Art, sich ihr zu nähern – dass sie alles getrost übersehen konnte, und irgendwann vergessen, und das gab ihr ein Gefühl der Sicherheit und des Erfolgs, als hätte sie einen gefährlichen Apparat auseinandergenommen, der sie beide hätte zerschmettern können. Harald war verblüfft, später auch mal verzweifelt gewesen, aber er hatte nie protestiert. Daraufhin hatte sie ihn noch kleiner, noch feiner zurechtstutzen können. Er war immer lieb geblieben, hatte ihr keinen Vorwurf gemacht. Auch, als er nicht mehr größer gewesen war als die Kristalle des Zuckers hier, und sie streute ihn über das Essen. Sie sorgte dafür, dass er ein wenig Süße zurückbekam. Er sagte immer: Schon gut. Jaja. Alles in Ordnung. Er war doch zufrieden mit dem, was er bekam. Es führte zu nichts, darüber nachzudenken.

Wenn nicht dieses eine Mal gewesen wäre, wenige Wochen vor seinem Tod. Er war aus Buenos Aires zurückgekommen und hatte ihr, abends auf dem Sofa, den Nacken gekrault, und dabei erzählt, wie still diese Kirche gewesen sei, die er durch Zufall betreten hatte, im Zentrum von Buenos Aires. Annemarie spürte, dass sich an seinem

Kraulen etwas änderte. Eine Forderung kam dazu. Sie dachte zuerst, seine Hand wachse, dehne sich aus. Die Marienfiguren aus Holz, hatte Harald gesagt, die den Kirchgang säumten, waren ihm plötzlich, nach einer Weile, wie lebendig erschienen, als füllten sie sich zu einer bestimmten Uhrzeit am Tag plötzlich mit Leben, und das alles in dieser vollkommenen Stille, die er sonst nur manchmal, für Augenblicke, aus dem Cockpit kannte, wenn er seine Kopfhörer schon aufgesetzt hatte, aber die Leitung noch nicht freigeschaltet war, und die Unruhe draußen noch nicht zu ihm durchdrang. Und von hier zu Hause, hatte er gesagt, kenne ich es. Es ist so still, wie du es haben willst, so still wie in der Kirche.

Und sie hatte seine Hand in ihrem Nacken gespürt, als wäre sie groß und aus Holz, als greife sie gleich an, greife nach ihrem Hals, nach allem, wonach sie schon lange hatte greifen wollen. Nichts passierte. Er fing nach einer Weile wieder an, sie zu kraulen, die Sendung im Fernsehen lief an ihr vorbei.

Noch viele Tage danach – während er schon wieder unterwegs war – kamen ihr plötzlich Sätze in den Kopf, Vorwürfe, Anklagen, die er ihr eigentlich machte, die sich in ihm stauten, und die er in naher Zukunft abwerfen musste. Jeder dieser Sätze besaß die Durchschlagskraft einer Bombe. Sie betete, dass er sich an diese unausgesprochene Abmachung, sie nie infrage zu stellen, hielt.

Aber mit der Unerbittlichkeit einer Flutwelle schwappten diese Gedanken immer wieder in ihr stilles Leben: sie wusste nichts von ihm. Von seinen wahren Sehnsüchten. Von seinem Verlangen – sie hatte all das ins Trockene gefaltet, weggefaltet, und er hatte mitgemacht. Warum? Um zu ihr nach Hause zu kommen? Sich an den gemachten

Tisch zu setzen? Vielleicht – und dieser Wunsch drückte so stark gegen alle Gedanken, war so stark – vielleicht hatte er es wirklich ihr zuliebe gemacht. Und sein anderes Leben woanders ausgelebt. Wo es nicht still war. An all diesen ihr unbekannten Orten. Was hatte sie für eine Ahnung von der Welt? So wenig, wie der Alte Stenz Ahnung von irgendwas gehabt hatte. Aber Harald war bei ihr geblieben. Immer wieder zurückgekehrt.

Was soll's, wozu darüber nachdenken. Harald war zufrieden gewesen. Er hatte einen zufriedenen Eindruck gemacht. Und dann war er so überraschend auf dem Weg vom Flughafen nach Hause gestorben.

Sie hatte allein in ihrem Bett gelegen und ihn noch lange von ferne aus seinem Zimmer schnarchen gehört, dabei lag er da nicht mehr und schnarchte, und sie hatte über nichts anderes mehr nachdenken können, als: Wäre er, wenn er nicht so früh geholt worden wäre, jetzt bald einfach gegangen? Wäre er einfach mal, stillschweigend an irgendeinem Ort der Welt, zu dem Entschluss gekommen, nicht mehr zu ihr nach Hause zurückzukehren?

»Er ist bei mir geblieben«, sagte sie leise, setzte den Deckel zurück auf das Zuckerglas und schraubte ihn fest zu. Aus den Augenwinkeln sah sie, dass Matthias noch immer das Hochzeitsbild betrachtete.

Sie ging quer durch die Küche, stellte das Zuckerglas in den Vorratsschrank, wo es nicht hingehörte, aber der Weg dorthin war nötig. Sie ging zum Kühlschrank, öffnete ihn, studierte den Inhalt, schloss die Tür wieder, ging zum Regal, in dem ihre Kochbücher standen, zog eines heraus und blätterte darin ohne Ziel, einfach nur im Gefühl, Seite für Seite durchzukommen.

Matthias fragte nichts mehr.

Er war zum Schweigen zu bringen, sie musste nur immer etwas tun. Dann ließ er sie sein, und war einfach nur für sie da. So, wie es sein sollte. Er war hier und sie war hier und nach mehr musste niemand fragen.

14
Deckung

Ich ließ mich vom Agentur-Alltag aufsaugen, war dankbar für die Taktung von außen, es ist eine Wohltat, gebraucht zu werden. Ich stieg gern in das Riesenrad und kreiste durch den Himmel, die Welt jenseits meiner Kapsel bekam eine silbrig-glänzende Unschärfe, wir glitten durch die Spätsommerluft, alle mehr oder weniger weit voneinander entfernt.

Keith schulte uns jede Woche einen halben Tag im Geschichtenerfinden. Ich schrieb nicht wieder einen Brief an Annemarie.

Am Freitagnachmittag kam Keith zu mir ins Büro, schloss die Tür, setzte sich auf die Kante meines Schreibtischs und verschränkte die Arme. Sie lagen auf seinem Bauch, er hatte etwas von einem Buddha, der in einer nächsten Erleuchtungsstufe nur noch in den Genuss bequemer Kleidung kommen musste.

»Er hat mir vor ein paar Tagen geantwortet«, sagte Keith.

»Wer?«

»Matthias.«

»Warum hast du ihm geschrieben?«

Keith nahm die Arme von seinem Bauch, griff nach einem Post-it-Block und ließ die Seiten durch die Finger laufen. Das Geräusch rieb an mir, als wäre es eine grobe Feile an einem offen liegenden Nerv.

»Es interessiert mich«, sagte Keith mit einer Strenge, wie um meinen möglichen Vorwurf vorweg zu entkräften.

»Ich – ich wollte nicht, dass du da weiter was aufrührst«, sagte ich.

»Ich rühre nichts auf. Ich treffe mich einfach nur mit ihm.«

»Du triffst dich mit ihm?«

»Ja, ich weiß nicht. Ich will den mal abklopfen. Im Grunde hatte er die Idee zu einem praktikablen Arrangement. Sie ist krank und er kümmert sich.«

»Er manipuliert sie«, sagte ich.

»Und sie ihn vielleicht auch«, sagte Keith.

Wir schwiegen.

»Miss Discrete. Ich weiß, du willst es nie so genau wissen. Soll nur jeder nach seiner Façon leben. Bloß keine Konflikte. Sieh es so, ich mach die simple Ermittlungsarbeit für dich, du kannst weiter an deinem Schreibtisch hocken und Akten studieren. Irgendeinen Grund wird es haben, dass du mir seine Adresse gegeben hast. Und ich hab mit keinem Wort gelogen, in meiner Mail. Wenn du sie sehen willst, ich zeige sie dir.« Er zog sein Telefon aus der Hosentasche.

»Wann trefft ihr euch?«

»Heute Abend. Um neun im Block House am Jungfernstieg.«

»Und wozu?«, fragte ich, aber da vibrierte sein Telefon und er ging damit, schon am Ohr, nach draußen.

Ein Schwarm Möwen flog durch die Fußgängerzone. Zwei glitten über die Dächer der aufgespannten Sonnenschirme hinweg und landeten mit ihren Schwimmhautfüßen auf dem grauen Beton, als wäre dies ein Strand. Sie stolzierten vor den Füßen der Passanten, hüpften mit kurzem Flügelschlag zur Seite, wenn ihnen jemand zu nahe kam. Die Straße war eindeutig ihr Hoheitsgebiet.

Ich betrat das schummrige 80er-Jahre-Ambiente des Steak-Restaurants von der Straßenseite aus. Wie in einer Kirche ist hier das Licht gedämpft, als müsste unser schlechtes Gewissen, so viel Fleisch zu essen, nicht noch ausgeleuchtet werden. Der Grill wirkte wie ein Altar und die Sitzecken erinnerten mich an die verhangene Abgeschottetheit von Beichtstühlen. Ich fand, in dem Augenblick, dass Keith den Ort gut gewählt hatte.

Ich kann nicht sagen, aus welchem Impuls heraus – gleich nach Keiths Besuch in meinem Büro – ich das entschieden hatte. Ich war mit meinem Vater verabredet gewesen, aber in einem anderen Restaurant. Ich hatte ihn angerufen und ihn gefragt, ob er auch Lust hätte, ins Block House am Jungfernstieg zu kommen.

Er kam. Er küsste mich verhalten auf beide Wangen, er war immer vorsichtig darauf bedacht, einem anderen Menschen nicht zu nahe zu kommen.

Gerade hatte er sein Bioorganic-Chemistry-Colloquium beendet, und die Gespräche mit seinen jungen Doktoranden über ihre kniffligen Forschungsfragen, ihre revolutionären Ansätze, die außergewöhnlichen Ergebnisse, erfüllten ihn noch. Wir setzten uns und er wirkte fast heiter, ausgelassen, so hatte ich meinen Vater längere Zeit nicht mehr gesehen.

»Das implantierbare Mobiltelefon, wann kommt es endlich?«, fragte ich.

»Du bist immer gegen Neuerungen«, sagte er fröhlich, unternahm aber auch nicht, wie sonst, den Versuch, mich für seine Sicht zu begeistern: Der Mensch ist nur ein durchschnittliches Produkt der Natur, es gibt unzählige Bereiche, in denen Verbesserungsbedarf besteht.

»Ja, ich möchte sehr gern, dass alles so bleibt, wie es ist.«

»Was kann ich für dich tun?«, fragte er.

Ich musste lachen. »Ich bin nicht eine deiner Doktorandinnen.«

Er ging über die Situation hinweg, verschanzte sich hinter der ihm eigenen Fassade. Er machte so entsetzlich ungern einen Fehler, und wenn er einen machte, dann musste er ihn ausradieren, vergessen machen. Er fuhr sein Spiegelglas hoch und nichts betraf ihn mehr. Ich hatte das Gefühl, einen großen Fehler gemacht zu haben. Dass ich ihn überhaupt eingeladen hatte, hierherzukommen. Dass ich seine Spiegelglasfassade zu meiner machen wollte, um von da aus Keith und Matthias beobachten zu können.

»Schon in Ordnung«, sagte ich leise. Es war das, was er sonst immer sagte. *Schon in Ordnung* war seine Friedensfahne, die ein emotionales Missverständnis, ohne dass weiter darüber gesprochen werden musste, zu beruhigen wusste.

Meine Mutter schätzte an ihm, dass er sie in Ruhe ließ, bei ihren Büchern. Ich wollte nie über die Ehe meiner Eltern nachdenken, aber wenn es unausweichlich war, dann dachte ich dies: Meine Mutter liebt ihre Bücher und das reicht ihr aus. Und mein Vater übte sich, zeit seines Lebens, darin, seine Emotionen (er sprach immer von Emotionen, als wären sie ein elektronisch betriebenes Gerät) so abperlfähig zu machen, wie die nanoskaligen Oberflächen mit Lotosblüten-Effekt, die er entwickelte.

Als er mir in der ein wenig plüschigen Sitzecke gegenübersaß, distanziert und unbeholfen plötzlich, wie er Trost fand bei seiner Forschung, bei seinen Gedanken, bei den Experimenten, die allesamt über Jahre andauerten, nur im Schneckentempo vorankamen – da spürte ich die volle Wucht seiner gebremsten Art, seiner Zurückhaltung, und sie erfüllte mich mit Ehrfurcht. Er behielt alles für sich, in seinem Labor tiefgründiger Traurigkeit.

»Was essen wir, Bienchen?«, sagte er, weiterhin in rührender Verschämtheit, und widmete sich der Speisekarte.

Er hatte mich lange nicht mehr Bienchen genannt. Ich war sein Superbienchen gewesen, wenn ich eine erfreuliche Note mit nach Hause brachte. Ein Faulbienchen, wenn ich am Sonntag nicht aus dem Bett kam. Ich war gar kein Bienchen, nur Juliane, wenn ich den Dreisatz nicht verstand, ich war nicht noch einmal ein Bienchen, nachdem er mich aus dem Büro des Kaufhausdetektivs abgeholt, fünfzig Mark Strafe, und mir durch sein beherrschtes Schweigen auf dem Nachhauseweg klargemacht hatte, dass er das nur dieses eine Mal für mich getan hatte. Ich klaute weiter Lippenstifte im Woolworth, der Kitzel, kurz danach, das war wie eine Umarmung, wenn jemand sagte: Du hast es geschafft. Ich perfektionierte die Technik und meinte, mit jedem Mal, bei dem ich nicht erwischt wurde, zu einer Art Unberührbaren zu werden. Ich dachte mir weitreichende Geschichten aus, die ich dem Kaufhausdetektiv, falls er mich doch erwischen sollte, erzählen wollte. Zur Not, wenn es passieren sollte, würde ich mit ihm wie meine eigene Erziehungsberechtigte verhandeln, es musste nur tüchtig und mit sorgfältiger Präzision vermieden werden, dass jemals wieder mein Vater in diese Sachen hineingezogen wurde.

Es war eine Kunst, dachte ich, zu seiner Art gereifter

Oberfläche zu werden, durch die am Ende vielleicht nichts in der Welt mehr dringen konnte.

»Nenn mich lieber nicht Bienchen«, sagte ich, »weckt ungute Erinnerungen.«

»Schon in Ordnung«, sagte er, ohne von der Speisekarte aufzuschauen.

Ich hatte mich in den Wirren der Pubertät so danach gesehnt, von ihm Bienchen genannt zu werden, dass ich jede Biene, die das Pech hatte, in der Nähe unseres Gartens herumzufliegen, einfing, in einen Schuhkarton sperrte und sie mit chirurgischer Präzision in der Mitte durchschnitt. Zumindest stand das für mich in einem direkten Zusammenhang. Kopf, Bauch und Rumpf, entzwei. Die Füße und Fühler zappelten nach. Es lag eine seltsame Befriedigung darin, den wachsenden Berg an zerteilten, toten Bienchen zu sehen. Ich begrub sie alle, schnell und tief, als ich merkte, dass die Fliegen kamen.

»Wie steht es um die Züchtung von Steakhaus-Fleisch? Wurde da endlich ein Durchbruch erzielt?«, fragte ich.

»Noch ist die Natur uns einen Schritt voraus«, sagte er und klappte die Karte zu.

»Also bald.«

»Nein. Im Grunde sind wir mit der Natur im Gleichschritt, nur haben wir ja später angefangen.«

»Wie heißt das Zeug noch mal, das so perfekt dicht ist?«, fragte ich weiter. »Ich brauche für den Herbst mal eine Regenjacke.«

»Soll's auch wärmen?«

»Wäre nicht schlecht.«

»Immer Nano-Qualitäten. Polyurethan. Optimierte Haut, sozusagen. Aber es ist doch noch Sommer. Was machst du am nächsten Donnerstag?«

»Ähm. Arbeiten.«

»Komm doch zu meinem Vortrag.«

»Worum geht's?«, fragte ich, auch erleichtert, die Tür gefunden zu haben, durch die wir den Raum betreten konnten, in dem er sich wohlfühlte. Ich fühlte mich auch gleich wohler. Wir bestellten, und er begann mit seinem Vortrag und ich begann, einfach nur der Stimme meines Vater zu lauschen, seine gelegentliche Atemlosigkeit am Ende von Sätzen, ein knappes Räuspern, wenn er sich wieder sammelte, um zu seiner am Anfang angekündigten Struktur, Punkt A, Punkt B, Punkt C, zurückzukommen. Mitten hinein in dieses zunehmend vertraute Gewebe aus unverständlichen Sätzen brach das unbestimmte Gefühl, dass es Keith und Matthias waren, die gerade zusammen das Restaurant betraten. Ich zwang mich, nicht zur Seite, zum Eingangsvorhang zu schauen, durch den sie wie auf eine Bühne traten. Mit aller mir zur Verfügung stehenden Konzentration widmete ich mich dem Vortrag meines Vaters, da wurde ich durch einen nahen Schatten, einen Meter neben mir im Gang, gezwungen, aufzuschauen. Ich rang mir ein überrascht wirkendes Lächeln ab.

»Lange nicht gesehen«, sagte Matthias.

Ich beeilte mich, meinen Vater vorzustellen, gab Matthias den Titel meines Nachbarn. Keith hielt sich knapp zwei Schrittlängen hinter Matthias auf, abwartend und unbeteiligt. Ich beugte mich etwas vor, als wenn ich – aus Höflichkeit – auch Matthias' Begleitung begrüßen wollte.

»Ein Bekannter«, sagte Matthias, und Keith spielte so perfekt den Bekannten, dass ich einen Moment Mühe hatte, meine Gesichtszüge zu beherrschen.

»Aus New York«, schob Matthias nach, mit einem irritierenden Stolz in der Stimme. Das sollte womöglich des

Bekannten Andersartigkeit erklären – kein Händeschütteln. Keith tat so, als verstehe er nichts von dem, was wir redeten. Bei Nennung seiner Heimatstadt schien er hellhörig zu werden. Ich beugte mich noch etwas vor und reichte Keith die Hand. Er sagte, in einem ausgeprägten Akzent, den er sonst überhaupt nicht mehr hatte, »Guten Abend. Nett, Sie kennenzulernen.« Endlich durfte ich lächeln, entspannte meine Gesichtszüge. Keith erlaubte sich, als er meine Hand schüttelte, mich mit seinem verdeckten Zeigefinger in der Innenseite meiner Handfläche zu kitzeln.

»Wir haben einen Tisch reserviert«, sagte Matthias und wirkte mit einem Mal sehr kühl, beherrscht und überlegen.

»Wir haben auch schon bestellt«, sagte ich.

»Man sieht sich«, sagte er und wandte sich zum Gehen.

Keith deutete nur mit der Hand einen Abschiedsgruß an und folgte Matthias in einer Art, die mich für Augenblicke glauben ließ, er wäre ein Fremder an diesem Ort, ein Kurzzeitgast, der keine deutschen Wurzeln hatte, der auch eher nur rudimentär Deutsch sprechen konnte (weil er es nur in seiner Kindheit mit seiner Mutter gesprochen hatte), der aber durch Wissen und Erfahrung darauf vertraute, dass ein Deutscher gut genug Englisch sprach; man also ein Gespräch würde führen können, das gelang.

Wir bekamen unsere Steaks, bewunderten die Fülle auf unseren Tellern, begannen zu essen, mein Vater erläuterte weiter die Forschungsfelder seiner Studierenden. Wir waren fertig mit dem Essen und thematisch bei Halbleitern in Seidenfadendünne, und bestellten Espresso, als ich eine Nachricht von Keith bekam.

»Entschuldige, Arbeit«, sagte ich knapp. Mein Vater

nickte nachsichtig, beschwichtigend: Arbeit geht immer vor.

Keith schrieb: *He knows.*

Was weiß er?, schrieb ich zurück und wünschte fordernd und in einer flutartig ansteigenden Nervosität, dass eine Antwort käme. Es kam nichts. Ich hielt mein Telefon in den Händen, als könnte es sich in eine Kugel verwandeln, in ein Medium, in irgendetwas, aus dem ich eine Antwort ersehen könnte.

Bitte behalt bei, dass er nichts von mir weiß, schrieb ich hinterher.

»Keine guten Nachrichten aus dem Büro?«, fragte mein Vater.

»Ach«, sagte ich abgelenkt, schaute meinen Vater an, sein vertrauensvoll offenes Gesicht, »schwierige Etat-Verhandlungen.« Er verzog den Mund zu einem umgekehrten U und nickte in wissender Anteilnahme. Ich hatte ihm direkt ins Gesicht gelogen. Ich war wie die schwarze Fläche meines Telefons, kühl und fremd. Unter der Oberfläche lauerten noch allerhand sonderbare Funktionen, abrufbereit. Ich holte Luft, als könnte ich mich damit aus der Fläche herausbewegen, und wollte ihm alles erzählen.

Er sagte: »Dir macht die Arbeit aber noch Spaß.«

»Immer. Ja. Nun gut. Manchmal hält es sich in Grenzen.«

»Es ist schade«, sagte er zurückhaltend, »du wärst sicher eine gute Erfinderin geworden.«

»Ich mach den ganzen Tag nichts anderes«, sagte ich schnell, um zum Wesentlichen zurückzukommen.

»Nein, ich meine, Sachen, die wir brauchen.«

»Ach, Papa, die Welt braucht Werbung. Unsere Welt.

Die, die übrig geblieben ist nach dem Kalten Krieg. Wenn es noch ein weiteres System gäbe, können wir ausweichen, dann würde sich nicht alles so zuspitzen. Dann gäbe es noch andere Felder, auf denen wir spielen, uns ausprobieren könnten. Aber für Spieler ist nur noch Platz in der Finanzwelt, in der Informationstechnologie und eben in der Werbung.« Es kam mir seltsam vor, meine Verteidigungsrede. Aber mein Vater redete nicht weiter. Er schien den roten Faden verloren zu haben, und schweigen konnten wir nicht. Und von Keith kam keine weitere Nachricht.

»Weiß du, was ich glaube?«, sagte ich, um mich selbst abzulenken, »die DDR ist daran zugrunde gegangen. Das ganze Experiment Sozialismus, weil gedacht wurde, dass wir keine zweite Welt brauchen. Keine Welt der Illusionen, der schönen Bilder, der ästhetischen Fantasien. Alles, was gebraucht wurde, sollte real existieren. Keine zweite Welt, in die Menschen flüchten konnten. Klar, ins Private, aber da warst du auch nicht sicher. Ob der Staat gerade deine Weltflucht aufzeichnet. Das macht uns fertig. Wenn alles nur noch *da* ist. Wenn alles ein Ergebnis ist, ein Fakt, eine Information, die weiterverarbeitet werden kann. Wenn ich alles über alle weiß. Wenn wir ganz entschlüsselt sind, damit wir endlich an unseren Schwachstellen *devices* anbringen können, unsere Achillesfersen eliminieren. Ich finde, eigentlich, sind wir dann – tot.«

Es waren die Verquickungen, die über Kreuz gezurrten Taue, quer durch den Raum, von Keith und Matthias zu mir, von mir zu meinem Vater, von Keith zu Matthias, die mich in Aufregung versetzten, in eine nervöse Abwehr, in heillose Angst.

»Ich weiß, auf irgendeine Art ist das dein Traum. Meiner ist es nicht. Im Gegenteil. Ich bin froh, dass ich in der Illusionsmaschinerie schlechthin arbeite. Im Propagandaministerium, wie Mama es nennt. So kann ich nach Belieben ausweichen, wenn es mir zu heiß wird in der eindimensionalen Realität, wenn sie sich zum Käfig verdichtet, wenn sie ein langer, einsamer Albtraum ist.«

»Schon in Ordnung«, sagte mein Vater leise nach einer knappen, aber deutlichen Stille, »schon in Ordnung. Ich hab nichts gesagt.«

»Entschuldige«, lenkte ich ein.

»Das hat die Mama zu dir gesagt, Propagandaministerium?«

Keith schrieb: *Er muss wohl sein Gewissen erleichtern. Bin Beichtstuhl.*

Kurz darauf kam eine zweite Nachricht: *Du willst es nicht wissen!*

Ich versuchte, meine Gedanken zu beruhigen. Ich klimperte mit dem Löffel in der Espressotasse, als gäbe es verschüttete Relikte hervorzukratzen.

»Na ja, du kennst sie«, sagte ich. »Ich steh wohl etwas unter Strom wegen dieser Verhandlungen.«

Mein Vater nickte ergeben und mit der ihm eigenen Hoffnung im Gesicht: Irgendwann wird eine wissenschaftliche Erklärung nachgeliefert, eine, die ihn alles verstehen lässt.

Ich schrieb an Keith: *Ich möchte noch mal vorbeikommen.*

Er schrieb augenblicklich zurück: *No! I kiss you good night.*

Mein Vater sagte: »So spät nachts noch so wichtige Sachen verhandeln. Das macht doch keinen Sinn.«

»Stimmt«, sagte ich, »hast recht. Das sind alles Dinge, die man lieber am Tage klären sollte. Mit klarem Kopf.«

Es war kurz vor Mitternacht, als an meine Wohnungstür geklopft wurde. Ich stand sofort vom Sofa auf und legte leise, als müsste ich ein Geräusch vermeiden, die Zeitung zur Seite. Im Flur brannte Licht, wer auch immer vor meiner Wohnungstür stand, er hatte das durch die zwei länglichen Glaseinsätze gesehen. Ich ging bis zum Rahmen der Wohnzimmertür, lugte von dort um die Ecke und wusste genau, wer vor meiner Tür stand.

»Schon zu spät?«, fragte Matthias.

»Nein.«

»Darf ich reinkommen?« Er sah auf eine überraschende Weise genauso aus wie damals, als er das erste Mal vor meiner Tür gestanden hatte. Als stände ihm eine Löschtaste zur Verfügung, und alles ist auf Anfang zurückgesetzt. Er wirkte selbstsicher und fordernd. Er hatte einen Anspruch, wieder, und sei es auf eine erfundene Katze.

Ich zögerte, wog ab, »Nein«.

»Es war schön, dich mal durch Zufall wieder zu sehen«, sagte er.

»War kein richtiger Zufall.«

Er überging meine Bemerkung, sein Fordern wurde eindringlicher. Er bekam sonst, was er wollte. Er hatte es immer bekommen.

»Hast du Besuch, oder was?«, fragte er.

Es war so einfach, zu lügen. Ich sagte: »Ja.«

»Okay. Dann geh ich jetzt lieber.«

Nur sein Tonfall löste das aus: Ich wollte nach seiner Hand greifen, und ihn über die Türschwelle ziehen.

»Du hast dich einfach gar nicht mehr gemeldet«, sagte er und drehte sich zum Gehen.

»Kommt mir eher umgedreht vor.«

»Aber, wer ist jetzt hier?«, fragte er, spielerisch und stolz, gut aufgelegt, siegesgewiss.

»Eindeutig du.«

»Ich gebe wenigstens zu, dass ich dich vermisse«, sagte er, in einer Schnelligkeit, eine Aussage für den Augenblick. Wie *I'm lovin' it. Now. Not forever.* Nur ich dachte immer, solche Sachen sollten für die lange Strecke gelten.

»Schön, dass du vorbeigekommen bist«, sagte ich leise und verwundert, wie ich das hatte sagen können. Es war, als hätte er einen Knopf zur Verfügung, der ein Programm in Gang setzte, ein Programm, das mich ihn loben ließ, mich leicht heraus mit Lügen ausstattete, die sich wie die Wahrheit anfühlten.

Er drehte sich um und ging die Treppe hinunter, blieb auf dem Treppenabsatz stehen und schaute noch einmal hoch. Er schaute mich an, als sehe er in Klarheit unser Spiel, als kenne er Mittel und Wege, die ihm den Zugang zu meinem Geheimnis wiesen, als könne er – wie ein geübter Schachspieler – die nächsten Züge im Voraus denken, und alles, was ich tat, sagte und auch dachte, war schon Teil seines eigenen fokussierten und zielstrebigen Plans.

Wir sahen uns in der folgenden Woche wieder. Die Möwen kreisten hoheitsvoll und souverän über ihm und dem kaffeebraunen X5, an dem er lässig lehnte – als entstammte alles einem teuren Katalog für eine Städtereise, und ich wünschte mir plötzlich, die Möwen könnten durch die viel alltäglicheren Nebelkrähen ersetzt werden, die sich wie fliegende Vorwürfe gebärdeten, schwarze, meckernde Ankläger gegen alles und jeden. Er hatte am Rande des Vorplatzes geparkt, schräg gegenüber des Haupteingangs der Agentur.

»Keith und du, ihr arbeitet beide hier«, sagte Matthias ohne Umschweife zur Begrüßung, »wie genau hab ich das zu verstehen?«

Er trug einen seiner perfekt sitzenden Anzüge und auf Hochglanz polierte Kalbslederschuhe. Eine Hand in der Hosentasche, wölbte sich der Aufschlag seines Jacketts in einer Weise, dass ich dachte, in seiner Tasche hätte noch mehr Platz, nicht nur seine Hand und ein Telefon.

»Du könntest auch erst einmal Hallo sagen.«

»Was habt ihr hier vor?«

»Was hast du vor?«, fragte ich zurück.

»Darum geht es nicht. Wir treffen *dich* durch Zufall im Block House, aber ihr tut so, als würdet ihr euch nicht kennen. Dann fängst du mit *mir* wieder was an und ich warte hier auf *dich*, um dich mal am Nachmittag spontan abzuholen, da sehe ich *Keith* von da drüben in den Eingang laufen.«

»Ich weiß nicht, von welchem Keith du redest.«

»Mit dem ich im Block House war!«

»Okay«, sagte ich knapp, aber mit eigenartiger Lust am Duell, »okay, ich erklär es dir. Das ist ein Kunde von uns. Und zwar derjenige, der unseren größten Etat vertritt. Bei solchen Etats, die so viel wert sind, für die sich jede andere Agentur krummlegen würde, um irgendwie einen Verantwortlichen anzuzapfen, um ihn auf seine Seite zu ziehen – bei solchen Kunden unterschreiben wir ein knapp achtseitiges Papier mit Verschwiegenheitsklauseln und

Verhaltensregeln, die hätte sich die Staatssicherheit nicht besser ausdenken können.«

Ich holte Luft nach meiner Rede und prüfte die Wirkung in Matthias' Gesicht, sah aber nur abwartenden Zweifel, Rekapitulation, ein kurzer Weg zurück, damit er Anlauf holen konnte, um wieder nach vorn zu preschen.

»Außerdem hab nicht *ich* mit dir wieder was angefangen. Du hast vor meiner Tür gestanden. Und ich war froh, dass du vor meiner Tür stehst. Ich genieße es immer noch, wenn du da bist.«

Er schaute für Augenblicke an mir vorbei, abschüssig in Richtung Boden.

»Leider. Es ist so dämlich, aber ich kann auch nichts dagegen tun. Also komm mir nicht mit irgendeinem Keith, mit dem ich zusammenarbeiten soll. Es gibt für alles Erklärungen. Nur für dein Verhalten. Da fällt es mir schwer, welche zu finden.«

»Bist du fertig?«, fragte er kühl.

»Nicht wirklich«, sagte ich und setzte erneut an, um ihn gar nicht erst zu Wort kommen zu lassen. »Nee, eigentlich noch nicht. Aber ich muss jetzt los, weil ich in ein paar Minuten in unserem Konferenzraum sitzen muss, unter anderem dem besagten Mann gegenüber, den *du* aus irgendwelchen Gründen auch kennst, und der für eine Firma arbeitet, die ich nicht namentlich erwähnen darf, und den ich auch nicht in anderen Zusammenhängen als in den Räumen der Agentur sichtlich begrüßen und kennen darf. Ja? Das sind die Regeln. Bei uns geht's nicht zu wie auf dem Jahrmarkt. Die Ländereien sind abgesteckt. Es sind schon zu viele mit einem existenzsichernden Etat abgewandert, einfach weg, okay?

Und aus welchen Gründen *du* was mit ihm zu tun hast,

möchte ich nicht wissen. Ich gehe jetzt und werde ihm unsere Ideen für seine nächste Kampagne pitchen.«

Ich wandte mich ab, einen Schritt auf das Agenturgebäude zu.

Fast hätte ich gesagt, bitte grüße Annemarie von mir.

Es war, als stände ich in einem Spiegelkabinett, unklar, wo ich wirklich war, in welcher Spiegelung echt, und es tauchten einige Menschen auf, die auch eingetreten waren, und jeder fragte sich, wo er war und wohin er gehen konnte, ohne sich zu stoßen.

Er stand da, im Rücken das gewaltige Auto wie eine Flanke, eine feste Instanz, die Sicherheit versprach und ihn schützte, gegen das luftige Verwirrspiel, das wir in Gang gesetzt hatten.

Ich hatte meine Platzpatronen abgeschossen, aus meinem Plastikrevolver, den er als billigen Nachbau erkennen musste.

Matthias stand da, schaute zur Seite, zog dann sein Telefon aus der Hosentasche und betrachtete den flachen Gefährten in seiner Hand. In mir verfestigte sich der Eindruck, dass er beim nächsten Thema war, einer Nachricht, die weniger komplex, einfacher zu beantworten war, einer Information, die ihn beruhigte oder ablenkte, etwas, das nachprüfbar, real war, es kam doch über Twitter, Facebook oder WhatsApp herein.

Ich drückte mich durch den Kreisel der Eingangstür und stürmte die weit geschwungene Treppe hoch in den zweiten Stock. Von meinem Bürofenster aus konnte ich sehen, dass er und das Auto weg waren. Die Möwen kreisten noch.

Es fiel mir ein, wie man von unten, vom Vorplatz aus, unsere Silhouetten als Schatten an den nur leicht verspiegelten Fenstern sehen konnte, ich trat ein paar Schritte zurück. In Gedanken zog ich Vorhang um Vorhang zu, in diesem schummrigen Hinterbereich der Bühne, auf der Matthias und ich mit verteilten Rollen unser Stück spielten, das aus Lügen bestand, die immer nur ganz knapp neben der Wahrheit lagen, so wie Doppelagenten es machen mussten, um sich nicht zu sehr in ihren Leben zu verwirren, um die Gefahr zu vermindern, enttarnt zu werden.

Sollte ich glauben, dass er vom Vorplatz verschwunden war, oder war er verschwunden? Beobachtete er mich noch dabei, wie ich ihn zu beobachten versuchte? Plötzlich sah ich mein Spiegelbild im Fensterglas, wie vor die Außenwelt projiziert, es schwebte vor dem Vorplatz, und für einen Augenblick schob sich in diese Fläche noch das Bild, wie Keith erwartungsvoll in unserem Konferenzraum saß und als etatstärkster Kunde auf unseren Pitch wartete. Wie ich zu ihm gehen würde, um ihn schmeichlerisch, keck, höflich und voll guter Laune zu umwerben, unser Goldenes Kalb, dessen Verschwiegenheitsklauseln wir nur zu gerne unterschrieben. Und ich schaffte es nicht mehr ganz, das Bild zu ersetzen durch das, was gleich wirklich passieren würde in unserem lichten Konferenzraum: Wir, ein Team aus Textern, Art-Direktoren und Strategen, lernten in einem weiteren von Keith Baumers Seminaren, wie man Geschichten erzählte, richtige Geschichten, Smarter Sales Stories, abgedichtete Verkaufsargumentationen für unsere unbewusst getroffenen Kaufentscheidungen am Point of Sale. Geschichten, die den Path-to-Purchase unhintergehbar machten. Weg- und Geleitgeschichten, die geheime Codes transportierten, die die Wahrscheinlichkeit einer erfolgreichen Aktivierung am Verkaufsregal erhöhten. Geschichten, die durch unsere Gestalter visuell, auditiv, haptisch und olfaktorisch aufbereitet wurden, damit nicht ein Sinn, der angesprochen werden konnte, ausgelassen wurde. Geschichten, die etwas in unsere entzauberte, flache Welt zauberten, um uns einzufangen, zu berühren, bestenfalls mitzureißen. Um zu einem kaufbereiten Kunden zu werden. Geschichten, die so plausibel und knapp neben der Realität liegen mussten, dass jeder sie glauben konnte. Mit Figuren, deren Charaktere wir gut kannten, deren Wesensart uns vertraut war, deren Erinnerungen, Schwächen, Hoffnungen und Sehnsüchte wir teilten. Damit zwischen uns und diesen Menschen keine Lücke klaffte, wie nirgendwo eine Lücke klaffen durfte, es keinen Spalt zum Hineinstürzen, zum Zweifeln, geben durfte: Das Ich, sagte Keith, steckt in einem hyperangestrengten Zustand fest. Ständig muss es entscheiden, für alles steht es ein. Die Individualisierung liegt tonnenschwer auf unseren fragilen, zarten, verletzten Ichs. Aber unsere Ichs sind alles, was wir haben. Sie sind unser letzter Glaube, unsere letzte Instanz.

Aber bei einer Sache, da kann sich das Ich ausruhen: wenn es einkaufen geht. Und im Augenblick des Kaufens spürt es sich, dann ist es ganz da, dann hat es eine Entscheidung getroffen. Ich *bin*, wenn ich etwas kaufe. Es ist eine Gnade für unsere überforderten Ichs, einkaufen zu gehen. Da bekomme ich alles. Und alle Gefühle dazu: das Glück, die Liebe, eine kurze Zufriedenheit, da gelingt was. Wir müssen beim Kaufen in den Genuss reicher Gefühle kommen. Das ist, was wir dazudichten. Das ist, was wir erzählen müssen.

Ich fragte Keith bei nächster Gelegenheit, als wir Zeit hatten, auf dem Weg zum Konferenzraum, was Matthias ihm bei dem Essen im Block House erzählt hatte.

»Triffst du dich mit mir dafür«, feixte er, »heute Abend?«

»Ach, daher weht der Wind.«

Wir betraten den Konferenzraum.

Später im Seminar sagte er: »Die Geschichte muss besser als die Wahrheit sein, ein bisschen größer auch als die Realität.« Mir war, als hätte er Matthias vor Augen, als er das sagte, er schaute konzentriert vor sich auf den Tisch, fuhr mit einem Finger um sein iPhone herum, bog dann ab, malte noch eine Schlaufe, ein paar Striche, verschränkte dann die Arme überm Bauch, wobei er die Hände unter die Achseln steckte. Ein Mensch, der einem anderen eine komplette Realität vorspiele, sei mit besonderen Fähigkeiten ausgestattet, sagte er dann. Während er seine Realität erfinde, müsse er sich ständig neuen Anforderungen anpassen, schnell sein, die Wünsche des anderen vorwegnehmen. Er müsse seine erfundene Welt gegen jeden Zweifel abdichten, die ganze Zeit.

»Wir arbeiten nicht anders«, sagte er dann, »wir suchen nach genau diesen kompletten Realitäten, in denen wir unsere Produkte platzieren. Wir arbeiten wie diese Menschen, wie ein Mensch, der einem anderen Menschen eine ganz stimmige, glaubwürdige, angenehme Realität erfindet.«

Später, am Abend, im Restaurant, wirkte er gehetzt. Verließ er den Konferenzraum, schien ihn eine Traurigkeit zu überfallen. Ihm stand etwas bevor, so saß er da, und ich wollte an dem, was da vor ihm stand, auch ungern rütteln. Wir unterhielten uns über ganz belanglose Sachen, streunten ganz weit weg vom Thema in den Außenbezirken herum. Ich war längst bereit, ich wollte nichts mehr fragen.

»Wir brauchen nicht drum herumzureden«, sagte er plötzlich.

Ich wollte protestieren. Ich wollte weiter drum herumreden.

»Ich hab keine Chance bei dir«, stellte er fest, »ich glaub, ich hab's jetzt begriffen.«

Wir schwiegen einen Moment.

»Ich bin nicht so vollendet in der Kunst der Selbsttäuschung. Wie Matthias. Er kann alles heraufbeschwören. Das, was er gerade braucht. Er kann es inszenieren, herstellen, es ist irgendwie da. Das ganze Gefühl.

Dass er mir so vertrauensvoll alles Mögliche erzählte – das war eine große, brillante Inszenierung. Ich hatte prompt das Gefühl: Wow, der vertraut mir aber. Ich war so richtig geschmeichelt. Und hab weiter zugehört. Hab mitgespielt. Aber ich steh immer ein bisschen außen. Immer beobachte ich mich dabei, was ich gerade spiele. Und er spielt einfach. Er ist überzeugt, traurig zu sein, zu trauern, sich zu freuen. Zu lieben. Er glaubt an all das. Und deshalb kommt er ans Ziel.

Ich glaube mir einfach nicht genug«, sagte Keith nach einer Weile.

»Und ich will offensichtlich genau diesen Glauben haben«, sagte ich.

»Du verliebst dich in die Täuschung.«

»Da frag ich mich jetzt mal lieber nicht, warum«, sagte ich und schob mein Weinglas ein Stück weit von mir weg.

Später an dem Abend erzählte Keith mir das, was Matthias ihm erzählt hatte. Keith sagte immer wieder: Aber das sei, was er gehört habe, und es sei schon eine Geschichte, wenn er es erzähle, ich sollte nicht zu viel darauf geben. In jedem Erzählen verändert sich das, was ursprünglich passiert ist. Und so erzähle ich die Geschichte, wie ich sie gehört habe, und kann nicht mehr genau sagen, was Wahrheit und was Erfindung ist, nur dachte ich zwischendurch, wenn die Wirklichkeit schon aus Täuschung besteht, und der Glaube der Motor ist, der alles am Laufen hält, dann drehe ich doch auch einfach nur eine weitere Runde in diesem Rad, eine weitere Runde durch einen silbrig-hellen Himmel einer Illusion. Wozu braucht es dort einen zuverlässigen Erzähler?

15
Reisen

Matthias wartete bis zum Abend, alles andere hätte bei Annemarie die Frage aufgeworfen, warum er heute keine Termine gehabt habe. Sie würde sich für ihn freuen (du arbeitest eh zu viel, würde sie sagen), sich dann aber gleich Sorgen machen (Ist etwas mit deinem Job? Ist noch alles in Ordnung bei der Versicherung?). Sie durfte gar nicht in die Nähe eines Zweifels kommen. Und er hatte doch zu tun. Er ging jeden Tag in ein anderes Café in der Innenstadt und arbeitete dort. Er las Nachrichten. Er klickte sich durch Profile in anderen Partnerbörsen. Er verfolgte die Tagespolitik. Wenn er günstig saß in einem Café, in dem gerade nicht viel los war, und ihm niemand auf den Bildschirm spähen konnte, surfte er auch Youporn ab. Er verbrachte Tage mit der Idee, einen Blog aufzusetzen (das schien nicht schwer zu sein), in dem der Naturbursche über alle möglichen Themen schreiben konnte – aber dann brachte er plötzlich nicht die Energie auf, sich da reinzufuchsen, da war sie wieder, diese seltsame Lähmung.

Er schloss das Haus mit seinem Schlüssel auf und stieg die Teppichstufen hinauf, an den wuchernden Tapeten vorbei, den Wandlampen mit ihren Schlingpflanzenarmen. Das Haus zeugte von ständiger Sorge, über jedes Detail schien sie lange nachgedacht zu haben, bis es platziert worden war; und kein Staub auf dem noch so schmalsten Rahmen.

Er stand vor Annemaries Schlafzimmertür, merkte, dass er noch den Haustürschlüssel in der Hand hielt, und steckte ihn ein. Er legte sacht ein Ohr an die Tür und hörte ihre Stimme. Mit wem redete sie? Sie telefonierte. Ja, es war still, dann sagte sie wieder einen Satz, er konnte nicht verstehen, was. War das diese frühere Bekannte, aus der Zeit des Engelwirts, von der dieser Keith Baumer erzählt hatte? Er versuchte, mehr zu hören, aber sie schien eher zu flüstern, als zu reden.

Er ging den Flur hinunter, Bad, Gästebad, Haralds Zimmer, weil die Tür vom Gästezimmer nur angelehnt war, im Spalt Licht. Niemand war im Zimmer. Der Puppenjunge saß wieder auf dem gemachten Bett, zwischen seinen Kissen. Er setzte ihn seit dem Unfall jeden Morgen, wenn er im Haus übernachtet hatte, zurück auf das Bett. Solche Details entgingen ihm nicht mehr. An solchen Details hing alles.

Die untere Schublade des schmalen Schrankes, der in der Ecke stand, war offen. Sie war im Zimmer gewesen, deshalb noch das Licht.

Matthias ging zum Schrank, spähte in die Schublade. Vergilbtes Papier, speckige Hefte mit Lederbändern, etwas, das aussah wie eine Bibel. Der staubige Flohmarktgeruch stieß ihn ab. Den Sachen sollte man nicht zu nahe kommen, sie fuhren ihre trockenen Zungen aus und schnappten nach einem. Er konnte nicht sagen, warum, aber seine Gewissheit fiel in sich zusammen, ein Luftballon, aus dem jetzt die Luft entwich.

Er schnipste den Puppenjungen an, dass er seitlich umfiel, und ging weiter zur Tür. Dort drehte er sich um, betrachtete diesen abartigen Kinderersatz, griff nach ihm und setzte ihn wieder so hin, wie er vorher gesessen hatte. Sie erzählte sonst ihrer Bekannten am Telefon davon. Sie rieb ihr alles brühwarm unter die Nase, sodass es gleich bei diesem Keith herauskam. Es gab ein Leck und das Leck musste er kontrollieren.

Beherrscht machte er das Licht aus, im Gefühl einer milden Nachsichtigkeit, wie sie nur ein gut erzogener Sohn aufzubringen vermochte. Dann schloss er die Tür und ging zurück zu ihrem Zimmer.

Er öffnete gleichzeitig mit seinem Klopfen. Annemarie saß an dem runden Tischchen am Fenster, vor ihr schon wieder so eine Torte, eine Himmelstorte, mit ihr war sie die letzten Tage beschäftigt gewesen. Eine Bombe aus Sahne, Zucker, Eiern und Fett.

Annemarie saß auf der vorderen Kante des Sessels, eine Hand auf der Tischplatte, eine Hand auf ihren Oberschenkeln. Kein Telefon auf dem Tisch. Und ein kleines Handy besaß sie nicht.

Sie drehte sich langsam zu ihm um, als er sagte: »Hier bist du. Ich hab dich schon gesucht.«

Er meinte, ein gefaltetes Papier zu sehen, unter ihrer Hand. Wie sie dasaß und es bedeckte. Sie wollte es nicht rausrücken. Aber das war es, das musste es sein. Das entscheidende Stück Papier, seine Vollmacht für alles.

Sie lehnte sich nach vorn, sodass er es nicht mehr sehen konnte, und er ging auf sie zu, rückte den anderen Sessel vom Tisch ab, dass er sich setzen konnte. Da lag der Hörer vom Telefon. Hinter der Torte.

Er setzte sich, konzentrierte sich ganz auf sie.

Sie schloss sehr langsam ihre Lippen, atmete geräuschvoll aus, schaute auf die unangeschnittene Torte, auf ihren blanken Teller, und sagte: »Ich hab den Tortenheber unten vergessen.« Dann hob sie die Papierserviette hoch, die unter ihrer Hand gelegen hatte, schüttelte sie auf, wie Zauberer ihre Tücher schütteln, um zu beweisen, dass sich nichts in ihnen versteckt haben kann.

Er dachte plötzlich: Vielleicht kann sie sich gegen die Wahrheit der Welt verteidigen. Welche Wahrheit? Er dachte, welche verdammte Wahrheit. Dass die Zeit vergeht.

Sie sprach den Vorschlag aus, bevor er am nächsten Tag aufbrach.

»Du darfst dich aber nicht zu weit vom Krankenhaus wegbewegen.«

»Wir fahren doch nicht nach Afrika.«

Er wollte zu viel Autofahren vermeiden, es war ein Risiko, das er nicht eingehen sollte, aus einer Lappalie konnte ein fettes Problem werden, das wäre ein Anfängerfehler, er konnte sich erst für die Prüfung anmelden, wenn er Zeit dafür hatte.

»Nur eine kleine Ausfahrt. Richtung Norden.«

Er formulierte Ausreden – zu viele Termine, auf die Ärzte hören, sich nicht zu weit wegzubewegen. Aber er sah ihr an, dass er keine davon aussprechen durfte. Kein Nein, kein unerfüllter Wunsch. Ihm fehlte noch immer die Vollmacht, das Papier, das zu allem Ja sagte, von ihr lesbar und ohne geführte Hand unterschrieben. Das ultimativ bedeutsame Papier, das, wofür er alles tat.

»Und wenn wir bis nach Afrika fahren würden?«, feixte er.

Sie lächelte.

»Wir können uns ja immer noch steigern.«

»Ich hole dich morgen am späten Nachmittag ab«, sagte er, nachdem er mit zusammengekniffenen Augenbrauen seinen Kalender im Telefon betrachtet hatte und über all die leeren Tabellenfelder den Kopf schütteln musste, sie waren wirklich unbegreifliche, freche, leere Flächen. Später, hiernach, würde er wieder Termine über Termine haben, er würde gut behandelt werden, jeder würde ihn treffen wollen, weil er das Geld hatte. Und die Leute kämen zu ihm, nie mehr müsste er rausgehen. Sie kamen zu ihm und baten um seine Zeit, seine Aufmerksamkeit, ein Stück von seinem Kuchen.

»Morgen erst? Wirklich?«

»Ich muss arbeiten«, wie er das bedauern konnte.

»Natürlich. Ach, mein Lieber. Ich weiß.«

»Okay«, überlegte er, »okay. Morgen Mittag. Ich kriege es morgen Mittag hin.«

»Danke dir. Ach, ich danke dir sehr«, sagte sie in ihrem manchmal fast mädchenhaft anmutenden Überschwang.

Er nahm die Strecke, die sie über den weiten Bogen der Köhlbrand-Brücke führte, das hatte sie sich gewünscht. Wie klein der Hafen unter ihnen war und wie lange man durch den Himmel fuhr. Aber im Grunde war es die falsche Richtung. Er fuhr durch den Freihafen wieder zurück. Sie schien sich zu wundern, aber nicht fragen zu wollen. Dann schaute sie in einer Art aus dem Fenster, die nicht den Weg kontrollierte, die sich auf ihn verließ. Er schaltete und kam einmal ihrem Oberschenkel nahe, da wusste er plötzlich genau, wie er sie glücklich machen konnte, dass sie sich nicht nur auf ihn verließ, dass sie einfach glaubte: Er griff nach ihrer linken Hand, die auf ihrem linken Oberschenkel lag, und drückte sie, hob sie dann hoch und drückte sie auf sein Herz, dass sie es ein, zwei, drei Mal schlagen spüren konnte, und er musste nichts sagen.

Er glaubte aus dem Augenwinkel zu sehen – nachdem er ihre Hand schon längere Zeit zurück auf ihren Oberschenkel gelegt hatte –, dass sie weinte und mit einem Blick aus ihrem Seitenfenster die Tränen vor ihm verbarg.

»Ich hab die Servietten vergessen!«, rief sie plötzlich, und da sah er, dass sie wirklich geweint hatte, und jetzt noch auf halbem Wege zwischen Lachen und Weinen gefangen war.

Er konnte nicht sagen, warum, aber war sich sicher, Harald hätte so was gesagt wie, Ach, nehmen wir halt ein Taschentuch. Brechen wir uns auch keinen Zacken aus der Krone.

»Oh nein, wie blöd von mir. Ich bin so blöd. An alles hab ich gedacht. Und das Wichtigste vergessen.«

Matthias sagte nichts, und sie brauchte ein paar Minuten, bis sie verstand, dass er schwieg, weil er einen Plan hatte.

Und tatsächlich. Er bog ab, als ein Einkaufzentrum ausgeschildert war, neben der Autobahn, er fuhr auf den Parkplatz, lenkte – so gekonnt wie sie es mochte, so souverän, charmant, *cool* nur mit der flachen, kräftigen Hand –, um das Auto einzuparken.

Sie wollte nicht mit aussteigen.

Er drängte sie nicht und sie bedankte sich, obwohl ihr gleich auffiel, dass sie das andauernd machte, in letzter Zeit, und dass ihm das zu viel werden konnte, ständig ihr Dankeschön zu hören, sie nahm sich vor, sich da zurückzuhalten.

Er hatte einen schnellen Schritt, bis zu den gläsernen Türen. Er drehte sich vor dem Glas noch einmal um, und schaute nach ihr. Als würde sie wegfahren wollen? Nein, in Sorge, das war sein Blick. Sorgenvoll und er winkte knapp und verschwand hinterm Glas.

Sie betrachtete die farbenfrohen Buchstaben auf der schlichten weißen Putzwand. Wie bei ihnen der heilige Christopherus über der Tür. Und ZUM ENGELWIRT in Großbuchstaben, gebogen, aber die Rundung passte nie genau zu der Rundung der Oberfenster der Tür. Einer hatte sich hier vermessen. Oder vermalt.

Hier war alles so hässlich, das Buchstabengewimmel, und aus Plastik dazu. Die Buchstaben von HOME & LIVING sahen aus, als wären sie aus Holz, ausgewaschenes Holz am Ufer der Schutter. Aber sie waren aus nachgemachtem Holz. Wie sollte es in dem kastenförmigen, fensterlosen Ding vor ihr nur etwas Schönes zu kaufen geben? Das war kein Gebäude, das war ein Kasten, in dem man alte Lappen aufbewahrte. Wie lange war Matthias jetzt schon da drin? War er wirklich reingegangen? Vielleicht ging er nur dort hinein, um etwas zu essen. Es gab einen McDonald's. Die Plastikbuchstaben prangten weiter links neben Toys"R"Us. Was für ein Wort.

In der schattenlosen Mittagssonne war alles gleißend und zu hell, und mit Sicherheit war er dort hineingegangen, um was zu essen, um ihr nicht sagen zu müssen, es schmeckt mir nicht.

Dabei verzieh sie ihm alles. Alles. Wie sie Harald alles verziehen hatte. Nur ein Mensch, der Macken hatte, blieb bei ihr. Einer mit Geheimnissen. Sie hatte Haralds Geheimnis gekannt. Aber wozu hinschauen? Wozu nachforschen. Die Dinge auf sich beruhen lassen, das war für Harald und sie das Beste gewesen.

So sollte er – Matthias – dort hineingehen und das machen, was er machen wollte. Dass er überhaupt bei ihr war. Überhaupt das. Ein Wunder. Geschenk Gottes.

Sie hielt sich am soliden Türgriff fest und legte die andere Hand auf das feine Leder des Fahrersitzes.

Harald wäre diesen Riesen auch gern gefahren. Nur für Harald hatte sie ihn genommen, und weil der Verkäufer sie dazu überredet hatte. Der hatte das gewusst – aus irgendwelchen Gründen – und sie hatte sich nur noch die Farbe aussuchen können. Aber jetzt war es gut. Jetzt war alles gut. Jetzt war das Auto in den richtigen Händen und alles war gut.

Matthias kam durch die Glastür und auf sie zu.

Er öffnete die Fahrertür und sprang förmlich in den Wagen. Er warf die edel wirkende Papiertüte, die er in der Hand gehalten hatte, in einem Überschwang nach hinten. Da war sein Lächeln wieder. Er roch nicht nach billigen Pommes und Hamburgern. Er roch noch nicht mal nach einer Cola. Er war nicht bei McDonald's gewesen. Er hatte was gekauft. Er hatte ihr was gekauft.

Und plötzlich wusste sie, er hatte Servietten aus Leinen gekauft und eine passende Tischdecke dazu, und sie hatte Mühe, ihre Freude zu verbergen.

Er berichtete ihr von kleinen Szenen aus dem Inneren des Kastens, von einem Springbrunnen, von Plastikpflanzen und einer Ausstellung mit ausgestopften Kleintieren, die von Kindern bewundert wurden, und sie lachte mit ihm, und war so glücklich, dass sie mit ihm reden konnte, dass er bei ihr war, es war das reine Erstaunen und das vollkommene Glück.

Er hatte es im Internet gefunden. Einst ein Hof, jetzt eine Ruine. In den Meldungen in den Lokalzeitungen, in ihren

Archiven, hatte er nachgelesen, dass es sich um einen heißen Abriss gehandelt hatte, Brandstiftung, der Täter sei noch nicht ermittelt.

Annemarie hatte nie danach gefragt. Nach seinem Zuhause. Aber es war wichtig, das spürte er, wenn er ihr etwas zeigen konnte. Dann musste sie ihm glauben.

Er hatte sich die Anfahrt auf Google Earth eingeprägt, war mit Street View, so weit es reichte, schon einmal durchgefahren. Es kam ihm, als er abbog in die einspurige Straße, so vor, als wäre er schon einmal hier gewesen, als wäre er Jahr um Jahr seines Lebens diese einspurige Straße entlanggefahren, mit dem Fahrrad, im Auto der Eltern, mit dem Traktor, später mit dem Auto, sicherlich auch ein paar Mal zu Fuß, nachts, und die windschiefen Bäume im Knick waren dunkle Gestalten, die ein Eigenleben führten.

Es traf sie härter, als er gedacht hatte. Das ließ seine Trauer über den verlorenen Ort, seine verlorene Kindheit, wachsen.

»Das war euer Haus?«, fragte sie voller Entsetzen, als er am unteren Ende der Einfahrt das Auto parkte, den Motor ausschaltete, sich nach vorn lehnte, die Ellenbogen auf der oberen Rundung des Lenkrades.

»Ich war mir nicht sicher, ob es richtig ist, dir das zu zeigen«, sagte er tonlos.

Sie schüttelte einfach nur den Kopf. Sie verneinte fortwährend etwas, nur durch das Schütteln ihres Kopfes.

»Was muss das für ein schönes Haus gewesen sein. Ein bisschen auf der Anhöhe, oder?«, fragte sie leise. »Und Reetdach. Bestimmt.«

»Zum Teil.«

»Oh Gott, wie schrecklich. Wie fürchterlich sieht das aus.«

Sie schaute ihn an, das spürte er. Er konzentrierte sich, in dem bis auf die Grundmauern heruntergebrannten, schwarzen Haufen das Haus zu sehen, das es einmal gewesen war.

»Ja, es war ein schönes, altes Haus. Mein Zuhause halt.«

»Oh Gott«, sagte sie leise und legte ihre Hand auf seinen Rücken, wischte ihm immer wieder über den Rücken, es war eine etwas wüste Wischerei, aber in Ordnung, so konnte er in Ruhe traurig sein. Traurig und auch voller Wut über den, der den Hof angezündet hatte, für den heißen Abriss, wie man das nannte, um an die Versicherungssumme zu kommen, das Ding war ja sonst nichts mehr wert. »Bis heute ist unklar«, fing er an und es kam einfach aus ihm heraus, setzte sich zusammen, »wer das gewesen ist. Ob einer meiner Brüder? Hm.

Es war nur klar, dass die zwei, die es geerbt haben, sich nicht auszahlen konnten, sowieso überhaupt kein Geld dafür bekamen, nicht das, was sie gedacht hatten – das Gerücht im Ort ist hartnäckig, dass es unser großer Bruder gewesen sein soll. Es geht so schnell. Du hältst eine heiße Kohle ans Dach und kurz darauf brennt's.«

»Wie fürchterlich. Ein Haus so zu vernichten. Nur für das Geld. Schrecklich, was diese Gier aus uns macht. Lebte denn noch jemand dort?«

Er hatte kurz Schwierigkeiten, ihren Vorwurf an sich abprallen zu lassen. Er wurde so wütend, in solchen Momenten, sie hatte kein Recht, ihm so einen Vorwurf zu machen, so ein Wort in den Mund zu nehmen und ihm an den Kopf zu werfen. Gier.

Er konzentrierte sich, zielte mit der Wut auf seine Brüder, die er das Reetdach anzünden sah.

»Was hast du gefragt?«

»Ob da noch jemand drin lebte? Gerettet werden musste.«

»Wir jüngeren Geschwister waren längst weg. Ich Küken seit, ich weiß nicht mehr, einem halben, Dreivierteljahr? Mein Vater ist einige Wochen vorher ins Pflegeheim gekommen. Meine Mutter, das weißt du ja –. Mit ihrem Tod ging hier alles los.«

»Du sagtest ja, sie ist noch nicht lange tot.«

»Nein, nein.« Sie wollte ihn prüfen, ihn immer weiter prüfen. »Nein, das alles ist nicht lange her. Jetzt gerade – knapp zwei Jahre.«

»Du Armer«, sagte sie leise.

»Wahrscheinlich bin ich deswegen zur Versicherung gegangen«, sagte er, und plötzlich klang es alles wieder ganz plausibel.

»Der Engelwirt steht ja zum Glück noch«, fing sie nach einer Pause an und er wusste, er musste sie am Reden halten, also schaute er sie an, »wo er immer gestanden hat. Nur, nur ist er halt eine Touristenattraktion. Für Japaner und Amerikaner und neuerdings wohl auch Chinesen. Bayerische Küche, Wurstchen, Potatosalat, Schnetzel. Aber besser so. Kein verkohltes Loch.«

»Du wolltest ihn verkaufen.«

»Ja, irgendwie wollte ich das.«

»Nicht dort unten versauern.«

»Na ja, es war kein Witz – Harald wollte mich heiraten. Da bin ich mit ihm mit. Man kann sich's ja nicht aussuchen.«

Sie sagte nichts und er schwieg mit ihr.

»Wir teilen was«, sagte sie leise – und er dachte: teilen? Ich werde nicht teilen –, »dieses Schicksal. Dass der schönste Ort der Kindheit verschwunden ist. Dass du nicht mehr zurückgehen kannst.«

Er nickte und da war ein Schmerz, sie hatte recht, so verdammt recht, was war das für ein Schmerz.

Sie weinte still. Und ihm fiel es nicht schwer, sie an sich zu ziehen, sie in den Arm zu nehmen, dieses Fliegengewicht, er konnte sie halten, er war kräftiger als sie, und dann erstaunte es ihn, als er merkte, dass ihm auch die Augen zuliefen, so, dass er sie sich einmal mit dem Handrücken auswischen musste, und er merkte, dass sie das bemerkt hatte, und sie weinte gleich noch ein bisschen mehr.

Sie strich ihm übers Haar. Sie legte ihren Kopf an seine Schulter. Er zog die Nase hoch. Sie suchte in ihrer Handtasche nach einem Taschentuch. Sie schien keins zu finden.

Sie bog sich nach hinten, griff nach der Papiertüte und er konnte weiter darüber weinen, wie großartig er war, wie grandios die Idee, dass er Leinenservietten gekauft hatte, nicht nur zwei, sondern für eine ganze Familie, sechs Stück, und sie rollte eine der Servietten auf und reichte sie ihm für seine Nase.

Da fiel es ihm nicht mehr schwer zu lachen, in seine Tränen hineinzulachen, sich in Scham von ihr wegzudrehen, sich das Gesicht zu trocknen, und er wiederholte »Wurstchen, Potatosalat, Schnetzel«, und nahm ihr erleichtertes Lachen wahr, wie sie sagte: »Ja, die Soldaten von früher, die alten Männer, kommen dahin mit ihren Enkelsöhnen und sagen: Hier hab ich gesessen und eine selbst gedrehte Virginia geraucht, aus was für einem Kraut auch immer diese Krauts die machten, und die beste Rostbratwurst der Welt gegessen, eine Pehl'sche Bratwurst, Pehl'sches Originalrezept, die war so gut, so zart, die zerfiel dir einfach auf der Zunge.«

»Ich hab wirklich Hunger«, sagte er und startete den Motor. Sie schien noch versunken in ihrer Erinnerung. Er schaltete den Motor wieder aus. Und beugte sich zu ihr hinüber.

»Es ist alles bei dir«, sagte er und schaffte es, ihr dabei über den Kopf zu streichen, wie man einem Kind die Haare aus dem Gesicht streicht, »du erinnerst alles. Da geht nichts verloren.«

»Bleibst du?«, fragte sie leise.

»Wie?«

»Bleibst du bei mir?«

Dieses mütterliche Flüstern, womit sie es immer schafften, Menschen, die größer waren als sie – also ihre Söhne –, dazu zu zwingen, sich zu ihnen hinunterbeugen zu müssen. Sich ihnen zuzuneigen, nur, damit man mitkriegte, was sie einem sagen wollten.

»Warum flüsterst du?«, sagte er.

»Ist schon gut«, sagte sie.

»Ich bleib bei dir«, sagte er.

Sie schwieg.

»Du brauchst keine Angst zu haben. Bitte hab keine Angst. Ich bleib bei dir«, wiederholte er sein Gelübde.

Sie saß inmitten der Glocke und der Schlag kam auf sie zu, traf sie und warf sie um. Sie sah noch das Karomuster der Picknickdecke, dann wachte sie erst wieder auf, als ihr Kopf auf seinen Oberschenkeln lag und der Himmel über ihr, norddeutsch, wolkig und sehr hell. Ein guter Himmel, ein echter. Sie war also hier. Sie presste eine Hand an ihre Augen. Sie saß immer noch unter der Glocke, das spürte sie, jederzeit konnte wieder ein Schlag kommen, von hinten, ein so starker Schlag, der Schmerz, dass ihr das vor Kurzem schon einmal passiert war, genauso wie jetzt. Nur hatte sie da in ihrem Bett gesessen.

Sie versuchte, sich aufzurappeln.

Er sollte das nicht sehen. Er sollte das auf keinen Fall sehen.

»Bring mich ins Krankenhaus.«

»In welches?«

»Ins nächste.«

Er schien sein Telefon zu suchen. Ihre Handtasche war im Auto. Da waren ihre Tabletten. Die halfen. Aber dann würde sie schlafen. Nicht im Auto schlafen. Schief im Gurt und die Spucke läuft dir aus dem Mund.

Er packte schon das Essen zusammen, alles in den Korb.

»Alles in den Korb«, sagte sie leise und er sagte, »Schon dich. Ich mach das alles.«

Fast hätte sie wieder Danke gesagt. Du sollst dich nicht ständig bei ihm bedanken, das ärgert ihn gleich, er macht doch keinen Dienst hier, für den du dich bedanken musst.

»Danke dir.« Es kam so. Die Glocke war da.

»Mir ist so schwindelig.«

»Alles ist gut«, sagte er. Wie ein Arzt. Ja, wie ein Arzt sagte er, alles ist gut. Alles ist gut. Ja.

Er fuhr viel zu langsam. Sie sagte es ihm.

»Ich muss mich an die Regeln halten.«

Er hätte es nicht so streng sagen müssen. Er musste nicht so streng mit ihr sein. Als weise er sie zurecht. »Entschuldige.«

Er schwieg. Sie hatte ihn beleidigt.

»Du bist so lieb.«

»Alles ist gut, Annemarie. Ich mach das schon. Versuch, dich zu entspannen. Alles wird gut.«

Sie fuhren auf einen Parkplatz, und sie konnte nicht erkennen, ob es wieder das Einkaufzentrum war, der Parkplatz sah identisch aus, aber als er weiterfuhr, näher ans Gebäude, direkt in die Notaufnahme, da war sie in allem Schmerz plötzlich unendlich stolz auf ihn, auf ihren brillanten, verlässlichen, wunderbaren Sohn.

Er machte es sofort, dass sich alles um sie drehte. Gleich kam eine Krankenschwester, ein Arzt, andere in grünlichen Kitteln, gleich kam ein Rollstuhl, in den sie gesetzt wurde, mit vielen Händen unter ihren Achseln und guten Worten nah an ihrem Ohr.

Und dann sah sie, wie er alle dirigierte, er war so charmant, behände und gut, in allem, was er tat, so tüchtig, schnell und zuverlässig, es war eine Freude, das zu spüren: wie alle auf ihn schauten und wie aufmerksam sie sie behandelten. Nur weil er da war, weil er aufpasste. Und je weiter sie in das Gebäude hineingeschoben wurde, desto sicherer war sie, er hatte recht: Alles wurde gut.

16
Überzeugungen

Er fuhr zu ihrem Haus, parkte seinen X5 vor der Garage, dachte kurz daran, die Garage frei zu räumen, um seinen Wagen dadrin unterzubringen, er hatte immer Angst, dass das Auto in der Auffahrt geklaut werden konnte.

Er schloss das Haus auf und öffnete erst einmal alle Türen und Fenster. Er stand im Durchzug und ging sich ein Bier holen. Er trank es auf der Terrasse und konnte sein Glück nicht fassen, da klingelte das Telefon und jemand aus dem Krankenhaus sagte, dass seine Mutter nur eine Nacht zur Beobachtung bleiben müsse, er solle sie dann morgen früh wieder abholen.

Er fand das schäbig, hundsgemein. Nur, weil die ihre Arbeit nicht machen wollten. Weil die nicht richtig und zuverlässig arbeiteten. Auf niemanden konnte man sich verlassen. Nur ein elendes Hin und Her. Es war unmöglich, zu fordern, dass er morgen gleich wieder die ganze Strecke fahren sollte, in den Süden Hamburgs, das hätten sie ihm gleich sagen können, das hatten die doch gewusst.

Wie dämlich diese Bäume an der Terrassenkante standen. Zwei Stück. Zypressen? Voll im Licht. Jeden Tag standen sie voll in der Sonne und ließen die Terrasse im Dunkeln liegen. Jeden Tag. Seit Jahren. Seit über 30 Jahren. Hatte sie gesagt. Die mussten weg, sofort.

Es war noch nicht sein Haus.

Aber es gab keinen Zweifel.

Das hatte sie mal gesagt: Die sind krank. So krank wie ich. Ja, jetzt sah er es ihnen an. Sie waren todkrank. Sie mussten weg. Besser früher als später mussten die weg.

Sein Vater hatte, früher, ganz früher, lange ist es her, immer gesagt, wenn er eine zugerostete Minox Riga aus den 1930er-Jahren vor sich liegen hatte: Es ist nie eine Frage der Kraft, ein Ding aufzukriegen. Es ist nur eine Frage der Technik.

Und dann bekam er die Kamera auf, die ein Jahrzehnt unter Wasser gelegen hatte, oder am Ende des Krieges in der Erde eingraben worden war, an irgendeiner Grenze, und jetzt hatte jemand sie ausgebuddelt und grob gesäubert, aber sie schien zugerostet und nicht bereit, ihr Innerstes preiszugeben.

Eine Frage der Technik, gab Matthias bei Google ein, und: Bäumefällen.

Ein Holzfäller aus Utah hatte den Film eingestellt. Der Typ fällte Bäume, wie andere Blumen schnitten.

Im Keller war alles: eine Säge, Handschuhe, ein Seil. Der Utah-Mann hatte natürlich eine Husqvarna. Mit der Umkreissuche fand er den nächsten Baumarkt, nur fünf Minuten von hier.

Der Utah-Mann hatte auch gesagt: Mit Bäumen ist es wie mit Tieren. Wenn du ihnen zeigst, dass du Angst hast, dann machen sie mit dir, was sie wollen. Wenn du keine Angst hast, dann hast du sie schnell, manchmal superschnell erledigt.

Finde die Achillesferse, hatte er gesagt. Jeder Baum hat

eine. Wenn du sie findest: Da gehört dein erster Schlag rein. Da setzt du deine Säge an.

So in der Art hatte es der Utah-Mann gesagt.

Weißt du was, hatte Annemarie zu ihm im Auto gesagt, gerade als sie wegfuhren vom abgebrannten Haus. Ich weiß noch, dass ich am Anfang dachte, als du das erste Mal hier gewesen bist, als wir über die Küken gesprochen haben, dass du kein Kind vom Land bist. Hab ich gedacht. Du bist ein Computermensch. Und warum geht jemand, der Küken sortieren kann, zur Versicherung?

Er hatte es ihr bewiesen. Und erklärt, warum er bei der Versicherung war. Es war stimmig. Der Rest war ein Kinderspiel. Er – der Naturbursche, den sie kannte. Der Küken sortieren konnte. Ganz selbstverständlich Bäume umlegte. Leben rettete. Er würde noch einer Kuh beim Kalben helfen.

Ich verrat dir ein Geheimnis, hatte er gesagt, triumphierend, ihn brachte nichts aus der Ruhe, ihn nicht: Ich beichte dir was.

Er war auf die Schnellstraße abgebogen, hatte weiter nach Picknickplätzen Ausschau gehalten.

Also, mit den Küken, das ist mir so rausgerutscht. Meine Schwester war diejenige, die sie unterscheiden konnte. Ich war nie so gut wie sie. Sie war immer diejenige, die richtiglag mit der Auswahl. Was hätte ich drum gegeben, wie sie zu sein. Sonst nervte sie mich meist, echt. Aber das hätte ich gern so gut wie sie gekonnt.

Annemarie hatte gelacht, herzlich, und ihm eine Hand auf seinen Arm gelegt und gesagt: Siehst du, ich durchschau dich doch.

Er würde es ihr beweisen.

Er bewies es ihr. Dass er der war, den sie sehen wollte.

Der Typ im Baumarkt stand hinter seinem Klapptresen, hatte einen Hals, der so breit wie sein Gesicht war, und wollte ihm die Säge nicht geben. »Wem gibst du die«, fragte Matthias ungehalten, »sag mal? Wem, wenn nicht mir?« Der Typ nickte mit seinem breiten Hals-Kopf-Gesicht, schien Matthias' Kalbslederschuhe zu scannen, die Anzughose, das blaue Bürohemd.

»Meinst du, ich zersäg meine Frau damit.«

»Stahlkappenschuhe«, sagte der Typ nur knapp. Wahrscheinlich verstand der gar keine Sätze, die mehr als ein Wort enthielten. Geschweige denn, dass er zu was anderem als Ein-Wort-Befehlen fähig war.

»Schon klar. Sag mal, wem gibst du die? Nur so volltätowierten Idioten?« Der Typ war ein volltätowierter Idiot. Musste mal einer aussprechen.

»Ich sehe das Leuten an«, begann der Typ in oberlehrerhaftem Ton, »ob sie was draufhaben oder lieber ne Heckenschere verdienen.«

»Ich möchte jetzt den Geschäftsführer sprechen.«

»Das bin ich.«

»Klar. Jetzt gib mir die Säge, sonst hast du die längste Zeit deinen Job als Tresenkraft gehabt.«

Der Typ ging zu einem antennenförmigen Mikrofon, drückte einen Knopf daneben und sagte in einem sarkastischen Ton – es war im ganzen Baumarkt zu hören: »Herr Gründer, Herr Gründer bitte zur Maschinenausgabe.« Dann stellte sich der Typ wieder gegenüber auf und Matthias las auf seinem Namensschild, knapp unterhalb seines tätowierten Schlüsselbeins: *Herr Gründer*.

»Wenn unsere Husqvarna«, begann Herr Gründer in einem beißend kühlen Tonfall, »heute um 20 Uhr nicht heil zurück ist, sehe ich mich gezwungen, die Kaution von

1000 Euro von deiner Kreditkarte abzubuchen. Und an deiner Stelle würde ich ein Paar Ohropax in deine mickrigen Büro-Ohren stecken.«

»Leck mich am Arsch«, sagte Matthias, als er die schwere Kiste unter den Arm klemmte, bemüht, mit seinen Ledersohlen möglichst ohne Ausrutscher über das glatte PVC zu kommen, möglichst schnell den Baumarkt zu verlassen.

Es hatte etwas mit dem Volltätowierten zu tun, dass Matthias beschloss, den Baum in Hemd und Anzughose zu erlegen. Seine 1200-Euro-Church's durften aber nicht dabei draufgehen. Er zog ein Paar uralte Wanderstiefel an, das er im Keller gefunden hatte, mit Schnürsenkeln so lang, dass er sie sich zehn Mal ums Bein wickeln konnte. Wie die Schuhe glänzten. Als wären sie gestern geputzt worden.

Er war sich sicher, wenn sie ihn so sehen würde, es gefiele ihr. Manchmal konnte sie wie ein Mädchen lächeln, das von der Grausamkeit der Welt keinen blassen Schimmer hatte. Dann mochte er sie, ja, wirklich, er konnte sagen, er mochte sie. Sie wäre eine gute Mutter gewesen. Eine akzeptable. Auf jeden Fall eine, die ihm alles gibt. Was ihm zusteht.

Wo hatte er mal gelesen, dass Zypressen die dümmsten Bäume überhaupt seien. In der Zeitung? Mit diesem Zipfel da oben. Ein Baum mit einer Schlumpfmütze, zum Schreien, das Ding.

Diese hier waren eindeutig die dümmsten Zypressen überhaupt. Hässlich dazu, ausgefranst, rötlich vergilbt. Unförmig. Eine einzige Achillesferse.

Er hielt, feierlich und mit Gruß an den Utah-Mann, die

Säge in die Luft. Er stützte die Säge ab, wie die mächtige Verlängerung seiner Potenz, genau wie der Utah-Mann, vom rechten Oberschenkel aus in einem Superwinkel in die Luft. Seine Hose würde ruiniert sein, aber ein paar Dinge waren immer zu opfern.

Er merkte, wie die Säge vom Oberschenkel rutschte, er schaffte es nicht, wie der Utah-Mann, sie mit einer Hand zu halten und mit der anderen die Reißleine zu ziehen. Der Holzfäller hatte sehr gut dabei ausgesehen, Reißleine, das Aufjaulen der Maschine, die mächtige Potenz. Matthias setzte sie erneut auf seinen Oberschenkel, das Ding war schwer, unhandlich, er riss an der Leine, stolperte nach vorn, der Motor knatterte, die Ketten schnurrten, das Blatt sank zu Boden, irgendwie schaffte er es, sich mit einer Hand im Gras abzustützen, er hielt die Säge in der anderen, riss sie in die Luft, sie sank wieder ab, sie war so schwer, das Blatt vibrierte wenige Zentimeter über der Erde, lief nach. Sie hatte sich selbst abgeschaltet. Matthias schoss Schweiß in die Achseln, in den Nacken.

Oberschenkel, Tank, Reißleine. In einem Rutsch.

Die Scheiß-Achillesferse. Wenn der ganze beknackte Baum eine war?

Ansägen da, wo er hinfallen soll.

Nicht lang fackeln.

Erst den Schnitt unten, dann oben. Oder andersherum?

Logisch, was ist logisch. Erst unten, dann oben. Sonst kriegst du das Blatt nicht mehr raus.

Das Sägeblatt fraß sich ins Holz. Kreischte dabei, wie verrückt. Wirklich *verrückt*.

Es fraß sich einmal durch den Stamm.

Matthias riss die Säge zurück, der Baum schwankte, aber blieb stehen. Blieb mit durchgesägtem Stamm stehen, so dumm war der.

Es war zum Totlachen.

Der Baum war erledigt und stand immer noch.

Er lachte vor Wut. Wenn der voll auf den hyperweißen Friesenzaun knallte, noch mit der Spitze in Nachbars Garten?

Er setzte an, unter dem Schnitt, den Keil sägen, es splitterte, kreischte, die Zypresse kippte, es brach und krachte, erst noch in Zeitlupe, dann immer schneller. Das Ding fiel, er stieß mit der Säge ins krause Nadelgewimmel, es musste in die richtige Richtung fallen. Er stolperte, konnte sich nicht halten, die Säge, so schwer, die Zypresse raste runter, und seine Hände, Arme, Säge, alles war unter einem stechenden Sturzbach aus rötlich-kranken Nadeln begraben.

Langsam zog er eine Hand nach der anderen hervor. Es ging. Nur die Säge ließ sich nicht bewegen.

Die Husqvarna des Volltätowierten klemmte unterm Baum. Sein Kreditkartenrahmen von 1000 Euro klemmte unterm Baum.

Dieser idiotischdümmste aller Bäume. Diese Scheiß-Zypresse hatte die Säge vernichtet.

Er schwor, er zerlegte den Baum zu Streichhölzern. Und fackelte sie ab.

Der Stamm bewegte sich keinen Zentimeter. Als wäre er im Boden festgeschraubt.

Matthias trat wieder gegen den Stamm, trat die roten Nadeln ab, trat gegen Äste, ein ziehender Schmerz ging vom Steißbein bis in seinen Kopf, das Ding bewegte sich nicht ein Stück weit. Er war so stark wie der Utah-

Mann, er war stärker, er hielt durch, er machte das Ding platt.

Wie die Krankenschwestern ihn anschauten, als er Annemarie am nächsten Morgen holte: Mein Gott, hat die Frau einen schmucken Sohn. Lange nicht mehr gesehen, dass einer so liebevoll mit seiner todkranken Mutter umgeht.

»Jetzt holt er Sie nach Hause«, sagte eine Schwester mit Doppelkinn, kurzen Haaren und altertümlichen Goldohrringen, in einem russischen Akzent, und Matthias fühlte sich in all diesen Blicken, wie sich die Fußballer fühlen mussten, wenn sie auf den Balkon in Frankfurt traten und gefeiert wurden, Helden und Champions in einem. So, in diesem Gefühl, fuhr er Annemarie den Gang hinunter, trat vor den Aufzug wie vor einen Altar. Sie im Rollstuhl. Er hinter ihr. Und selbst die Türen gingen augenblicklich auf, wie es sich gehörte. Er hatte den Baum ganz vergessen.

»Oh Gott, was ist denn hier passiert?«, rief sie, als sie wackelig in Richtung Terrasse ging.

Ihr Tonfall war grausam. Unangemessen und vernichtend. Er hasste sie. Er glühte. Er hasste sich. Er hasste die ganze Welt.

»Oh nein, oh nein, oh nein, wie schrecklich!«

»Ich wollte dir eine Überraschung machen«, versuchte er ruhig zu sagen, mit Abstand, von der Terrassentür aus, »eine Freude.« Er klang wie ein Roboter.

Sie hatte noch immer eine Hand vor den Mund geschlagen.

»Die standen da 30 Jahre!«

»Aber du hast mal gesagt, die sind krank.«

»Hab ich das? Nein. Mein Gott, die hat Harald gepflanzt.«

»Du hast gesagt, sie stehen immer in der Sonne«, sagte er, und es fühlte sich so an, als ob es stimmte.

»Wirklich? Hab ich das gesagt?«

»Sie stehen in der Sonne. Ich wollte dir eine Freude machen. Mehr Licht. Auf der Terrasse.«

»Ja, Gott. Ach ja. Matthias. Das ist doch nicht deine Aufgabe«, sagte sie in Richtung Baum.

»Doch.«

»Warum?«

Er begriff es nicht. Was fragte sie? Was fragte sie so blöd. Das war seine Aufgabe!

»Da liegt ja was drunter. Da liegt ja was unterm Baum!«, rief sie und ging einen Schritt auf die Husqvarna zu.

»Es ist meine Aufgabe«, sagte er. Und es klang, als hätte er es geschrien.

Sie drehte sich zu ihm, ließ die Hand vom Mund sinken, schaute ihn an.

Fragend. Ja. Unverhohlen fragend. Misstrauisch. Ja. Abwartend. Sie ging einen Schritt zurück, von ihm fort.

»Die hatte ihren Geist aufgegeben«, sagte er und nickte in Richtung der dämlichen Säge.

Er sah, wie alles Vertrauen aus ihrem Gesicht verschwand.

Es war zum Verzweifeln. »Ich bin so verzweifelt«, sagte er, und merkte, dass es passte. Noch ein bisschen mehr davon, beherrscht und leise. Ihr Mitgefühl kehrte zurück: wie sie ihn anschaute! Liebevoll und voller Güte. Er horchte auf seine Verzweiflung, wie auf ein Echo. Das Echo sagte ihm, es hatte wahrhaftig geklungen.

»Aber mir geht es doch wieder besser«, sagte sie, ebenso leise. »Mir geht es wieder gut.«

»Ja?«, fragte er, weil er es nicht glauben wollte.

»Wirklich, mir geht es viel besser.«

Er atmete den Druck in seinem Brustkorb aus. Er hatte einen Riesenfehler gemacht, mit dem Baum, fast hatte der Baum ihn verraten. Es ging so schnell. Noch auf der letzten Strecke konnte er Riesenfehler machen.

»Wirklich«, schaffte er zu sagen, »das ist gut. Das ist so gut. Dass die Tabletten geholfen haben.«

»Ich fühl mich, als wäre ich wieder gesund.«

»Nein«, sagte er. Und schüttelte den Kopf, in seiner Ungläubigkeit, in seiner Verzweiflung auch.

»Es könnte doch sein, oder? Dass es aufhört, einfach verschwindet.«

»Im Normalfall«, begann er.

»Bin ich ein Normalfall?« Sie lachte.

Er hatte seine Gesichtszüge immer noch nicht im Griff.

»Also. Schau nicht so. Ich bin das kleine Prozent, bei dem es so geht. Die Ausnahme-Ausnahme. Von der hat doch der Arzt gesprochen.«

»Hat er das?«, fragte Matthias.

»Ich fühle mich heute wirklich rundum so, ja, gesund.«

»Ich kann's nicht glauben«, sagte er und horchte wieder darauf – es hatte nach sehnsüchtiger Hoffnung geklungen.

»Ich aber, glaub mir«, sagte sie und lachte laut auf, »und du hast wirklich den Baum gefällt.«

Er blieb den Rest der Woche jeden Abend in ihrem Gästezimmer. Am Tage fuhr er durch die Stadt, setzte sich in immer wechselnde Cafés in Eimsbüttel, Altona oder Othmarschen, klappte seinen Laptop auf und schrieb Standardantworten und an manchen Tagen auch ein paar Individualantworten, er bearbeitete seine Profile, ließ sich danach einfach durchs Internet treiben, las so viel Nachrichten, Blogeinträge, Tweets wie noch nie. Er las sogar die Kommentare, die all die Verrückten schrieben, die nichts Besseres zu tun hatten, als Nachrichten zu kommentieren, sogar Kommentare zu kommentieren. Er schaute Filme, er recherchierte Architekten zum Umbau des Hauses, Fonds, in denen er sein Geld würde anlegen können, Möglichkeiten, wie er es sicher in Steueroasen würde transferieren können, er trank viel Kaffee, er aß wenig, um es hinzubekommen, am Abend noch Appetit zu haben auf ihre Sachen. Um wenigstens zu probieren. Er telefonierte mit einem Dutzend Gartenfirmen, aber fand keine, die umgehend den Baum entsorgen wollte. Die hatten zu viel zu tun. Er hatte auch zu viel zu tun! Er konnte mit keinem weiteren dieser arbeitsscheuen Schnösel telefonieren und nahm sich vor, am nächsten Wochenende eine Säge zu kaufen, den Baum selbst zu zerlegen. Er brauchte niemanden. Schon gar nicht einen weiteren Besserwisser.

Als er zu ihr kam, abends gegen sieben, stand eine gekochte Ochsenzunge auf einer Porzellanplatte, mitten auf dem Küchentisch. Wie sie da stand, die Zunge, fleischig und aufrecht – er wollte gar nicht dran denken, an was sie ihn erinnerte.

Annemarie lehnte am Herd, rührte in ihrer Suppe, Blutsuppe, Biersuppe, es roch nach Braten, Röstzwiebeln und wie immer: Kohl. Sie zog ein Tranchiermesser aus dem

Messerblock und ging zum Tisch. Mit ihrer beherzten Generalsstrenge griff sie nach der Zunge, legte sie um, beugte sich darüber und ließ das Messer in die Gaumenknorpel gleiten.

»Ich, ich sollte dir doch sagen, wenn ich was nicht mag«, begann er vorsichtig.

»Das ist so was Feines. Hast du das jemals probiert?«, fragte sie und machte dieses Geräusch, ein forderndes, leicht abschätziges Schnaufen, das jeden Widerspruch tilgte. Der Druck seiner Speiseröhre gegen seinen Rachen stieg, er konnte ihn auch durch Schlucken nicht mildern. Die Zunge wurde scheibchenweise zerlegt. Und von Annemaries schlanken, aber knochigen Fingern Oval für Oval auf der Platte dekoriert.

Sie hatte es geschafft.

Sie verjüngte sich im Kochen. Ihre heiligen Quellen würden nicht versiegen. Die Zunge lag komplett in Scheiben da.

Er verließ die Küche und ging ins Wohnzimmer.

Es machte ihr Spaß, ihn zu demütigen. Er führte sich das Geld vor Augen. Schmeckte die Summen, und es fühlte sich an, als gingen ihm die Scheine durch die Finger, als zählte er das große Geld. Die Zeit spielte gegen sie. Alles spielte gegen sie. Gegen ihn spielte nichts. Nur ruhig musste er bleiben, besonnen. Aufmerksam. Und sich demütigen lassen.

Sie servierte ihm den Teller mit der zerlegten Zunge.

»Ich weiß nicht«, begann er, »mir ist schon den ganzen Tag nicht gut.« Sie schaute auf – beängstigt, gar nicht vorwurfsvoll. Das hätte er gedacht, dass sie ihm das gleich unter die Nase reibt: all das schöne Essen, das sie jetzt aufheben muss, eingereiht in die Batterie aus Resteschüsseln auf der Fensterbank, unter der Frischhaltefolie sammelten sich Schweißperlen.

»Oh. Und du hattest bestimmt viel zu tun?«

»Klar. Immer«, er atmete aus, als könnte er eine schwere Übelkeit wegatmen, »ich glaub, es ist der Stress.«

»Oh nein, mein Lieber«, sagte sie ganz mütterlich besorgt.

»Darf ich mich hinlegen?«, fragte er matt, aber nur matt genug, um vom Tisch wegzukommen.

»Geht schon, geht schon«, sagte er und hob den Puppenjungen mit äußerster Vorsicht vom Gästebett. Auch die Häkelkissen – zur Seite, die Patchwork-Decke, weg. Annemarie setzte sich auf die Bettkante, als plane sie, von nun an jeden seiner Atemzüge nicht nur zu überwachen, nein, zu veranlassen. Er musste immer, wenn er sich hier hinlegte, die Luft durch den Mund einsaugen, um den uralten Schweiß, der in der Daunendecke konserviert war, nicht zu riechen. Sie legte ihm eine Hand auf die Stirn.

»Ich komm gleich wieder zu dir«, sagte er mit fester Stimme. Nur nicht zu schwach wirken.

»Wir haben keine Eile.«

Sie griff nach der Fernsteuerung auf dem Nachttisch und beobachtete das Herunterrattern des Rollladens. Im abnehmenden Licht, das noch in seine Zelle fiel, begannen die Bedienknöpfe an der Fernsteuerung zu leuchten.

Er sah das Ding an und flehte plötzlich, genau so ein mobiles Teil zu besitzen, mit dem er endlich, auf Knopfdruck, eine verlässliche, bedingungslose Reaktion bei ihr hervorrufen konnte: Klick, ich vertraue dir, klick, ich übertrage dir alles, und zwar hier, klick, per Generalvollmacht.

Sie starrte plötzlich die Fernsteuerung in ihrer Hand

an, als habe sie seine Gedanken, zusammen mit diesem Gerät, auf rätselhafte Weise wahrgenommen. Als projizierte es sein Innerstes direkt in ihr Gehirn. Hatte er sich mit irgendetwas verraten? Mit dem Baum?

Es war ihm, als hingen Detailaufnahmen seines Gehirns am Leuchtkasten, wie irgendwann einmal ihre MRT-Bilder da gehangen hatten, und der Arzt hatte jeden Schatten gesehen, analysiert und beim Namen genannt.

Sie legte das Plastikding zurück auf den Nachttisch und erhob sich. Im Vorbeigehen hielt sie sich ungelenk am Fußende des Bettes fest, wollte einen Schwindel verbergen.

Das hatte er gar nicht bedacht.

Was war, wenn der Arzt mit seinen sechs Monaten sogar noch zu optimistisch gewesen war und sie schon in den nächsten Tagen starb? Womöglich in den nächsten Stunden?

Sagte man das nicht: Kurz vor dem Ende geht es noch einmal bergauf?

Er richtete sich im Bett auf, harrte aus, bis er sich sicher war, dass sie seine Stimme zu hören hoffte, dann rief er nach ihr. Sie kam zu ihm ins Zimmer, einen Becher Tee auf dem Tablett und einen dieser vergilbten Bestellblöcke, die sie als Notizzettel benutzte, die oberste Seite rollte sich ein, so eng war sie beschrieben. Sie riss die Seite ab, faltete sie sorgfältig zusammen und steckte sie ein. Keine Generalvollmacht auf einem alten Bestellblock, dachte er, er brauchte ein ordentliches, ehrwürdiges Papier.

»Schreib mir bitte auf, was du magst«, sagte sie leise, »ich werde wirklich nur noch das kochen. Sei ehrlich, bitte.« Sie lächelte in der ihr eigenen Gewissheit, in ihrem mütterlichen Glauben, dass sie es noch war, die hier bestimmte. Und hielt ihm den Block hin. Er nahm ihn und legte ihn auf den Nachttisch. Dann konzentrierte er sich darauf, eine Hand ganz leicht auf ihren Oberschenkel sinken zu lassen. Sie schaute auf den Block und rückte etwas von ihm ab, aber er spürte seine trainierte Kräftigkeit an ihrem Luftgewicht.

Er ließ seine andere Hand sehr langsam von oben nach unten über ihren Rücken gleiten, sie gab ein gedämpftes Seufzen von sich. Sie hatte ihren Veilchenduft aufgelegt, in der Zwischenzeit, womöglich im Gefühl des Triumphes, ihn in ihrem Gästezimmer endgültig hinter Schloss und Riegel gebracht zu haben.

Aber er fing gerade erst an. Er brachte es hinter sich. Er nahm ihr die Wahl. Sie würde ihn nicht leer ausgehen lassen. Nach dem hier. Nach dem, was er bereit war, zu tun.

Er tastete ihren gesamten Pulloverrücken ab, fühlte ihre Rippen darunter und einen großformatigen BH mit mindestens einem halben Dutzend Sicherheitshäkchen. Am Saum des Pullovers etwas Glattes, das sie darunter trug, er würde es nicht hinkriegen, wenn er zu viel Haut berühren musste.

Sie erhob keinen Einspruch, im Gegenteil, sie schien seine Zärtlichkeiten zu genießen, sie aufzusaugen, so, wie sie ihren Rücken rundete, wie eine Katze, in einem seligen, entspannten Genießen.

Konnte er sich den Krebs bei ihr holen? Wenn sich da irgendetwas übertrug? Durch den Kuss, die Spucke, etwas, das ihn dann auffraß, das, was auch sie auffraß, von innen heraus?

Hinter ihr, aus dem Vitrinenschrank, glotzten ihn wieder die Puppen an, alle irgendwelchen mal lebendigen Kindern nachgestaltet. Jetzt Teil des Engelwirts, Teil von Annemaries Welt. Es könnte auch sein – die Elbe, die unten hinterm Panoramafenster floss, nur eine Simulation. Eigentlich war er in einem Kuhkaff in Oberbayern. Und sie versuchte, aus ihm das zu machen, was sie aus all ihren anderen Wunschkindern gemacht hatte – du berührst mich und ich sauge dir dein letztes gesundes Blut aus den Adern, bis du weiß bist wie Porzellan, und dann stelle ich dich hinter Glas oder setze dich an die Häkelkissen und nehme dich ab und zu in die Hand, wenn mir danach ist, damit ich weiß, wie lebendig ich bin, wie unvorstellbar lebendig ich bin.

Er schaffte es nicht, seine Hände weiter über ihren Rücken gleiten zu lassen, er horchte auf ihren Atem, ob sie sich bewegte oder nicht, ob sie ruhig war oder nur so tat.

»Bei dir ist es immer so wie, wie: *wiederauferstanden*«, sagte sie und übte ihr tapferes Lächeln. »Dann wärm ich jetzt mal die Zunge auf.«

Er hielt sie fest, schloss die Augen und schichtete mit aller ihm zur Verfügung stehenden Konzentration die Bilder um. Eine Frau, die wie hingegossen in seinem Bett lag und wie sie ihn küsste, offen und empfänglich, und er formte seine Lippen so, dass ihm das auch gelang, nur ein Kuss, ein einziger.

Wie ein perfektes Programm, ein gut getesteter Source-Code, den er abarbeiten konnte. Eine Bedienungsanleitung. Die Schritte zum Ausfüllen seiner Profile. War doch nicht schwer.

Er strich über Annemaries Kopf, drückte ihren Körper an seinen, da rückte sie ab, er öffnete die Augen und sie starrte ihn an wie eine der Puppen.

Drei Millionen, sagte er zu sich, zog sie wieder heran, legte seine Lippen auf ihre und spürte die Stacheln ihres Damenbartes, schmeckte ihre alte Zunge, er holte Luft durch den Mund, aber ihr Gesicht mit den zusammengepressten Augen wirkte zu panisch und erstaunt, als dass er sich eine Pause gönnen konnte.

Und wenn er jetzt doch, durch all das, was er tat, ihren Krebs heilte? Und er hatte sie quicklebendig noch zwanzig Jahre am Hals?

Annemarie presste ihre Arme an ihren Körper, dass er nicht unter ihrer Achsel hindurch nach vorne zu ihren Brüsten gelangen konnte. Sie vergrub ihre Stirn an seinem Hals. Aus ihren Haaren kam Seifenduft, das half, tief einzuatmen, Luft zu holen. Er war bereit für die Infusion. Er würde nicht dabei draufgehen. Er würde das ewige Lächeln haben, wie die Puppen. Nur als freier, vermögender Mann.

Gut möglich, dass sie auch noch ein paar Sparbücher vergessen hatte, auf denen auch noch mal hunderttausend lagen, all diese Erbschaften, die sie gemacht hatte, wie sollte sie da noch den Überblick haben. Und beim Hausverkauf konnte er allein gut auf drei kommen, wenn der Notar kurz nach draußen ging und ein großer Teil der Summe so über den Tisch wanderte, drei Millionen Euro, wenn alles Gerümpel erst einmal rausgeräumt war, die Wände weggerissen und sich der Kunde vorstellen konnte, was für ein loftartiges, großzügiges Penthouse aus diesem 60er-Jahre-Flachbau herauszuholen war.

Er nahm Annemaries Kopf in beide Hände, legte seine Stirn an ihre, und stellte sich vor: Abschied, für immer, und zwar schon in wenigen Tagen. Vielleicht morgen. Oder gleich.

Sie ließ sich darauf ein, das konnte er spüren, noch ängstlich, aber voller Hoffnung. Er liebte sie.

»Ich liebe dich«, flüsterte er.

Das vergaß sie nicht, mit Sicherheit, bis zum Schluss. Matthias, ihr Geschenk Gottes, er machte sie glücklich, er hatte alles verdient.

Er hielt sie so, dass sie sich ihm nicht mehr entziehen konnte, und spürte plötzlich, wie wenig Kraft er noch hatte, er war erschöpft wie nach einem sehr langen Lauf.

Er schob ihren Rock hoch, fasste ihren Hintern, wurde ihre Strumpfhose los, atmete so leise, wie es ging, um ihren beschleunigten Atem zu hören, sie drehte sich nicht mehr aus seinen Händen, sie war ganz da und er drang vor bis ins Innere und merzte die letzten Zweifel aus.

Annemarie riss sich zusammen, glättete ihren Rock, hörte das Rauschen der Toilettenspülung aus dem Gästebad neben dem Zimmer. Sie zog ihren Pullover zurecht, rückte das Tuch um ihren Hals nach hinten und schob ihre Füße zurück in ihre Hausschuhe. Schon begannen die Minuten zuvor zu verschwinden. Er war ihr Junge. Er war da. Er liebte sie. Niemand sonst war da.

Auf der Treppe nach unten war ihr noch schwindelig, aber mehr von dem Satz als von dem anderen, und als sie das Ausmaß ihrer unterbrochenen Vorbereitungen in der Küche für das morgige Essen sah, konnte sie sich sammeln.

Sie stand in ihrer Küche und mit einem Mal war es, als sehe sie alles in erschreckender Deutlichkeit.

Sie ging zum Spülschrank, bückte sich nach den Mülltüten, riss die erste von der Rolle ab, nahm den Deckel vom Römertopf, stülpte die Tüte darüber, drehte den Topf um und spürte das schwere Plumpsen, als der Braten in die milchweiße Tüte fiel. Sie klaubte die feinen Zungenfilets von der Platte und warf sie auf den Braten. Sie löffelte den Kartoffelbrei hinterher. Sie zog von jeder Resteschüssel auf der Fensterbank die Frischhaltefolie ab und schabte mit dem Plastik an den Händen die Schüssel aus. Sie holte die letzte Himmelstorte, die sie gebacken hatte und von der erst drei Stück gegessen waren, aus dem Kühlschrank. Eine neue Tüte öffnen, ihr Werk rutschte hinein. Sie kriegte kaum Luft. Sie zwang sich, nicht in die Tüte zu greifen, die Torte wieder herauszuholen. Eine Handvoll wenigstens. Ihr liefen Tränen vom Kinn. Sie wischte sie mit dem Handrücken ab, alles war nass.

Die Bohnen hinterher, das fiel ihr leichter, den Topf über der Tüte umstülpen. Was danebenging, sammelte sie ein.

Die kandierten Kirschen, die immer noch auf die Himmelstorte mussten. Die selbst kandierten Kirschen und die zu Scheiben geraspelten Mandeln und darauf das zu Splittern gebrochene Karamell.

Die Biersuppe goss sie in die Spüle.

Und dann stand sie da, noch mit der Terrine in der Hand. Und war fassungslos. Es gab nichts mehr, was sie auf den Tisch stellen konnte. Zwischen sich und ihn, zwischen Mutter und Sohn.

Sie stellte die Terrine ab, das Porzellangewicht zog plötzlich so an ihren Armen. Sie rutschte mit einem Fuß nach dem anderen aus ihren Hausschuhen, sie wollte die kalten Fliesen unter den Füßen haben. Sie stellte sich vor das Regal, in dem aufgereiht ihre Rezeptbücher standen, und ging sie – Buchrücken für Buchrücken – durch. Da fand sie die Zettel. Vergilbt an den Kanten, wo sie übergestanden hatten. Harald hatte die Werbungen immer aufgehoben. Sie schaute sie durch, Pizza Max, Asia King, Yong Sushi, die Preise noch in D-Mark.

Sie ging ins Esszimmer, wo der noch unberührt gedeckte Tisch stand, und legte den Stapel Werbungen mit ihren Hunderten von aufgereihten Gerichten auf Matthias' Teller, die so mickrig sein mussten, genau so, in der Art, wie sie abgedruckt waren. Die hatten nur Nummern. Es waren gar keine richtigen Gerichte.

Sie rückte Messer und Gabel zurecht auf der Leinenserviette, dann das Wasserglas, das Bierglas, die Kuchengabel.

Sie wusste plötzlich, dass er im Wohnzimmer stand, an der Tür, und sie beobachtete.

Als sie eine Falte aus dem fest gewirkten Zwirn des Sets strich, das unter dem Teller lag und den Tisch schützte, machte er einen Schritt auf sie zu. Sie strich eine weitere Falte glatt. Er kam weiter auf sie zu.

Ihr war, als könnte sie ihn dazu bringen, gleich zu ihr zu kommen, in ihre Nähe. Nur durch das, was sie machte.

Sie schob das Messer noch einmal Millimeter zur Seite, rückte die Gabel nach.

Er kam. Und sie wusste plötzlich, er würde sich entschuldigen – wie damals, bei ihrem Kennenlernen – und das Missgeschick erklären, den Überschwang seiner Gefühle.

Sie würde ihm sagen, dass nichts passiert sei, wofür er sich entschuldigen müsse, sie verzeihe ihm alles. Er habe so früh seine Mutter, sein Zuhause, verloren.

Und – ja, das würde sie sich trauen, zu sagen – sie sei ja auch so ungeschickt mit ihm, weil sie nie ein Kind gehabt habe. Aber jetzt, jetzt sollten sie es noch einmal genießen. Wie Mutter und Sohn am Tisch zu sitzen. Und keiner zählte mehr die Tage oder Wochen. Weil das keine Rolle mehr spiele, weil sich ihre Zeit verdoppele, durch ihn. Und weil es für sie nichts Tröstenderes gibt, als zu wissen – wenn er sie liebt –, dass sie in dieser Liebe ja noch lange weiterlebt, dass sie auf der ganzen langen Strecke seines Lebens ja noch mit am Leben ist.

17
Kreisläufe

Er musste aufstehen. Er konnte nicht weiter rüberrücken. Er lag auf der Kante der Matratze. Sie lag auf der Lauer und pirschte sich an. Im Schlaf. Er wusste, woran es ihn erinnerte. Sie setzte zum Sprung an, um sich über ihn zu stülpen, er saß fest unter ihrer dehnbaren Selbstaufgabe. Er konnte nie dankbar genug sein – dafür, dass sie sich aufgab. Egal, was er machte, er würde seine Mutter nicht überzeugen. Er war schuld an ihrer Misere.

»Wo bin ich«, sagte er, als wäre er aus einem Traum kryptischer Deutlichkeit aufgewacht, der nur keine Hinweise enthielt, an welchem Ort er war.

»Hier«, sagte sie, hellwach. »Bei mir.«

»Nein«, sagte er. Aber er wusste: Es stimmte. Es gab ihn nicht mehr. Weder hier. Noch irgendwo sonst. Er war das, was nicht war. Was nicht werden konnte. Immer stand sie schon im Weg. Immer war sie schon da, vor ihm, und baute ihren Vorsprung aus.

»Schlaf wieder, Liebling«, sagte Annemarie in einem Tonfall, als spreche sie mit einem verwirrten Kind.

Es machte keinen Sinn, ihr das zu erklären. Er musste aufstehen, er konnte nicht länger neben diesem Magneten liegen, diesem Pol, der mit seiner Kraft alles aufsog, jede andere Form von Ausdehnung verbot.

»Wohin gehst du?«, fragte sie mit tiefer Stimme, tief wie eine Gravitationskraft.

»Aufs Klo«, sagte er in einer Stimme, die nicht seine war, eine flache, geliehene Stimme.

Er ging in Annemaries Bad und pinkelte neben das Klo. Der Teppichvorleger sog seine Pisse restlos auf. Das Türkis färbte sich nur um Nuancen. Er war genau dafür gemacht, nur zu diesem Zweck ausgelegt worden: Noch beim Pissen sollte er verschwinden. Er hinterließ keine Spuren. Er hob den Arm, zumindest seine Hand müsste von hier aus im Spiegelschrank zu sehen sein. Sie war nicht zu sehen.

Er setzte sich auf den Klodeckel.

Sie hatte ihn besiegt. Die Gravitationskraft war mächtiger als er. Er hatte sein Universum zu klein gedacht. Er hatte nicht genug Kraft zur Ausdehnung. Er war das Nichts.

Und sie überwachte ihn. Von ihrer Horizontlinie aus kontrollierte sie ihn: Ich bin dein Kopf, dein Herz, deine Arme, deine Füße, ich sage, was du denkst, fühlst, was du begreifst und wohin du gehst. Und ich führe Buch darüber, wann du nicht lieb gewesen bist, brav. Du bist nicht fähig, dein Leben zu leben. Nur ein braver Mensch ist fähig dazu. Nur einer, der so lebt, wie ich es will.

Wenn du jemals sagst, du gehst, dann viel Spaß bei deinem eigenen Leben. Eine Katastrophe wird es sein. *Dein* Leben.

Ihn flutete eine Sehnsucht – diffus, eher nur riechbar. Wie eine Gischt auf dem Meer. Wie kaltes Wasser, das über einen Bug spritzt und aufgerollte Taue erweicht.

Er löste seine festgeklebten Oberschenkel vom Klodeckel, stand an ihrer Zimmertür, und wusste genau, er konnte sich nicht zurück neben sie legen. Neben die Gravitationskraft. Sie würde – Gesetz der Physik – herausgeschleudert werden. So gegensätzlich waren sie gepolt.

Er legte sich unten im Wohnzimmer auf das Sofa, das in der Nacht grauschwarze Flusslineal im Blick. Ein vergilbter Himmel, die rostigen Streifen, kein Schiff. Nichts ritzte die Oberfläche auf. Nur hinten, fast schon auf der anderen Seite, konnte er nach einer Weile eine Barkasse mit einem Aufbau, einem Schüttenbagger, entdecken.

Morgen würde er den Baum zerlegen. Wie gut, dass der weg war, wie hell und schön, der freie Blick.

Er lag in seinem Haus. Langsam, ganz langsam machte es sich wieder breit in ihm: Er genoss es, in seinem Haus zu liegen und diese Aussicht zu haben.

Das Baggerschiff war verankert. Die Schütten bewegten sich. Sie ruckelten an einer Rutsche entlang ins Wasser, tauchten von dort aus wieder auf, holten den Morast aus der Tiefe, die Ablagerungen, der Sand, der vom Meer hereingespült wurde.

Nichts bewegte sich da draußen, nur das Baggerschiff.

Es arbeitete dafür, nachts, dass tags noch größere Schiffe durch diese Rinne kommen konnten. Sie sind schwer beladen, sie brauchen mehr Freiraum unterm Kiel. Keines von ihnen durfte hier auf Grund laufen.

Er staunte. Das Baggerschiff war viel zu klein für seine Aufgabe. Alles andere, was zum Hafen gehörte, war viel größer. Aber das Baggerschiff schöpfte den Weg frei. Es schöpfte den grauen, schwefeligen Morast ab und hielt so alles am Laufen. Und wenn es nur rostige Schütten an groben Zahnradketten hatte. Es schaffte es, dass nichts ins Stocken geriet, dass alles immer weiterging, wie es weitergehen musste, dass die Rinne frei war.

18
Wanderungen

Es war alles da, das Mädchen – Anna – hatte recht. Nichts geht verloren, dachte Annemarie, nichts. Das musste sie ihr noch erzählen. Das durfte sie nicht vergessen. Die Himmelstorte, die Ausgezogenen, die besoffene Henne, die Anisbrötchen zur Taufe, ein Salbeizweig auf jedem Teller, eingebackene Veilchen zur Hochzeit, wer den Strauß Blumen links trägt, ist noch zu haben, setz dich in die richtige Reihe, Mädchen, zu den Herren links, dann kriegst du noch einen ab, irgendwann, und Fronleichnam, Christi Gegenwart im allerheiligsten Sakrament, ein rotes Tuch an jedem Haus, ein Birkenzweig dabei. Das musste sie alles noch erzählen, und vergiss nie deine vier Evangelien, zum Schutz der Gemeinde, zum Segen. Und trag deine Hahnenkammfrisur nicht wie eine Krone, auch, wenn der Steckkamm piekst, du mit deinen Gänseblümchen im Haar und deinem Plissee-Kleid, am Kragen die weißen Blüten, wie schön das aussieht, sagt die Walpern, du bist ein hübsches und so liebes Kind.

Nein, du hast dich mit dem Teufel vermählt, schon damals, immer, ja. Du riechst vielleicht nach Veilchen. Und du hast gebetet. Dass die heilige Eucharistie im himmelblauen Firmament erstrahle. Dass es kein Feuer geben darf. Dass der Großvater bei dir bleibt. Dass der General sagt: Können wir so lassen, deine Grießnockerln da. Du hast doch nicht umsonst gebetet. Du hast zu viel gesündigt. Du kannst es nicht gut machen.

Du hast den Mandeln die braune Haut abgezogen.

Du wirst gebettet sein.

Seine Bibel roch wie die Sauen hinter den Ohren, leicht säuerlich. Nach Tabak.

Annemarie roch am Einband, roch an den Umschlägen der Tagebücher. Alles war da. Nichts ging verloren in diesem Geruch.

Der Heilige Geist, sagt der Alte Stenz und rutscht weiter zur Wand, so kann sie besser auf der Kante des Kastenbettes sitzen. Sie lehnt den Rücken an seinen Beinhügel unter der blau-weiß karierten Daunendecke. Nichts, sagt der Alte Stenz, bringt dir Ruhe und Frieden. Nur die Bibel und das Reisen, sagt er, beides das Gleiche, die bringen dich auf andere Gedanken. Die mit Schiffen auf dem Meere fuhren und trieben ihren Handel auf großen Wassern, die des Herrn Werke erfahren haben und seine Wunder auf dem Meer, wenn er sprach und einen Sturmwind erregte, der die Wellen erhob, und sie gen Himmel fuhren und in den Abgrund sanken, dass ihre Seele vor Angst verzagte, dass sie taumelten und wankten wie ein Trunkener und wussten keinen Rat mehr. Die dann zum Herrn schrien in ihrer Not, und er führte sie aus ihren Ängsten und stillte das Ungewitter, dass die Wellen sich legten und sie froh wurden, dass es still geworden war.

Und er brachte sie zum erwünschten Land. Da, Annchen, da. Da kommen wir hin. Du kommst überallhin. Du kennst keine Grenzen beim Reisen, nur die Weite, all das noch unbetretene Land. Wir gehen dahin, Annchen. Wir haben keine Angst. Respekt haben wir, ja, vor den Bären, den Wölfen, auch vor den Löwen und den Würmern, von denen Schwester Anilla erzählt hat, die durch eine Körperöffnung ins Fleisch kriechen, in deine Organe, in deinen Darm, bis hinein in dein Herz. Die dich von innen verspeisen.

Angst, sagt der Alte Stenz, hast du nur, wenn du dich vor dem Sterben fürchtest. Deine Gnade reicht, so weit der Himmel ist. Deine Treue, so weit die Wolken gehen. Angst hast du nur um dein irdisches Leben. Aber was ist es schon, dieses Leben? Wenn du sterben kannst und keine Angst davor hast, dann kannst du vorher gut leben.

Und wenn es vorher nicht gut ist?

Ja, dann erfinde es dir.

Ich hab mit Humboldt die Westkordilleren bereist. Der stille Humboldt, der überall hinwollte, nur nie wieder nach Hause an den Tegeler See. Und sein Begleiter, der luftige Bonpland, der so oft stolperte, weil er seine Augen überall hatte, nur nicht auf den drei Metern vor seinen Füßen, dem musste man das Wandern erst beibringen! Und Schuhwerk hatte der auch nicht. Und schon gar kein geputztes. Aber der wollte das Wandern gar nicht lernen, der wollte nur sehen, was so um ihn herum wächst. Damit er es studieren und pflücken und abzeichnen kann. Nur war das Studieren, Pflücken oder Abzeichnen nicht immer möglich – der Pilz hing zu hoch am Baum, die Kletterpflanze hatte Schlingen aus Stahl, die fleischfressende Pflanze klappte ihre Scheren zusammen. Also malte er gleich da, wo er stand. Du kannst dir vorstellen, wie schnell wir vorankamen mit einem, der wie ein Schwein vor dem Schlachter wegrennt, und einem, der wie du durch den Kräutergarten wandelt und die Fliegen zählt. Hätten sie mich nicht gehabt, sie wären gar nicht bis zum

Fuß des Chimborazo gekommen. Und dann stell dir das mal vor, wie dieser Berg aus der Ebene ragt! Er ragt heraus und sagt: Hier – ich – Berg. Ihr Flöhe, ihr werdet mich nicht bezwingen. Oben ist er weiß und erhaben, als hätte man eine Leinentischdecke über ihn ausgebreitet. Einmal dort oben am Tisch sitzen und eine Maß trinken. So bezwangen wir den Berg. In den von dir geputzten Wanderstiefeln. Heb sie gut auf, Annchen. Du musst alles gut aufheben.

Sie nahm die Bibel. Die Tagebücher. Die Schnupftabakdose. Die Fotos vom Alten Stenz, vom Engelwirt, das eine, vom General, wo sie zwischen den Kastanien vor der Eingangstür zum Wirtshaus steht, über ihr, an der Wand, der heilige Christophorus, Patron aller Reisenden. Der General hat eine Hand auf die Lehne eines Stuhls gestützt, als wären dieser Stuhl, alle Stühle und Tische und die Kastanien dazu, eine Armee, die sie zu ihrer Verteidigung hat.

Annemarie nahm das Sterbebild vom Alten Stenz und schob es in das oberste Tagebuch.

Sie hatte es geschrieben. War das so? Wer sonst hätte es geschrieben?

Leg alles still in Gottes ewige Hände: das Glück, den Schmerz, den Anfang und das Ende.

Das musst du aufschreiben. All das musst du aufschreiben.

Annemarie griff in die Schublade des Schrankes, da lag noch ein Bestellblock, vergilbt und vollgeschrieben. Ihr Alphabet. Das Alphabet, wie sie es dem Mädchen erzählt hatte. Hatte sie es ihr erzählt? Sie las die Liste laut, für sich, und meinte, je länger sie las, Großvaters Stimme zu hören, wie er jeden Buchstaben ankündigte, und dann wusste sie, dass sie es dem Mädchen doch erzählt hatte.

Des Alten Stenzens Alphabet (schreib den Buchstaben richtig oder falsch – Glück oder Strafe):

A = *Afrika oder Ausmisten*
B = *Brasilien oder Bodenturnen*
C = *China oder Chaos aufräumen*
D = *Demokratie oder Darmwaschen*
E = *Engel oder als Esel das Holz in den Schuppen schleppen*
F = *Freunde sein oder seine Füße mit der Wurzelbürste waschen*
G = *Galápagos oder Gewitterkrach*
H = *Himmel oder Hölle – die Höllenhitze am Waschtag im Waschhaus*
I = *Instrument (seine Singende Säge) oder den Ischias mit gewärmten Steinen behandeln*
J = *Jahrmarkt oder Juckpulver*
K = *König sein oder Kuhtreiber*
L = *Liebe oder Leid*
M = *vom Mut im Dschungel oder wie mit Masern ins Bett*
N = *Nordpolreise oder Nebel in der Küche*
O = *Ozeanfahrt oder ohnmächtig werden durch Riechsalz*
P = *Planeten oder Putzen*
Q = *zur Quelle des Amazonas oder eine Brennnessel-Qualle*
R = *Russland oder Rosenkranz*
S = *eine Erzählung voll Schicksal oder einen Klaps zur Strafe*
T = *Theosophie oder Tod*
U = *Unheimliche Ungeheuer oder Ungehorsam im Schuppen verbüßen*

V = *die Vögel der Welt oder die Gefahr der Versuchung (mit Strafe)*
W= *Wahrheit oder Wunden (den Finger auf den Kochring legen)*
X = *Xylofon auf Bett und Schemel oder mit X-Beinen durch den Tag*
Y = *Ysop im Garten pflücken oder dreihundert Mal Ypsilon schreiben*
Z = *Zaubertricks oder vom Alten Stenz die Zähne anschauen lassen auf Faulheit*

Sie legte den Block in ein weiteres Tagebuch, hielt den Stapel fest. Jetzt noch die Rezepte. Sie versuchte, vorsichtig auf alle viere zu kommen und aufzustehen, ihr war schwindelig. Sie hockte sich wieder hin, betrachtete den Stapel, den sie hochheben, in die Küche bringen musste. Das war alles, was sie je vom Stenz bekommen hatte. Es war das Wertvollste, was sie besaß. Es musste weitergegeben werden. Es war mehr wert als jeder Schmuck der Welt, mehr wert als das Haus und all ihre Bundesschatzbriefe.

Sie versuchte wieder, langsam aufzustehen, hielt sich am Schrank fest, wartete den Schwindel ab und die Schmerzen in den Beinen. Sie musste weitermachen, unten, in der Küche: alle Rezepte, das Rezept der Himmelstorte, und wie man die Kirschen kandiert, das Hirschragout, brauner Zucker aufs Sauerkraut und nie den Thymian vergessen, der befreit die Lunge vom Schleim. Das Rezept für die Leberknödel zu Fronleichnam, die saure Lunge, die gekochte Lunge, frisches Herz gebraten, Kalbshirn mit Speck, das Pehl'sche Originalrezept: die Kalbsbratwürste mit Zwiebel,

Knoblauch, Koriander, Majoran, Petersilie vom Gartenbrunnen, Zitronenschale. Und wie Vater mit Daumen und Zeigefinger ein letztes Mal ins Wurstbrät greift, probiert, unter geschlossenen Lippen seine Zunge an den Zähnen entlangfahren lässt, als ginge eine Welle von links nach rechts durch seinen Mund. Wie er die Hände abstreift, jeden Fitzel von den Fingern streift, damit er Verwendung findet, in den Naturdarm hinein. Dann werden sie im Kessel vorgekocht. Schon während der vorbeiwandernden Prozession am Straßenrand verkauft, und nachdem das Schlusslied kam, Großer Gott wir loben Dich, waren sie nach einer Stunde alle weg. Das bombensichere Geschäft. Fronleichnam im Engelwirt. Großer Gott wir loben Dich für den Hunger und Durst aller Menschen.

Annemarie?, ruft ihre Mutter, Hast du dich übers Ohr hauen lassen vom Gesangsverein, die hauen jeden übers Ohr, vor allem der Herr Katzen, und so geschickt, dass du es erst drei Tage später merkst.

Schreib das auf. Und dass jedes Tagebuch eine Reise ist. Vier Bücher müssen es sein. Der Alte Stenz besucht Friedrich Ritter auf Floreana. Seine Reise mit Percy Fawcett durch das Matto Grosso, auf der Suche nach der versunkenen Stadt, nach dem Gold der Inkas. Der Alte Stenz schafft Humboldt und Bonpland den Chimborazo hoch. Und seine Reise mit Mungo Park ins Herz der Finsternis. Wie das Gold gewonnen wird. Und die Verwunderung der Goldsucher, dass die Weißen es so dringend haben möchten. Es ist doch nicht mehr wert als Salz. Das ist das vierte Buch, des Stenzens letzte Reise. Wie es wohl auch des Mungo Parks letzte Reise gewesen ist.

Das ist das, was ich dir geben kann. Was du aufschreiben musst.

Kannst du sagen, wem das alles gehört? Sind es meine Erinnerungen? Gehören sie mir? Sie sind das, was mir geblieben ist. Sie sind das, womit ich leben kann.

Sag, dass es gut war.

Sie stand in der Mitte der Küche, war wach und klar, und doch überrascht, dass sie hier in dieser Küche stand. Und es fühlte sich an, als hätte sie einen Beipackzettel gelesen. Halblaut, damit das, was darin stand, seine Grausamkeit verlor. Annemarie zog das Rezeptbuch ihrer Mutter aus dem Regal, eine Liste jedes Rezept, ein in Stechschrift geschriebener Befehl, und legte das Buch oben auf den Stapel Tagebücher. Das war alles, was sie hatte. So war alles da.

Sie ging in den Flur, griff nach dem Telefonhörer, wählte die Nummer aus ihrem kleinen Notizbuch.

»Hallo?«

»Hallo. Hier ist alles da. Du kannst es abholen. Es liegt hier auf dem Tisch.«

»Was ist da? Wie geht es dir, Annemarie?«

»Es ist alles da. Hol es dir ab und halte es fest.«

Annemarie stand da, wie inmitten der Glocke, und der Schlag kam von vorne auf sie zu.

19
Pläne

Als er am Abend ins Haus kam, ging es Annemarie so schlecht, dass er beschloss, sie sofort ins Krankenhaus zu bringen. Bluttransfusionen, das hatte er im Netz gelesen, die letzte Hilfe, das Austauschen des Blutes. Hatte doch auch der Arzt mal gesagt.

»Sollen die zwei Koffer mit?«, fragte er und legte eine Hand auf die Bettdecke, ungefähr da, wo ihr Bauch sein musste.

»Fürs Krankenhaus, ja«, sagte sie matt, aber lächelnd, »ich werde keine dieser Bademantel-Schönheiten sein.« Sie tastete nach seiner Hand und zog sie weiter nach oben.

»So hab ich mir das vorgestellt«, sagte er, »du im Kostüm zwischen den schlabberigen Jogginghosen.«

Sie lächelte noch mehr.

»Man kann doch nicht wissen, wie lang die mich dabehalten wollen.«

»Nur kurz, meine Liebe«, sagte er. Und als ihm die Zweideutigkeit der Aussage bewusst wurde, sagte er, »Dann kommst du wieder nach Hause.«

»Ja. Du holst mich nach Hause.«

Ihr Gesicht war flach und weiß wie der Kopfkissenbezug. Ihre Arme, die aus den Nachthemdärmeln ragten, wirkten, als wären sie aus Stoff. Er nahm seine Hand von ihrem Körper. Mit der kleinsten Berührung würde er sie erdrücken können. Er war zu schwer für das Wesen, das da unter der Decke lag.

»Es ist alles organisiert?«, fragte er mit zärtlichem Ton.

Sie zögerte. Er war sich nicht sicher, ob seine Anspielung ausreichte.

»Was?«, fragte sie.

»Hast du alles organisiert?«

Sie schloss die Augen und schwieg. In ihren Lippen war kein Blut mehr. Es waren graubraune Streifen in einem gräulichen Gesicht. Alles Restblut musste sich in die Tiefe des Körpers zurückgezogen haben. An der Oberfläche war nichts mehr. Täglich mindestens eine Bluttransfusion. Wenn es so weit ist – hatte er gelesen –, sei es eine Frage von ein, zwei Tagen.

Ein, zwei Tage.

Er konnte ihr alles geben, was sie brauchte.

»Anne, meine Liebe. Ich muss wissen, wie du alles geregelt haben willst. Was die Ärzte jetzt machen dürfen und sollen, damit es dir wieder besser geht. Du weißt, nur wenn du dich kurz zu matt fühlen solltest, um es ihnen selbst zu sagen.«

»Es ist doch alles geregelt«, sagte sie mit geschlossenen Augen.

Es war nicht unwahrscheinlich, dass noch irgendwo ein entfernter Verwandter aus dem Engelwirt auftauchte. Er hatte nie ganz genau hingehört, wenn sie erzählt hatte. Er hatte sich die zwei wichtigen Namen gemerkt: der General und der Alte Stenz. Keine Ahnung, ob es da noch irgendwelche Geschwister, Tanten, Onkel, Cousins gab. Oder womöglich eine der Bedienungen Ansprüche stellte.

Eine Generalvollmacht mit allem Drum und Dran.

Es durfte ihm nicht so ein Sozialbetreuer vor die Nase gesetzt werden. Er hatte festes Büttenpapier gekauft. Passende Umschläge. Den Text aus dem Internet aufgedruckt, den ein Notar eingestellt hatte, der sich damit auskannte. Es sah gut aus, das Papier. Er hatte sich eine Situation ausgemalt, ganz ruhig am Kaffeetisch wie er sagen würde, dass sie so einen Fall gerade in ihrer Direktionsagentur gehabt hatten. Keine Patientenverfügung. Keine Vollmacht. Da wäre dieser schmierige Sozialbetreuer erschienen, einfach irgendjemand Fremdes vom Amt, ja, eine irgendwie zwielichtige Gestalt, als käme der gerade direkt von der Reeperbahn, so sah der aus, mit einem Fusselbart und gelben Zähnen! Und der hatte dann das Sagen. Der konnte alles entscheiden! Nur, weil es keine klare Regelung gab.

Er musste – das war ihm bei längeren Recherchen über Streitfälle beim Erben, die Leute im Netz beschrieben, klar geworden – ein echtes Papier bekommen. Er würde das Papier von Annemarie bekommen. Und am besten hier und jetzt, unterschrieben, und von ihr gewollt.

»Anne, meine Liebe, kannst du noch einmal kurz die Augen aufmachen. Wir fahren gleich los. Ich möchte dir etwas sagen.«

Sie schaute ihn an. Er hielt den Blick aus. Als er ihn nicht mehr aushielt, berührte er mit seinen Fingerspitzen ihre Augenbrauen, ihre Stirn, ihre Schläfen.

»Du bist ein Geschenk«, sagte sie matt.

»Du bist mein Geschenk«, wiederholte er. Sie lächelte.

»Anne, der Arzt hat mir am Telefon gesagt, dass es jetzt bald Entscheidungen geben kann, die du am Ende nicht mehr gut treffen kannst.«

Sie nickte kaum wahrnehmbar.

»Ich möchte nicht, dass nachher dieser Fremde vom Amt, von dem ich dir erzählt hab, irgendetwas entscheidet. Weil ich nicht befugt bin.«

»Welcher Fremde vom Amt?«

»Das hab ich dir doch erzählt. Oder nicht? Dass wir diesen Fall hatten in der Direktionsagentur, bei einem Kollegen. Da gab es keine Patientenverfügung, keine Vollmacht, und dann tauchte plötzlich dieser Sozialbetreuer auf, der Fremde vom Amt, und regelte alles. Der hat alles entschieden! Und der wusste noch nicht mal, wie die Frau, um die es ging, genau hieß! Der sprach ihren Namen immer falsch aus. Der hatte einen fusseligen Bart und Mundgeruch und überhaupt, der sah aus, als wäre er gerade direkt von der Reeperbahn gekommen. Das ist doch fürchterlich. Ich finde das schrecklich. Es ist so beschämend.«

»Ich fühle mich so schlapp.«

Sie versuchte wieder ihr tapferes Lächeln.

Er fluchte, konnte nicht aufhören, im Stillen zu fluchen. Er war so ein Idiot, so lange gewartet zu haben.

Er musste sie trösten.

»Ich hab mir in der Firma diesen Vordruck besorgt. Den, den der Kollege für seine Mutter nicht hatte. Das ist der offizielle. Der gesetzlich anerkannte.«

»Ja«, hauchte sie.

»Du musst ihn unterschreiben. Sonst ist er nicht wirksam.«

Sie schwieg mit geschlossenen Augen, versiegeltem Gesicht. Ihre Haut verwandelte sich, Pore für Pore, in – Stoff.

Sie klappte ihre Augenlider auf, aber sie blieben auf halber Höhe. Er musste sie aufheitern. Er musste sie aufheitern, dann kam sie zu Kraft.

»Vielleicht können wir die Schwester finden. Von der du immer erzählt hast?«

»Schwester Anilla.«

»Ja!«, rief er aus.

»Sie ist doch noch dort. Bei den Barmherzigen Schwestern. Sie ist alt.«

In dem Moment wurde es ihm klar, es stand vor ihm, als wäre es einmal ausgesprochen worden: Das war die Bekannte von früher, aus der Engelwirt-Zeit. Die Barmherzige Schwester. Betschwestern griffen nach dem Geld, wenn sie konnten, mit beiden Händen.

»Ja? Ist sie alt? Vielleicht können wir sie später einfach mal anrufen. Wenn du wieder nach Hause kommst.«

»Ja.«

»Ist das eine Idee?«

»Du bist so lieb.«

Warum hatte er so lang gewartet, warum hatte er nur so lang gewartet.

»Ich bring dich jetzt in die Klinik«, sagte er, plötzlich ganz sicher und im Bewusstsein der Präzision und Richtigkeit seiner Bewegungen. »Und nachher rufen wir die Schwester Anja an.«

»Anilla.«

»Klar. Anilla.«

Zuerst die Koffer. Sie sollte ihre Kostüme, Röcke, Pullover, Schuhe und Perlenohrringe im Krankenhaus haben.

»Ich bring zuerst deine Koffer ins Auto. Und dann hole ich dich. In Ordnung? Du wartest hier auf mich«, sagte er flott und scherzend, und sie verstand ihn und reagierte.

Und gleich war alles, was er tat, gut, elegant, menschlich und behände. Mit diesem Schwung schob er die Koffer in den Kofferraum. In der Küche, auf dem Küchentisch, stapelten sich irgendwelche Bücher. Diese alten Schinken aus dem Schrank. Obendrauf das Rezeptbuch. Er starrte den Stapel an, unsicher, ob er ihn mitnehmen sollte. Hatte sie ihn zurechtgelegt oder einfach hier vergessen? Stinkendes Flohmarktzeug.

Er durfte sie nicht warten lassen.

Wenn er die Unterschrift schon gehabt hätte, wäre ihm das nervöse Gefühl, in Eile zu sein, erspart geblieben.

»Wo gehen wir hin?«, fragte sie auf der Mitte der Treppe. Er hielt ihren Puppenkörper in der Taille fest. Immer wieder rutschte sie ihm aus den Händen. Am Fuß der Treppe hob er sie hoch und trug sie, so, wie kein normaler Mensch einen anderen trug, wie nur Männer in der Werbung ihre Frauen trugen, über Schwellen, Pfützen, Mauerreste, immer hinein in die Hölle der Zweisamkeit.

20
Abschiede

Das Zimmer war groß, zwei andere Betten waren offensichtlich herausgerollt worden. Niemand konnte sich Illusionen darüber machen, wozu das Alleinsein in diesem Raum diente. Die Jalousien hinterließen helle und dunkle Streifen auf dem orangefarbenen Fußboden, eine Ameisenstraße aus Lichtpunkten lief über die Wand.

Annemarie schlief. Sie hatte die Beine angewinkelt, sie füllte nur noch ein Drittel des Bettes, so schmal war sie geworden. Hinter ihr stand der stille Diener und hielt einen Beutel mit Blut, wo das Sonnenlicht auf die Ränder fiel, leuchtete es hell, fast weiß. Etwas surrte leise, ein technisches Gerät, und mir fiel ein, wie die rothaarige, füllig-weiche Schwester auf dem Gang höflich, aber sehr zugewandt gesagt hatte: »Wenn Sie mich fragen, das ist final. Aber natürlich tun wir, was wir können.«

Ob ich das Zimmer betreten dürfte?

Die Krankenschwester hatte eine Geste gemacht, die sagte: Natürlich, wenn Sie das möchten, wenn Sie es können? Ihr Wissen reichte sehr tief ins Leben hinein, das umgab sie wie mit einer Corona, als wäre sie mehr Mensch als wir – die den Tod so aus dem Leben verbannten. Sie sah mir an, aus welcher Welt ich kam, und dass es eine Welt war, in der es nichts Finales gab. In der alles nur Übergang oder stetige Optimierung war. Schönheit in alle Ewigkeit. Und keine Zeit, die einfach verging. Eine Welt, in der es keinen letzten Beutel Blut gab, der noch ein Mal half.

Ich war am Abend nach Annemaries Anruf bei mir zu ihrem Haus gefahren, hatte geklingelt und war ums Haus herumgelaufen. Fand niemanden im Wohnzimmer, und sah, dass alle Fenster zu waren. Am Morgen war ich wieder zu ihr gefahren, und als sie wieder nicht zu Hause zu sein schien, hatte ich begonnen, die nahe gelegenen Krankenhäuser anzurufen. Schon beim zweiten Anruf hatte man mir gesagt, ja, hier sei am vorherigen Abend eine Dame mit diesem Namen eingeliefert worden.

Es war später Vormittag, fast Mittagszeit, als ich die Station betreten hatte.

Die rothaarige Krankenschwester zeigte mir das Zimmer, berührte mich mit einer bestimmten, aber zarten Geste dabei am Arm und zog die Tür ein Stück weit auf.

Ich ging nur so nah zum Bett, wie es mir angemessen erschien. Annemarie atmete auf eine kaum wahrnehmbare Weise. Ihr Puls war an ihrer Halsschlagader zu sehen. Eine Hand lag unter ihrem Gesicht, mit der anderen schien sie gegen ihr Kinn zu drücken.

Es war nur ein kurzer Satz, den ich hörte, ein charmant ausgesprochener Befehl, hinter der Tür, auf dem Gang, der mich zusammenzucken ließ. Ich hörte die Schritte und die Schuhe und wusste, wer gerade angekommen war. Ich war wie angewurzelt, schien zu keiner Bewegung fähig. Die Schritte waren vor der Tür, und ich drehte mich um, sah die schmalere Tür zum Badezimmer, huschte in den schmalen Raum, zog die Tür hinter mir zu. Kurz darauf wurde die Zimmertür langsam aufgezogen, ich hörte, wie das überbreite Türschild auf einer Bodenschiene lief.

Ein Rascheln, das Schnurren von Ledersohlen quer durch den Raum.

Ich hörte, wie das Metallgestänge des Bettes knarrte. Er schien sich auf die Kante zu setzen.

»Die Krankenschwestern sind zufrieden mit dir«, flüsterte Matthias. »Und ich auch.«

Die gestärkte Bettdecke raschelte, als sortiere er sie um.

»Hast du die Blumen gegossen?«, Annemaries Stimme war belegt und brüchig, sehr leise, aber gefasst.

»Natürlich, natürlich. Alles gut gegossen. Auch mit dem Baum. Ist alles geregelt. Ich mache den weg. Diese blöden Firmen haben alle keine Zeit. Aber ich räume das jetzt auf. Dann sieht es wieder aus wie vorher. Wenn du nach Hause kommst. Es wird dir gefallen.«

»Ach«, sagte Annemarie erleichtert.

Es hörte sich an, als beugte er sich zu ihr, oder setzte sich ein wenig um. Die Bettdecke raschelte, so, dass mir das Bild in den Kopf kam, wie er ihre Hand in seine nahm und festhielt. Das Schnalzen eines trockenen Kusses.

»Ich hab das Papier noch einmal mitgebracht«, sagte er leise, »das, was du noch nicht unterschrieben hast.« Er klang vorsichtig, als bitte er um etwas, das ihm selbst eine Bürde ist. Er klang wie: Es wird sehr schwer für mich, aber ich trage jetzt die Verantwortung.

»Erinnerst du dich noch?«, fragte er. Zu seiner Vorsicht kam ein naiv klingender Charme.

Ein Klettverschluss wurde in feiner Achtsamkeit aufgezogen, von seinen Kletten getrennt – Matthias schien das grobe Reißen vermeiden zu wollen. Das Knirschen einer

Tasche aus LKW-Plane. Und dann hörte es sich so an, als ziehe er ein dickeres Papier aus einem festen Briefumschlag heraus. Er schien in der Tasche zu kramen, dann hörte ich, wie eine Kappe von einem Stift gezogen wurde, das Plastik ploppte billig beim Auseinanderziehen.

»Komm«, sagte er, mit einer Liebenswürdigkeit, die ich so an ihm bisher nicht gehört hatte. Offenbar half er ihr auf, schob Kissen zurecht, brachte sie in Position.

»Du musst mir noch die Telefonnummer von Schwester Anja geben.«

»Schwester Anilla.«

»Die meinte ich.«

»Ich will nach Hause«, sagte Annemarie.

»Du entscheidest alles«, flüsterte er, und in seiner Stimme lag nur noch ein Rest der Ruhe von eben. Er drängte, er wollte das hier hinter sich bringen. »Du kommst nach Hause. Sobald wir hier fertig sind. Guck, da unten links. Das ist nur dafür da, wenn du mal einen Augenblick lang nichts entscheiden kannst.«

»Ich will jetzt nach Hause«, wiederholte sie ihren Wunsch.

»Ja. Hier unten links«, sagte er.

Eine Stille, in der sie vermutlich unterschrieb.

»So ist's gut«, sagte er, deutlich erleichtert.

Etwas klackte auf der Metallfläche des Nachttischs, von irgendwo kam ein Brummen, als springe ein Kühlgerät an, die Bettdecke raschelte wieder. Mir kam das Bild vor Augen, wie er die Decke an den Rändern unter ihren Körper schob, sie einpackte, ein bisschen auch an Ort und Stelle vertäute.

Es vergingen Minuten, vielleicht eine Viertelstunde, oder länger noch, dann verließ er den Raum.

Als es ganz ruhig war, ging ich aus dem Bad. Annemarie lag auf der Seite, wieder zusammengerollt, das Gesicht dem Ausgang zugewandt, es hatte sich kaum etwas verändert. Nur ein Briefkuvert lag auf ihrem Nachttisch, altweißes Büttenpapier, der Dreiecksschnabel aufgerichtet. Der Umschlag war leer. Und daneben lagen der Stift und seine Kappe.

Annemarie machte die Augen auf, ihr Blick kam von sehr weit her, sammelte sich, dann zog sie die Bettdecke ein wenig weg von ihrem Kinn und sagte: »Passt schon. Ja, passt schon. Ein bisschen viel heute.«

Dann schwieg sie, betrachtete mich aber. Ihre Lider waren geschwollen, es wirkte, als falle es ihr schwer, sie offen zu halten. »Mir fehlt doch was, gell?«, flüsterte sie. Ich beugte mich zu ihr, ganz nah. Sie fragte, es war nur ein Hauchen: »Ist er weg?«

»Er kommt bestimmt wieder«, sagte ich leise.

Sie schien darüber nachzudenken.

»Ist gut. Ist alles gut«, sagte sie.

Sie schloss die Augen, öffnete sie wieder, ganz langsam.

»Ich hab noch nicht fertig erzählt?«

Nein, du hast noch nicht fertig erzählt, lag mir als Antwort auf der Zunge, als wäre ich ein Echo, aber sie schloss die Augen, wieder in Zeitlupe. Ich blieb einfach stehen, neben ihr, und ließ die Zeit verstreichen.

»Auf Wiedersehen«, sagte ich irgendwann leise und drehte mich zum Gehen, weil ich dachte, dass sie eingeschlafen war.

»Auf Wiedersehen«, flüsterte sie, »hat Harald auch

immer gesagt.« Und nach einigen Minuten, war es offensichtlich, dass sie wirklich wieder in den Schlaf gefunden hatte.

21
Hoffnungen

Die Krankenschwester, der ich meine Telefonnummer gegeben hatte, rief an und sagte es mir. Was sie nach Vorschrift niemals hätte tun müssen. Aber sie nannte mir die Uhrzeit, und als ich fragte, ob noch einmal jemand bei Frau Funk gewesen sei, sagte sie in einem beherrschten Tonfall, der ihre Enttäuschung aber nicht verbarg: Nein, hier sei niemand gewesen. Ich stand mit dem Telefon am Fenster meines Büros und schaute auf den Vorplatz, an den rechts ein Parkplatz grenzte. Ein brauner X5 fuhr in einem sanften Schwung in eine Parkbucht und hielt an. Die Luft war an diesem Abend, um kurz nach neun Uhr, schon silbrig und klar, das Licht schälte noch einmal alle Konturen heraus. Die Blätter der kleinen Ahorne, die in Reihe standen, wurden schon gelb. Einige Möwen kreisten über den abgezirkelten Rabatten mit Kies, als wären es Sandbänke oder rechteckige Wasserflächen, und ich stand da, spürte die kantige Glätte meines Telefons in der Hand und versuchte, mich zusammenzureißen.

Die Fahrertür des X5 ging auf und ich war mir sicher, dass es nur Matthias sein konnte, der jetzt ausstieg, aber eine Frau stieg aus, ganz in Hellbeige gekleidet, mit einer großen Tasche, die sie sich in einem Schwung über die Schulter warf. Dann öffnete sie die hintere Tür und zwei

Kinder drängten sich aus dem Wagen, sie mussten sich schon abgeschnallt haben, hatten aber wohl wegen der Kindersicherung nicht die Tür öffnen können. Sie liefen an ihrer Mutter vorbei auf den Vorplatz und begannen, sich gegenseitig zu jagen. Sie preschten mit schierer Lust am Rennen über den Platz, mit einer Energie, die wirkte, als wäre sie lange zurückgehalten worden, sie scheuchten die Möwen auf. Ein Junge und ein Mädchen. Die Mutter ging ihnen eilig nach und zog dabei aus ihrer Handtasche etwas Neonfarbenes, ein Bündel aus ineinander verknoteten Warnwesten. Sie entwirrte sie im Gehen und versuchte, sie den Kindern überzuziehen. Die Kinder liefen immer wieder weg von ihr, weg über den leeren, freien Platz.

Hinter mir, in meinem Büro, waren unser Special-Effects-Mann Jochen und Samira, die Texterin, im Gespräch. Es ging um die Postproduktion dieses Filmes. Ein Paar, das sich liebte, weil es ein neues Auto fuhr. »Leidenschaft schon ab 9999 Euro«, sagte eine rauchige, kitzelnde Frauenstimme.

»Meinst du nicht, einen Ticken später?«, fragte Samira.

»Einen Ticken später, ja«, sagte Jochen.

»Leidenschaft schon ab 9999 Euro«, sagte die Stimme noch einmal.

»Ja«, sagte Samira konzentriert, »eine kleine Verzögerung. Eine etwas längere Pause. Nach dem Kuss.«

»Du hast vollkommen recht«, sagte Jochen, »eine längere Pause, und schon steigt die Spannung noch mal entscheidend.«

»Entscheidend. Genau. Das war mein Gefühl.«

»Und 9999 – klingt nicht mehr nach viel, ne?«

»Genau«, sagte Samira wieder, »jetzt! Jetzt hab ich das

Gefühl. Jetzt ist es Liebe. Wirklich ein kleiner Preis für eine große Liebe.«

Die Mutter auf dem Platz trug die Warnwesten in der Hand wie ein langes Taschentuch, mit dem sie gleich winken wollte. Aber vielleicht war es auch ein Lasso, das sie jederzeit auszuwerfen bereit war. Sie ging kreuz und quer über den Platz, ihren Kindern hinterher. Etwas in mir schlug sich auf die Seite der Kinder, die sich darin behaupteten, einmal aus dem Auto befreit, uneinfangbar zu sein. Ich wünschte mir, dass ein Wind käme, irgendetwas, das der Mutter die Westen aus der Hand fegte, und die Kinder ins Ungeschützte entließ.

22
Verschwinden

Am nächsten Nachmittag ging ich zum Haus. Es standen zwei Container in der Auffahrt, rostige Schiffsrümpfe, hintereinander gestrandet. An der Kopfseite waren die Schotten geöffnet und eine Rampe lag an. Im ersten Container standen Annemaries Herd, der Kühlschrank, umstellt von Hoch- und Unterschränken, nichts davon zerlegt. Nur die Arbeitsplatte fehlte, und in den Schubladen lagen die Besteckschübe noch voll mit Messern, Gabeln und Löffeln. Ihre Küche war verantwortungsvoll für den Weitertransport eingeladen worden. Im zweiten Container lagen Beistelltische, Teppiche, Bücher, Ordner, Fotoalben, alles durcheinander. Aus den Ritzen des Trümmerhaufens schaute immer mal ein Bein oder ein Arm einer Porzellanpuppe hervor, die weißen Rüschen eines Kleides, das Ende eines Flechtzopfs, wie Erdbebenopfer unter den Trümmern ihres Hauses begraben.

Ich lief über den Rasen auf die Eingangstreppe zu, ein Arbeiter manövrierte eine Matratze aus der Haustür, wie ein federnder Panzer lag sie auf seinem Rücken. Hier, in der Nähe der Tür, hörte ich ihre Stimmen.

Sie standen in der Küche. Es waren drei Arbeiter. Sie trugen alle Blaumänner und nickten höflich, der eine hob eine Zwei-Liter-Flasche Cola zum Gruß.

»Der Chef ist oben«, sagte er, und ich deutete die gehobene Flasche nicht mehr nur als Gruß, sondern auch als Zeichen, dass ich ohne Erklärung einfach weiter durch das Haus gehen sollte.

Das Wohnzimmer und das Arbeitszimmer, auch die Küche waren schon leer, nur die kantigen Staublinien an den Stofftapeten. Eine weitere Matratze rutschte herrenlos aus dem ersten Stock die Treppe herunter. Der Arbeiter von draußen kam durch den Flur ins Wohnzimmer, hob sie hoch und zog sie sich wieder auf den Rücken, mit dem stoischen Gleichmut, mit dem eine Schildkröte ihren Panzer trägt.

Zwei Männer aus der Küche gingen an mir vorbei in den ersten Stock. Von hier unten konnte ich sehen, dass oben schon angefangen worden war, die Tapeten von den Wänden zu reißen. Es schien eine Frage von Stunden zu sein, dann war das Haus ausgeweidet, leer geräumt, alles war herausgekratzt.

»Hallo?«, sagte eine Männerstimme von oben.

Ich schaute hoch und er kam mir entgegen. In Jeans und blauem Hemd, das Jackett offen, mit einer Reißverschlussmappe in der Hand, ging er lässig die Stufen hinunter, wie ein Showmaster, der seine Bühne betritt, und noch im Gehen streckte er die Hand aus.

»Marquard, guten Tag. Wie kann ich Ihnen helfen?«

Er schüttelte mir sehr fest die Hand, als wollte er damit etwas beweisen, seine Seriosität, vielleicht auch seine Tatkraft, ein Mann, ein Wort, und Geschäfte wurden mit Handschlag besiegelt, den man erinnerte, weil er so fest war.

»Ich hab ja noch nicht mal mein Schild angebracht«, lachte er weiter, in einer überzeugten, selbstsicheren

Freude, »und Sie sind schon der zweite Interessent heute. Schauen Sie sich um.«

»Danke«, sagte ich, »mir ist das Haus nicht unbekannt.«

Mein Tonfall schien ihn wachsam gemacht zu haben. Er sattelte die Reißverschlusstasche um in die andere Hand und nickte in einer Art, die mir zu verstehen gab, dass es sich aber jetzt um ein ganz anderes, ein neues Haus handelte, das mit dem alten nichts mehr zu tun habe.

»Dann gehören Sie zum Herrn Brehm, dem Nachbarn, der heute Morgen da gewesen ist?« Er ging weiter durch das Wohnzimmer, als wäre er auf der Suche nach einer zweiten Person, vielleicht nach dem Nachbarn Brehm.

»Also, schauen Sie sich um. Wenn Sie Fragen haben – jederzeit. Ich hab alle relevanten Unterlagen hier.« Er zuckte kurz mit der Reißverschlusstasche. »Ich hab das Haus im Alleinauftrag vom Sohn der alten Dame, die hier lebte.« Er kam einen Schritt auf mich zu, neigte den Kopf vertraulich vor. »Sie ist nicht im Haus gestorben, falls Sie das berühren sollte.« Er wies mich mit einer Geste an, weiter ans Panoramafenster zu gehen, den Arbeitern aus dem Weg.

»Morgen, wenn wir bis auf den Putz runter sind, auch die Fliesen in den Bädern weg sind, dann haben Sie sicherlich einen noch viel besseren Eindruck. Was sich alles machen lässt. Das ist eine Traumimmobilie. Hier unten, wenn die Küche geöffnet, der Flur mit einbezogen wird – stellen Sie sich das vor, wie das aussieht: ein knapp 120 Quadratmeter großer Raum. Und alles auf das Fenster zu. Die Elbe im Blick. Mit einem Küchenblock da vorn, freie Sicht beim Kochen. Das ist ideal für eine ganze Familie. Der Garten ist, für das, was hier am Hang möglich ist, ein Paradies für Kinder. Es wurde schon damit angefangen, die dunklen Bäume wegzunehmen. Wundern Sie sich nicht. Diese Friedhofsgewächse, mein Gott! Die werden natürlich komplett entfernt. Also, die Substanz ist brillant. Der Gutachter kommt am frühen Abend, morgen hätten Sie dann auch schon seine Bestätigung. Der Keller ist trocken – allein knapp 60 Quadratmeter Keller, gebe ich zu bedenken, was man damit alles machen kann.« Sein Tonfall ging in die Höhe, am Ende des Satzes. Er klang wie ein Showmaster, der eine Frage stellt, auf die nur er selbst würde antworten dürfen.

»Der Sohn der alten Dame möchte es verkaufen?«

»Ja. Ich hab es im Alleinauftrag, wenden Sie sich also einfach immer an mich.«

»Er möchte damit nichts zu tun haben?«

»Ach«, sagte er, »Sie wissen doch, wie das ist. Wenn zu viel Erinnerung dran hängt, dann ist es alles schwer. Dafür sind wir da. Uns fällt es leichter. Und jemand Neues kann einziehen und erfreut sich an dem Ort, wird glücklich hier.« Er lächelte mit zusammengepressten Lippen.

»Der Lauf der Dinge.«

»Sie sagen es. Der Lauf der Dinge. Wir verstehen uns.« Er schien wieder zufrieden mit der Entwicklung des Gesprächs und damit, dass ich immer noch hier stand, keine rechten Anzeichen machte, gehen zu wollen.

»Also, ich nehme an, eins interessiert Sie noch. Der Quadratmeterpreis ist für die Gegend hier – ich wage es kaum zu sagen – ein Schnäppchen. Dreizehntausend. Sie bekommen helle, offene 210 Quadratmeter, und, wie gesagt, unter Zunahme der Kellerfläche, die ausbaubar ist zu einem Vollsouterrain, haben Sie 270 Quadratmeter, da ist noch Platz für ein weiteres Kind oder die Einliegerwohnung für die alten Eltern, je nachdem, alles realisierbar hier. Da bleibt kein Wunsch unerfüllt.«

Er zwinkerte mir kumpelhaft zu.

»Danke«, sagte ich, »jetzt bin ich erst einmal ausreichend informiert.«

Er flippte eine Visitenkarte aus einer Einbuchtung am Rand der Reißverschlusstasche und überreichte sie mir wie ein Geschenk, das auszuschlagen unmöglich war.

»Bitte geben Sie mir Ihre Kontaktdaten, damit ich Sie auf dem Laufenden halten kann. Das wird schnell gehen, hier.«

Ich holte mein Portemonnaie aus meiner Tasche, schob meinen Finger in das Seitenfach, wo meine Karten steckten, überreichte Herrn Marquard eine, die er scheinbar aufmerksam studierte, als stehe auf ihr noch viel mehr als ein Name, eine Funktion und Firma; auch noch ein Einkommen, Vermögen und so etwas wie ein Wahrscheinlichkeitswert, mit dem ich dazu zu bringen war, ihm das Haus abzukaufen. Der meine Bereitschaft zeigte, allein seine mindestens 200 000 Euro Maklergebühr zu zahlen.

»Ach, eine Sache noch«, sagte ich, spontan, ich wusste nicht genau warum, vielleicht, weil oben im ersten Stock ein Presslufthammer anging, der Boden vibrierte, es war eigentlich zu laut, um noch etwas zu sagen, ich sagte: »Richten Sie dem Herrn Thies, dem Sohn, mein Beileid aus, zum Tod seiner Mutter.«

Ich hatte es fast geschrien. Es war unpassend und Herr Marquard verzog das Gesicht, als hätte ich etwas ausgesprochen, das ihn peinlich berührt, eine Verfehlung, ein Missgeschick, was man nicht noch einmal thematisieren musste. Der kurze Moment seines Unwohlseins verflog im innehaltenden, dann gleich wieder einsetzenden Lärm, Herr Marquard schob mich in Richtung der Eingangstür, wo gerade zwei Arbeiter an der Kellertreppe lautstark diskutierten, wie sie einen alten Schrank um die Ecke zu wuchten hatten.

Als wir draußen, im Vorgarten, standen, sagte Herr Marquard, »Würde ich gern tun, Frau Schmidt. Aber Herr Thies möchte hiermit nicht mehr behelligt werden. Ich habe den Alleinauftrag. Sie können sich jederzeit an mich wenden, wenn Sie möchten. Einen schönen Tag noch, Frau Schmidt.«

»Es war etwas im Haus, das mir die Frau Funk geben wollte«, ich schaute den Mann direkt an, »jetzt ist schon alles weg. So schnell. Und auf dem Müll.«

Er kniff die Augenbrauen zusammen, er schien ungeduldig mit mir zu werden. Er wusste, dass er seine Zeit umsonst investiert hatte, dass der Grund meines Besuchs kein Kaufinteresse war.

»Wer nicht schnell ist«, rief er auf dem Weg zurück ins Haus mit einer Lust an der Demütigung, »der verpasst alle Chancen im Leben.«

Die Arbeiter trugen den alten Bauernschrank in den ersten Container, stellten ihn zu der Küche. Ein anderer Arbeiter kam und lud eine Umzugskiste im zweiten Container ab, drehte sie um und schüttete den Inhalt auf den wüsten Berg, zu dem Annemaries Sachen aufgehäuft wurden.

»Und ich empfehle Ihnen«, rief die Stimme von Herrn Marquard – aus dem Küchenfenster?, aus dem Gästeklo?, er war nicht zu sehen, dann erschien er plötzlich wieder in der Eingangstür und stand da, wie ein Mahnmal, wie ein übertrieben gezeichnetes Bild eines Verkäufers –, »nehmen Sie nicht irgendetwas mit. Das ist das Eigentum vom Herrn Thies. Auch, wenn es im Container liegt.«

Auf meiner Playlist kam Eminem, ich drehte so laut, dass die Bässe die Luft im Auto vibrieren ließen, kleine Schauer liefen mir über die Arme, sein Fluchen war eine Wohltat, seine wütende, wenn auch beherrschte Aggression, für Minuten schien meine Verstörung darin aufgehoben zu sein. Danach kam Goldfrapp, ich schaltete ab. Jemand hupte hinter mir an der Ampel, weil ich nicht schnell genug losfuhr, und ich fluchte und schimpfte zurück, in Richtung meines Hintermannes, wie Eminem eben, in einem wütenden Takt.

Die zwei Fenster, die von Matthias' Wohnung in den Hof zeigten, standen offen. Ich ging die Treppe hinauf und klingelte. Als niemand zur Tür kam, klopfte ich, mit einer Vehemenz, die sich noch aus dem Eminem-Song zu speisen schien und aus dem Gefühl, dass meine vorsichtige Hoffnung nichts anderes gewesen war als eine ängstliche Zurückhaltung, und dass es an der Zeit war, nichts mehr zurückzuhalten.

Eine Frau öffnete die Tür. Sie trug ein türkisfarbenes T-Shirt mit einem Muster aus Blumen, die Blütenblätter waren mit Strasssteinen nachverziert. In ihren fransig kurz geschnittenen Haaren steckte eine Lesebrille, nach einem fingerbreiten Ansatz hellgrau waren sie in einem natürlichen Braunton gefärbt. Sie presste ihre Lippen aufeinander, von ihren Mundwinkeln lief je eine Furche hinab und machte aus ihrem Kinn eine Insel, die mit dem Rest ihres Gesichts nicht in Zusammenhang zu stehen schien.

»Ja?«

»Ist Matthias da?«

Eine kurze, verzagte Hoffnung strich durch ihren Blick. Als wünschte sie sich nichts sehnlicher als Normalität, und wenn da jemand stand, der nach Matthias fragte, dann war das doch das Normalste der Welt und ein Beweis für – irgendetwas.

»Nein.«

»Ich würde ihn gern sprechen. Wissen Sie, wo er ist?«

»Nein.«

»Wohnt er noch hier?«

Sie zuckte abwehrend mit den Schultern, und als ihr Tränen in die Augen stiegen, schaute sie abrupt zur Seite.

»Was weiß ich«, sagte sie, als rede sie mit jemandem dort. »Dadrinnen liegen Mahnungen. So ein Stapel«, sie machte eine harsche Bewegung mit der Hand. Ich sah, dass sie ein kleines silbriges Gerät – einen MP3-Player, einen edlen Metallic-USB-Stick? – in den Fingern hielt.

»Gelbe Briefe. Blaue Briefe. Wie oft muss der Gerichtsvollzieher hier gewesen sein! Und keiner hat sich gekümmert.«

Sie verbuchte es offensichtlich als ihren Fehler – oder den Fehler von anderen, sich nicht gekümmert zu haben. Ein Stapel Briefe lag noch immer in meinem Handschuhfach, ein weiterer Brief unter der Bodenplatte meines Kofferraumes. Ich war kurz davor, ihr das zu sagen. Ich musste selbst drüber lachen, verkniff es mir. Im Geiste sah ich die Container, das leer geräumte Haus.

»Mein Sohn ist kein Chaot«, sagte sie mit einer Nachsicht, die mich berührte. Egal, was es war, sie hatte es ihm schon verziehen.

»Dann war er wohl mit was ganz Wichtigem beschäftigt«, sagte ich und verbarg meinen Sarkasmus nicht.

Wenn sie mich eben noch als potenzielle Verbündete in der Suche nach ihrem Sohn gesehen haben mochte – jetzt zog sie ihre zart ausgelegte Brücke wieder ein, schob ihr

Kinn ein wenig vor, wie eine Warnung. Einen Angriff auf ihren Sohn, das ließ sie nicht zu.

»Natürlich ist er beschäftigt. Er hat immer Wichtiges zu tun.«

Sie schien sich des länglichen Geräts in ihrer Hand zu erinnern, nahm es in die andere und wischte sich die Innenfläche der vorherigen an ihrer Jeans ab.

Ich drehte mich zum Gehen. Würde ich morgen wiederkommen, übermorgen, jeden weiteren Tag.

»Wissen Sie was?«, rief sie mir nach, so ahnungslos verzweifelt, dass ich die Stufen wieder hinaufging.

Sie zog ihre Lesebrille aus den Haaren und setzte sie auf. Es war, als klappte sie ein Visier herunter.

Mich überraschte ihre Ehrlichkeit. Offenbar fiel es ihr leichter, hinter ihrer Tarnung zu sprechen. »Er sagte nur, er gehe auf Reisen und sei nicht erreichbar und dass der Schlüssel bei dem Spanier im zweiten Stock liege und das war's. Ich hab mir nichts dabei gedacht, zuerst. Das ist ja auch die Sache mit dem Auswärtigen Amt. Da werden die erst einmal so geschluckt, von dem Apparat. Und die haben sicher so Geheimhaltungsklauseln. Ich weiß ja nicht genau, was er da macht. Aber dann wurde mir die Zeit zu lang und ich bin doch mal hergefahren. Und dann das.«

Sie schaute das Gerät in ihrer Hand an – jetzt sah ich es. Es war eine sehr kleine Kamera, eine Minox B, glaube ich, eine alte Spionagekamera, wie sie James Bond aus dem Jackenärmel hätte zaubern können, nur war diese nicht ganz heil, irgendwie halb offen, oben fehlte ein rundes Bauteil, so viel konnte ich jetzt sehen.

»Was haben Sie da?«, fragte ich.

»Die hat sein Vater immer repariert«, sagte sie mit deutlicher Abscheu, »und *die* steht picobello auf seinem

Nachttisch rum.« Sie hatte die Finger abgespreizt von der Kamera, hielt sie mit äußerstem Widerwillen fest. »Um die kümmert er sich.«

»Aber mitgenommen hat er sie auch nicht«, sagte ich knapp.

Als hätte der Nachttisch sie auf eine Idee gebracht, schaute sie mich an, und ich meinte, ihre Assoziation zu sehen, und wie sie mich kurz mit einem Mutterblick zu prüfen schien: ob ich eine Frau sein konnte, die diesen Nachttisch samt Kamera schon mal aus der Nähe gesehen hatte?

Sie tat mir leid, in ihrer Ängstlichkeit, in dem Sturz hinein in das unerklärliche Leben ihres Sohnes.

»Ich kann Ihnen auch nur sagen, wo er gewesen ist. Nicht, wo er jetzt ist«, sagte ich.

Sie streckte mir die Kamera entgegen. Es war, als biete sie mir das Gerät zum Tausch an, nur dass ich nichts weiter von meinem Wissen verriet, dass ich schwieg, wie ein guter Spion es zu machen pflegte. Keine Details aus dem Leben ihres Sohnes – besiegelt durch einen Tausch. Hier die schmale, alte Kamera. Da das Schweigen. Sie wollte nichts wissen. Sie wollte das Bild ihres Sohnes, das sie von ihm hatte, bewahren.

Ich nahm ihr die Kamera aus der Hand – eher im Reflex, weil sie sie mir mit so plötzlicher Dringlichkeit angeboten hatte.

»Er hat schon immer einfach gemacht, was er will«, sagte sie mit einer Enttäuschung in der Stimme, die mir wie eine Flutwelle vorkam, die alles überspülte.

Beim Runtergehen betrachtete ich die kleine Kamera, hielt sie zwischen Daumen und Zeigefinger. Mir war nicht danach, Keith anzurufen, aber mir war danach, jemandem das, was passiert war, zu erzählen. Wie schnell es gehen konnte, dass ein Leben verschwand. Ein Haus entkernt wurde. Und dass etwas Erzähltes ein Erbe wurde, das viel mehr wert war als eine Immobilie mit Elbblick am Hang.

Mir war, als spürte ich zum ersten Mal, wie beim Abstieg aus dem vierten Stock bis in den Hof die Luft sich veränderte, wie sie ihre Klarheit verlor und die Gerüche der Menschen annahm. Es roch nach Staub, künstlichem Lavendel, bunt bedruckten Prospekten und Gummisohlen. Ich ging durch unser Vorderhaus auf die Straße, überlegte, ins Brazilian Coffee zu gehen, blieb aber am Saum aus geparkten Autos hängen, als wäre das eine Grenze, die sich nicht einfach überschreiten ließe. Ein schwarzer Audi fuhr zügig durch die einspurige Fahrbahn, da fing ein waldgrüner Mini an zu blinken. Er wollte ausparken. Ich stand direkt gegenüber auf dem Bürgersteig und beobachtete, wie die Audifahrerin nicht anhalten und der Mann mit Hahnenkammfrisur im Mini sein Ausparken nicht unterbrechen wollte. Die Audifahrerin schien zu prüfen, ob sie noch am Mini vorbeikommen konnte, sie drosselte ihr Tempo und peilte die Lücke an. Der Minifahrer setzte nicht zurück, er blieb wie ein Wachposten an Ort und Stelle halb ausgeparkt stehen. Der Audi schaffte es nicht durch die Lücke. War aber so nah am Mini dran, dass nichts mehr vor ging oder noch zurück. Beide Autos standen plötzlich still. Mir kam es vor, als nähmen wir gemeinsam einen Atemzug in unserer atemlosen Welt, eine Pause in allem rasanten Vorwärtsdrängen.

Wo mussten sie hin, dachte ich, so eilig? Wer entschied sich zuerst? Ich wartete am Saum der Autos, und es roch entfernt nach dem, was übrig bleibt von verbrauchtem

Benzin, da löste der Knoten sich auf, in einer Sekunde, in der beide überraschend das Gleiche taten. Sie drängten nach vorn und stießen mit der linken und der rechten Seite ihrer Autos gegeneinander. Plastik splitterte und das Knarren des Blechs klang, als rieben sich zwei alte Kähne aneinander. Es schien Teil einer Choreografie zu sein: Die Audifahrerin und der Hahnenkamm stiegen zeitgleich aus und fingen an, sich zu beschimpfen.

Ich ging weiter die Straße hinunter, auch nicht ins Brazilian Coffee. Mich zog etwas, eine verrückte Sehnsucht: da oben zu bleiben, in der klaren, kühleren Luft, im vierten Stock über der Straße. Wo es leichter schien, an das Gute zu glauben, ans Gelingen, und daran, dass unser Kreisen, die große Illusion, nie ein Ende haben wird. Wo vielleicht nichts stimmt, aber dennoch alles wahr ist: der Zufall, die Liebe, das Glück einer geteilten Zeit.

Wir beide wollten das. Und dann bekamen wir das. Und sie sagte, es sei gut gewesen.

Anmerkungen und Danksagungen

Der vorausgestellte Satz stammt aus Karen Horneys Buch *Neurose und menschliches Wachstum.*

Der Satz, mit dem Keith seinen ersten Workshop beginnt, stammt von Hanno Rauterberg aus der ZEIT Nr. 7, 7. 2. 13.

Marianne Reil übergab mir, nach einer langen Phase gemeinsamer Arbeit, einige Monate vor ihrem Tod ihre Erzählungen und Aufzeichnungen zu ihrer Kindheit im Engelwirt, mit der Bitte, daraus einen Roman zu schreiben. Sie hätte ihn *Dosierte Liebe* nennen wollen. Für ihr vertrauensvolles großes Geschenk bin ich ihr immer noch dankbar.

Ich danke Irene und Hermann Weidemann für die Zeit, die ich in K. zum Schreiben verbringen durfte.

Und ich danke Wolfgang Hörner, wie immer, für sein Vertrauen, seine Ideen und das Aushalten erster Fassungen. Esther Kormann und dem Team von Galiani gilt mein großer Dank für ihre Arbeit.

Das Buch ist maßgeblich durch meinen Mann beeinflusst und dafür danke ich ihm. Er half dem Zufall auf die Sprünge, führt den Blick in die Tiefe und fordert mich immer wieder heraus.